俞敏洪 著

不负我心

俞敏洪随笔精选

新星出版社 NEW STAR PRESS

图书在版编目(CIP)数据

不负我心：俞敏洪随笔精选 / 俞敏洪著. -- 北京：
新星出版社, 2022.8
ISBN 978-7-5133-5000-6

Ⅰ. ①不… Ⅱ. ①俞… Ⅲ. ①随笔 – 作品集 – 中国 –
当代 Ⅳ. ①I267.1

中国版本图书馆CIP数据核字(2022)第130606号

不负我心：俞敏洪随笔精选

俞敏洪　著

责任编辑： 汪　欣
特约编辑： 田中原　刘红静　牛丽君
责任印制： 李珊珊
封面设计： 尤媛媛　曹晰婷
版式设计： 黄　蕊

出版发行： 新星出版社
出 版 人： 马汝军
社　　址： 北京市西城区车公庄大街丙3号楼　　100044
网　　址： www.newstarpress.com
电　　话： 010-88310888
传　　真： 010-65270449
法律顾问： 北京市岳成律师事务所

读者服务： 010-88310811　　service@newstarpress.com
邮购地址： 北京市西城区车公庄大街丙3号楼　　100044

印　　刷： 北京华联印刷有限公司
开　　本： 880mm×1230mm　1/32
印　　张： 12.5
字　　数： 285千字
版　　次： 2022年8月第一版　　2022年8月第一次印刷
书　　号： ISBN 978-7-5133-5000-6
定　　价： 88.00元

自序

从"心"出发，重新出发

今年，我 60 周岁，到收费的公园去散步，已经不用买票了，刷一下身份证就能畅通无阻。刚开始我还倍感失落，心想：怎么活着活着就老了呢？不过，几次下来很快就习惯了，内心居然有了几分特别的欣喜。颐和园离新东方总部不远，我今年就去了很多次，散步看风景。可见，人是很容易接受现状的。我们很多人，一生都不太愿意去改变，就是因为习惯了日常。

60 岁算是一个节点。60 岁前，我还觉得自己处于壮年；一到 60 岁，就觉得老之将至。因为东方甄选主播董宇辉的一句"老头"，现在全网已经开始叫我"老头"了。刚开始我心有不服，还会争辩"我还年轻"；后来习惯了，我也坦然接受了这个称呼，觉得做一个倔老头挺好。我希望自己成为一个不屈服、硬骨头的老头，像《老人与海》中的那个老头一样，在大海的颠簸中与风雨为伍，脸上写满坚强。曾经有一位媒体人问我对生活和命运有没有抱怨，我说，在我的人生辞典里，没有"怨天尤人"这四个字。

有同事说，到了 60 岁，总要有个纪念仪式，于是大愚组织人员帮我做了一本选集《不负我心》，并在书封上赫然写上"三十年心路历程，六十载人生回望，永不言败的精神，勇往直前的力量"。这也真够难为他们的。我的文字不少，大多是闲言碎语，也有一些值得选编出来的文章。于是同事们挑灯夜战，披沙拣金，几经周折，最后选出这些随笔，结集成册，算是有了一个交代，我对此表示感谢。他们要是早知道这项工作这么艰难，也许会想还不如请我吃一顿生日大餐算了。

我本来是不想出版这本选集的，但也不想辜负了大家的一片心意，而且里面的文字，还不至于戕害生灵，于是就答应了，也算是我和过去的文字做一个了结。这本书如果还有一些可取之处，能够产生版税，我将全部捐给农村和山区的孩子们，为他们的学习和成长尽一份绵薄之力。我也希望大家阅读了里面的内容，能唤起内心的渴望，并付诸行动，甚至从头再来。回望已远，生命就是雪泥鸿爪，字里行间留下的，是内心的情感流动，牵扯着过去，连接着未来。

有一点是肯定的，60岁，是我重新整装出发的年龄，不管未来多么不确定，我都会风雨兼程，奋力前行。老当益壮，宁移白首之心？穷且益坚，不坠青云之志。这里的"穷"，也许不一定是指经济上的穷困，而是说人生常常会陷入无计可施的"穷境"之中。面对"穷境"，是消沉放弃，还是刚毅坚卓，是人生悲苦还是欢喜的分水岭。心中有远方，仗剑走天涯，生命总会有更多的意外之喜。

岁月无情，生命有意。60岁，再出发！

目录

第一章 **初心**
在爱与被爱中前行

我的父亲母亲 / 003

父爱如山 / 009

父亲给我讲的故事 / 012

老婆的美丽背影 / 015

我的岳父 / 019

女儿的父亲节贺卡 / 025

女儿带给我的拼图启示 / 029

亲爱的妈妈，您一路走好——在母亲追悼会上的讲话 / 033

他们走了，却活在我心中 / 041

故乡，游子的精神家园 / 043

第二章 **真心**
用教育点燃成长的激情

只因一生想与年轻相伴 / 049

从绝望中寻找希望 / 054

也无风雨也无晴 / 058

好的教育是什么样子 / 062

从自卑走向自信 / 069

我的老师许渊冲 / 075

面对高考，我们的重心应该放在何处 / 082

面对大学，最重要的是做好这几件事 / 087

孩子成长的两条必经之路 / 093

如何成为一位好妈妈 / 103

如何成为一位好父亲 / 106

第三章　苦心
让自己成为有价值的存在

35 岁之前，如何实现自我增值 / 113

搞清楚你一生要做的那件大事 / 118

在工作中寻求自身价值的提升 / 125

如何利用好工作之外的业余时间 / 129

如何突破工作瓶颈期 / 133

远见和努力成就事业 / 136

给青年的创业指南 / 142

走向优秀的几大要素 / 155

五种能力支撑美好生活 / 160

如何在旅行中有所收获 / 167

我阅读的经验与诀窍 / 171

如何打破思维的局限 / 178

信息爆炸时代的思想成长 / 181

避开"一万小时定律"的陷阱 / 188

人生的"投资思维" / 191

第四章　用心
做人像水，做事像山

为人的九大素质和四不糊涂 / 199

做人与做事 / 209

人的核心能力是被人信任 / 216

难得糊涂，吃亏是福 / 219

拥有美好生命的三个要素 / 229

实现目标的两条原则 / 234

认真的事情可以玩出来 / 238

如何培养人格魅力 / 241

五步打造你的人脉圈 / 244

如何建立人生的正向循环 / 247

"自律"这件事，用对方向就不再难 / 251

如何消除内心的焦虑 / 256

如何增强安全感 / 260

有人爱，有事做，有所期待 / 263

第五章　从心
　　　　阅读、行走与思考

一个平凡的人如何抓住机会 / 269

为梦想出发，追寻生命的宝藏 / 273

且乐生前一杯酒，人间有味是清欢 / 277

关系的纯度决定了生命的意义 / 280

时空交错的瞬间与永恒 / 283

在吴哥窟的日出日落里回望千年历史 / 286

摩洛哥的老城 / 290

奥斯维辛，生命的毁灭与尊严 / 294

孟买的贫民窟，地狱和天堂的交汇处 / 297

悉尼港湾大桥上的创业故事 / 301

人生的地图 / 305

结果因态度而异 / 308

从滑雪所想到的 / 311

幸福和痛苦的领悟 / 313

世界上没有过不去的事 / 316

第六章　正心

修炼自己，造福他人

度过有意义的生命 / 321

那些让你过不去的，
终将为你的生命服务 / 329

获得大成就的必经之路 / 334

越过生命的临界点 / 337

在生命的无常中坚守 / 340

未来和当下 / 344

人生不是一场计划好的旅行 / 347

决定生命走向的两种力量 / 350

谈人的三观 / 356

活着的三重境界 / 362

人生的"三醒" / 367

生命随喜自然 / 371

人是挂在意义蜘蛛网上的动物 / 373

过好一生就这八个字 / 377

后记　道阻且长，行则将至 / 382

第一章　初心
在爱与被爱中前行

———————————— 我从父亲那里学到了宽厚，

学到了退一步海阔天高的态度，

又从母亲那里继承了坚忍不拔、

决不放弃的精神。

我的父亲母亲

父母成就了我的个性，我的个性中融入了父母的优点，他们个性中的矛盾也结合到了我一个人身上。

我小时候，很多丰富多彩的生活经历都和我的父亲联系在一起。

父亲是个木匠，在我们家乡一带小有名气。但父亲不是那种能够做精细家具的木匠，而是在人家造房子时帮忙架大梁的木匠。方圆十里之内，只要有人家造房子，一般都会请他去帮忙。闲在家里的时候，父亲也会做一些家具拿到市场去卖，比如八仙桌、椅子、凳子等。但他生性粗放，做不了细心的活，所以这些东西就做得让人看不上眼，卖不出好价钱，有时卖不掉就干脆送给别人。除此而外，别人从父亲这里买去的东西常常过几天又送到我家来修理。在我的印象中，父亲用在修家具上的时间比做家具还要多，但他依然乐在其中。

每次他做家具，我就在边上名曰帮忙实则捣乱，在不知不觉中学会了用刨子、凿子、锯子等工具。八九岁的时候我就开始自己做小凳子，尽管小凳子一坐就散架，我却依然充满了成就感。我现在动手能力较强，和小时候玩这些工具有很大的关系。

父亲爱喝酒。因为常常帮别人造房子，喝酒就成了免不了的事情。他的酒量不大，比较容易喝醉。喝醉以后一高兴，常常连工钱都不要了。有一次他和徒弟都喝醉了，在回家的路上走过我家的稻田，把稻田踩得一塌糊涂，然后回家倒头就睡。第二天早上醒来，他完全不记得昨晚发生的事情，看到一大片稻子被踩成那样，心疼得在田头大骂是哪个龟孙子！

父亲喝酒上瘾。我姐当时是农村赤脚医生，最困难的时候家里没钱买酒，父亲就把我姐医务室的医用酒精偷出来，兑上水喝。父亲出门常带上我，因此我很小就学会了喝酒，后来居然喝出了不错的酒量。

小时候让我记忆最深的有两件事。一是父亲有上街喝早酒的习惯，有时带上我，花几毛钱买一壶酒、两个鸡头。我们爷俩就坐在街边，一边喝酒一边看着来往的行人。后来我落下了两个癖好，一是吃鸡头，二是在街边饭馆喝酒看行人。还有一件事，有一次过春节，父亲带我走亲戚，结果我喝醉了去爬树，从树上掉到了河里差点淹死，为这事我的父母闹翻了很长时间。

父亲喜欢抓鱼摸虾。江阴地处长江三角洲，是个河道纵横的地方。我家屋后面就有一条小河。有时候家里没有了下饭菜，父亲扑通一声跳到河里，不一会儿就手抓两只螃蟹上来了。别人下河怎么也抓不着，但他准能抓上来，让我佩服得不行。秋天河水落了，上游断了水流，父亲就在小河的两头筑上两道坝，然后把水一桶桶舀到坝外，最后把河里的鱼虾、螃蟹、泥鳅、黄鳝抓得一干二净。这一天常常是全村小朋友的节日，所有的小朋友都和我一起投入战斗，弄得浑身是泥，最后大家都能分几斤河鲜回去。后来小河被填平了，河床上盖起了一片厂房，我为此惋惜了很长时间。

在我的记忆里，父亲从来没有打过我。他对所有的人都很宽厚，从来不和别人吵架和计较，总是喝着酒悠闲地过自己的日子。后来我读了大学，每年暑假回去的时候，他依然会下河摸出一筐鱼虾，然后我们就坐在屋檐下，一边喝酒一边闲聊。我工作后领到工资的第一件事，就是买了一瓶酒给他带回去，让他高兴了好几个月，只可惜我现在忘了当初买的是什么牌子。

父亲于 1991 年 11 月去世，去世那天还喝着酒，突然就脑溢血发作，送到医院已经不行了。那时候我在北京，听到消息连夜往回赶，但还是没赶上，回家只见到了安静地躺在灵床上的父亲。

妈妈告诉我，父亲去世前嘴里一直喊着我小名的第一个字，直到去世。第二天天空飘起了大雪，我哭了整整一天，这是我记忆中哭的时间最长的一次，一直哭到嗓子完全讲不出话来。

我从小就知道生活的艰辛和不易，知道人需要坚毅和努力，这要归功于我的母亲。

母亲总共生了三个孩子，我有一个姐姐和一个哥哥。但我哥哥在四岁的时候得了肺炎，我外婆迷信，说是被鬼相了，不让送医院，结果最后一刻送到医院时肺都烧黑了，医生说来晚了一个小时，最后只能眼睁睁地看着我哥哥离开这个世界。母亲撕心裂肺地哭了很长时间，后来几乎把全部的爱都倾注到了我身上。

我小时候很不争气，同时得了哮喘病和肝炎，把我父母弄得提心吊胆了很多年，最后总算长大成人。小时候，我印象最深的事情就是天天打针，每次打针我都像杀猪一样地哭。我母亲被我哥哥的夭折弄得胆战心惊，只要我有一点毛病就送我去打针。我姐比我大五岁，高中毕业后当了赤脚医生。这事和我有很密切的关系，因为我姐当了医生，给我打针就方便了。

母亲是位个性很刚强的人。她有兄弟姐妹八个，我有六个舅舅和一个姨妈。从我记事起，我的舅舅们和姨妈都很听母亲的话。谁家有了问题，只要母亲一出面，她怎样决断大家就怎样做，从来没有人反对，不是因为她凶，而是因为她的威望高。

据说，在母亲很小的时候，她的这些哥哥姐姐们就都听她的指挥。母亲是我们生产队的妇女队长，没有她的决策，生产队的工作几乎就没法进行下去。她公正无私，做事情带头吃苦，所以威望极高。

我记忆中的两件事情说明母亲是个极好的人。一是有一次突然下大雨，家家户户场上晒着粮食，母亲带领全家拼命帮助别人家把粮食往回搬，结果自己家的粮食被淋得湿透了。还有就是每当村上有人家断了炊，母亲一定是第一个把自己家粮食匀出一半送过去的人，所以整个村庄都佩服她，听她的调遣也就成了很自然的事情。

从我记事起，我家的事情都由母亲说了算，父亲落得清闲，什么都不管，自己喝酒快活，所以养成了什么都无所谓的宽厚个性。

尽管母亲很爱我，但却从来没有溺爱过我。她也许是太了解生活的艰难了，所以从小就训练我面对生活的勇气。我从小就在农田里干活，插秧、割稻、撒猪粪，样样都干，从来没有过被娇宠的感觉。父母下地干活，我就在家做饭、炒菜、洗衣服，到现在我还保留着自己做饭和洗衣服的习惯。

每天放学回家，我就忙着割草、喂猪、放羊，这几头猪几只羊，是全家换钱过年的唯一保证。有一年冬天下了雪，家里没了草喂猪喂羊，母亲让我拎着篮子到野地里去，把雪拨开，把雪底下的青草一棵棵割起来。我割了整整一天，冻得半死，但却收获了满满两大篮子的青草。这一天成了我童年里最艰苦也最美好的记忆之一。

在我的记忆中，母亲几乎没有打过我。她只要看我两眼，我就知道自己必须加倍努力，否则事情会很严重，我的勤奋很大程度上是被我母亲逼出来的。如果没有我的母亲，我肯定到不了今天这个地步。

我后来能够考上大学，成为老师，也是因为母亲。从小母亲就说在农村一辈子太苦了，能够当个先生最好。农村人嘴里的先生就是老师的意思，所以我打小被母亲念叨得对老师这个职业充满了憧憬，始终认为老师是神圣不可侵犯的崇高职业。还好我从小就喜欢读书，尽管成绩不好，但从不厌学。

我高中毕业那年，中国刚刚恢复高考，我也参加了考试。结果一败涂地，英语才考了33分。回到农村种地，我死心了母亲不死心。听说家乡的一所初中缺英语老师，她就拼命到校长家走关系，说我高考考的就是英语，英语水平很好，硬是把我塞进学校去当了初一年级的代课老师。那一年我16岁，英语是勉强能背完26个字母的水平，哪里能够教学生。

但农村的初一似乎怎么教都行，学生还很喜欢我。后来，我决定第二次参加高考，结果又落榜了。之所以决定考第三次，也是母亲起了重要作用。我本来都打算放弃了，但母亲听说县政府正在办一个高考外语补习班，拼命在城里请人帮忙让我进去。她一个农村妇女，在城里哪有什么关系啊。可她硬是找到了补习班的班主任老师，把老师感动得不得不收下了我。

母亲从城里回来的那天晚上，下着大暴雨，路上她几次摔进沟里。我在家里等着母亲，看到她浑身泥水，成了个落汤鸡的模样，立刻就明白了这一次只有一条路。

拼命学了一年后，我终于通过第三次高考走进了北京大学。在我拿到录取通知书之后，母亲一高兴，宰了家里的猪、羊、鸡，请全村人吃饭。

开办新东方以后，我经济上宽裕了一些，把母亲接到了北京。老太太闲不住，经常会到新东方来转转，新东方的人开始跟她熟识起来。老太太热心，总是帮助别人排忧解难，赢得了很多人的敬重，大家都热情地叫她"阿婆"。

我从父亲那里学到了宽厚，学到了退一步海阔天高的态度，又从母亲那里继承了坚忍不拔、决不放弃的精神。父母成就了我的个性，我的个性中融入了父母的优点，他们个性中的矛盾也结合到了我一个人身上。

今天我做事的风格和为人处世的态度，几乎每一点都能够从我的父母身上找到来源。

父爱如山

> 有些事情当时不觉得是个事，现在想想，真是满满的父爱。

有朋友从网上传来关于父爱的两个小故事，读完内心很受触动。不管故事是否真实发生过，父爱总是动人的，当然母爱也一样。

我做父亲已经 20 多年了，一直想努力做个好父亲，但一直不知道是否做成了一个合格的父亲，也不知道在孩子成长的岁月里，是否给他们留下了关于父亲的美好回忆。希望在我老去的时候，孩子们说起我来，心里也能够有温馨和感动。

我把两个故事放在这里，由于不知道作者是谁，冒昧引用。

《散步》

一个女儿在违背父亲意愿的情况下结婚，父女反目成仇，各自发毒誓老死不相往来。不久后女儿离婚，生活贫困，还带着孩子。

母亲心慈，私下劝女儿趁父亲外出散步的空闲带着外孙回家吃顿热饭。于是，一次尝到成功的滋味，之后如法炮制，女儿便常带着儿子，在母亲的照应下，刻意避开父亲回娘家吃饭。

一日，女儿带着外孙去娘家，突遭大雨，父、女、外孙三人在小区偶遇，回避不及。父亲尴尬地对女儿说道："以后回家就别躲躲藏藏的了，害得我下大雨都得出来躲你们！"

《墙下》

某学生高中时沉迷网络游戏，不能自拔，由于校内不能上网，故时常半夜翻墙出校上网出去玩。

一日，他照例欲翻墙而出，爬上墙头后又返回，随后拔足狂奔而归，面色古怪，众同学问之皆一言不语。自此，认真读书，不再上网，更无翻墙出校之说，学校盛传他见鬼了。

两年后他考上名校，聚会时，同学问及此事，他沉默良久，终于道出原因：那天，父亲来给他送生活费后来不及回家，晚上，因为舍不得住旅馆，在墙下坐了一夜……

看到这样的故事，不由得会想起我自己的父亲。有些事情当时不觉得是个事，现在想想，真是满满的父爱。五六岁的时候，有一次过节走亲戚，路途比较远，大概有 10 公里，晚上吃完饭回家，走了一小段我就死活不愿意走了，是父亲让我一路"骑大马"把我扛回家的。现在想想那么长的一段路，父亲当时已经快 50 岁，应该累得半死吧。

小时候，父亲常常带我做两件事情。一是如果去逛早市，一般都会把我带上。江南的早市开市早，天不亮就要出发，沿着七弯八斜的田埂走半小时到镇上。如果他身上有余钱，就会点一碗黄酒，要两个鸡头（鸡头最便宜），然后分我一点酒，再给我一个鸡头。二是如果有人建新房上梁，他一定会把我带去，这样我就可以拿到两个红鸡蛋，分到一点肉吃。现在想想，父亲是变着法子让我能吃点好的。

家乡河道交错，到了农闲季节，父亲就会带我抓鱼摸虾，我从来没有学会过，但顺便学会了狗刨式游泳。父亲下河就不会空手回来，总是能够捣鼓出几只螃蟹。我对于螃蟹和鱼虾的热爱，也是来自我父亲。

大学毕业后我好不容易谈恋爱了，带着女朋友回家。父亲是个木讷之人，不会花言巧语。见到儿子带女朋友回来自然高兴，一个人背着篓子就出去了，到河里摸了两个小时，背了满满一篓鱼虾、田螺、螃蟹回来。

从小到大，不管我做什么错事，父亲都从来没有动过我一根手指头，或者责骂过我一句。在我家里，与中国传统的严父慈母相反，我母亲对我的要求非常严格，如果做事不靠谱会被严厉惩罚；而父亲对我一直慈爱有加，甚至到了有求必应的地步。我父亲在家里也没有权威，权威全在我母亲那边，所以我和父亲有一种同病相怜的感情。我母亲骂父亲，他从来不回嘴；我母亲骂我，我也从来不敢回嘴。

等到我开始挣钱的那一年，有一天，突然接到家里来的一封电报：父亲病危，速归！

我赶紧从银行里把攒的几千块钱取出来，连夜坐火车回去。当时的火车从北京到常州需要接近 30 个小时。父亲得的是脑出血，发病没几个小时就去世了，去世前一直喊着我的小名"老虎"的"老"字。

离开家乡前，我买了几瓶父亲一辈子都喝不起的好酒，全部洒在了他的坟头上。

父亲给我讲的故事

我们做任何事情都小心一点、收敛一点，不要自己给自己编织一张无形的、致命的大网。

我从小在长江边上长大，对长江的感情有如滔滔江水，绵绵不绝。

住在长江三角洲的人，对于长江里所产的三种鱼通常都很熟悉，它们是鲥鱼、刀鱼和河豚。这三种鱼以味美鲜嫩著称，是难得的美味佳肴。

三种鱼的形状不同，吃法也不一样。鲥鱼形状像鲤鱼，身子比鲤鱼要扁一些。做鲥鱼时不能把鱼鳞刮掉，因为其美味全靠鱼鳞传递。

刀鱼的形状就像一把匕首，鱼肉极其细腻，但吃时一定要特别小心，因为小小的一条刀鱼就有上千根刺，很容易被卡着。

河豚有着滚圆的身子，身上长的不是鱼鳞，而是带小刺的皮。吃河豚时通常连皮吃下，据说对胃有好处。但河豚毒性极强，一不小心就会吃死人。几乎每年都有因吃河豚丢掉性命的事发生，所以有句俗话叫"冒死吃河豚"。

我的父亲曾给我讲过这三种鱼的故事，给我留下了深刻的印象。

渔民捕这三种鱼用的是同一张网。渔民把网拦在江中，让鱼钻到网眼中去。

鳡鱼头小身子大，头钻过去后身子就过不去了，这时鳡鱼只要向后一退，就能逃脱出去。但由于鳡鱼爱惜鱼鳞，死不后退，于是就被渔民捕获了。

刀鱼看到鳡鱼被捕后，心想这家伙真笨，向后退一下不就行了吗？于是刀鱼穿过网眼后就迅速后退，结果两边的鱼鳍卡在了网上。其实这时刀鱼只要继续向前就能穿网而去了，但它吸取鳡鱼被抓住的教训，拼命后退，终于也被渔民捕获。

河豚看到它们被抓，心想你们真笨，碰到网只要不前进也不后退，不就不会被抓住了吗？于是河豚碰到网后就拼命给自己打气，把自己打得圆鼓鼓的，结果飘到江面上被渔民轻而易举地捕获了。

小时候听到这个故事只觉得好玩，现在回忆起来，觉得是如此的深奥，让人回味无穷。父亲去世多年，我才明白他讲完故事后那迷茫和痛苦的眼神。

人就像上面的这三种鱼，常常被自己的习惯和天性害死，却根本不知道错在哪里。我们常常能够清楚地看到别人的错误，却永远也找不出自己的弱点。我们常常为了避免重蹈别人的覆辙，结果却陷入了另外一个更致命的错误之中。

人类似乎永远逃不出陷阱和宿命，但我们总要生活下去，并且要尽可能地比前人生活得更好，我们没有十全十美的方法，但总有一些人比别人活得更快乐、幸福和豁达。他们是怎样做到的呢？

我想起了苏格拉底的一句话：认识你自己。

认识自己的劣根性，认识自己的局限性，认识其他动物和植物生命的神圣性，认识人类爱心和仁慈的重要性。

我们一定要认识到：只有自己编织的网能把自己捕获。因此，让我们做任何事情都小心一点、收敛一点，不要自己给自己编织一张无形的、致命的大网。

老婆的美丽背影

长留在我记忆中、让我感动直到永远的，是我老婆在灯下帮我抄写书稿时的美丽背影。

我做任何事情都不太能抢占先机，因为天性有点与世无争，反映到学习和工作上就是不够上进，或者说没有进取心。

1985 年大学毕业后，我留在北大当老师，不是因为成绩优秀，而是因为当时北大公共英语迅速发展，师资严重缺乏，结果把我这个中英文水平都残缺不全的人留了下来。当时我的教学水平不怎么样，但很喜欢北大宁静的生活，准备把一辈子托付给北大。就这样，我在北大分给我的一间八平方米的地下室里自得其乐，天天在见不到一丝阳光的房间里读马尔克斯的《百年孤独》。

整个楼房的下水管刚好从我房间旁边通过，哗哗的水声 24 小时不间断地传进耳朵，我把它想象成美丽的瀑布而尽量忽略里面的内容。后来北大可怜我，把我从地下室拯救出来，送到了北大 16 楼同样八平方米的宿舍里，每天早上打开窗户就能见到阳光满地。我感激得涕泗横流，更坚定了把一辈子献给北大的决心。

我是一个对周围事情的发展很不敏感的人。到今天为止，我对国内国际的政治形势和变化依然反应迟钝，认为这是大人物的事情，和我这样的草民没有太多关系。我对周围的人在做些什么反应也很迟钝，认为这是人家的私事，我没有必要打听，也没有权利了解。

在这样的迟钝中，我周围的世界和人物都在悄悄发生变化。当时，中国已经向世界开放，出国的热潮悄然兴起。我周围的朋友都是奔走在风口浪尖上的人物，迅速嗅到了从遥远的国度飘过来的鱼腥味，还偷偷地顺着味道飘来的方向摸了过去。当时大家联系出国都不会让单位知道，甚至不愿意让朋友知道。过了一段时间，我发现周围的朋友都"失踪"了，后来接到他们从海外发来的明信片才恍然大悟，知道他们已经登上了北美大陆。

即便到那个时候，我依然没有生出太多的羡慕。我能从农村考到北大就已经算是登天了，出国留学对我来说是一件奢侈得不敢想的事情，还是顺手拿本《三国演义》读一读更加轻松。

不幸的是，我这时候已经结了婚。我不和别人比，但我老婆把我和别人比。她能嫁给我就够为难的了，几乎是一朵鲜花插在了牛粪上，如果我太落后，这脸面往哪里搁呀？突然有一天我听到老婆一声大吼："如果你不走出国门，就永远别进家门！"我一哆嗦，立刻就明白了我的命运将会从此改变。

从 1988 年开始，我被迫为了出国而努力。每次我挑灯夜战TOEFL、GRE 的时候，她就兴高采烈地为我煮汤倒水；每次看到我夜读三国，她就杏眼圆睁，一脚把我从床上踹下去。我化压力为动力，终于考过了 TOEFL，接着又战胜了 GRE，分数不算很高，但总算有了联系美国大学的资格，于是就开始选专业。我是那种读书不求甚解的人，所以尽管涉猎甚广，却对任何专业都没有真正的爱好和研究。病急乱投医，我几乎把美国所有的大学都联系了个遍。教授们一个个鹰眼犀利，一下就看出来我是个滥竽充数的草包，连在太平洋一个小小岛屿上的夏威夷大学都对我不屑一顾。在苦苦挣扎了三年、倾家荡产以后，我出国读书的梦想终于彻底破灭。

出国不成，活下去变成了我的第一选择。身无长技，我只能每天晚上出去授课谋取生活费用。三年多联系出国的经历使我对出国考试有了很深的了解，而此时的中国已经进入了 20 世纪 90 年代，北京的 TOEFL、GRE 班遍地开花。北大里面有 TOEFL、GRE 班，北大外面的很多培训机构也有 TOEFL、GRE 班。北大里面的班轮不到我去教，资历丰富的人把职位全占了，于是我就到外面去教，结果受到学生追捧。这一下影响了北大短期英语培训的生源，得罪了北大，他们给了我一个不明不白的行政记过处分。偷鸡不成反蚀一把米，出国没弄成，教书没挣到钱，反而连北大都待不下去了。当时我尽管不好胜，但也要脸，不像今天已经练就了死皮赖脸的本领。被处分了还怎么在学生面前露面啊？只能一狠心，从北大辞职了。

于是我开始一心一意地干英语培训，先是为别人教书，后来发现自己干能挣更多的钱，就承包了一个民办学校的外语培训中心。最初做 TOEFL 培训，后来发现 GRE 班比 TOEFL 班更受欢迎，于是开了 GRE 班。招来几十个学生之后，我才发现没有任何老师能够教 GRE 的词汇，只好自己日夜备课，拼命翻阅各种英语大辞典，每天的备课时间长达 10 个小时。尽管如此，我上课时依然捉襟见肘，常常被学生难倒，被问得张口结舌。

为维护自己的尊严，我只能收起懒散的性情，开始拼命背英语词汇。那时我家里的每一个角落都贴满了英语单词，最后居然翻破了两本《朗文现代英汉双解词典》。男子汉不发奋则已，一发奋则几万单词尽入彀下，我老婆从此对我敬畏恩爱。

后来呢？后来就有了新东方学校，就有了《GRE 词汇精选》这本书。最早写这本书时，电脑还没有在中国普及，打不了字，我就把单词和解释写在卡片上，写完几千张卡片以后，再按照字母顺序整理出来送到出版社。结果出版社不收卡片，我只能又把几千张卡片抱回家。我老婆就在家里，把一张张卡片上的内容抄到稿纸上，每天抄到深夜。后来，书终于出版了，由于用了红色封面而被学生们戏称为"红宝书"。

为了跟上时代，这本书后来又几经改版。有了电脑，修改的工作变得很容易。但对我来说，这本书唯一的意义，就是长留在我记忆中、让我感动直到永远的，我老婆在灯下帮我抄写书稿时的美丽背影。

我的岳父

在 18 年的岁月里，他们两个人变成了一对不可分割的灵魂，在苦难中变得谁都离不开谁，互相依靠着，和死神进行着坚忍不拔、艰苦卓绝的抗争。

我的岳父姓杨，十几岁就当了兵，赶上了抗日战争的末尾和解放战争，无数回从死人堆里爬出来。有一次，他们一个排被打得只剩下两个人，其中一个就是他。由于打仗勇敢，他立了不少战功，一路从战士变成班长、排长、连长、营长。他当营长的时候中华人民共和国成立了，有枪没处使，被调到天津警备部工作，最后升为团长。

岳父和岳母怎么认识的我不清楚，基本上属于组织安排的那种婚姻。但看到他们年轻时的结婚照，一个英俊，一个美丽，倒也蛮般配的。当年看战争题材的经典电视剧《激情燃烧的岁月》时，我头脑中怎么也抹不去岳父的身影。后来我跑遍天津，买到了这部电视剧的光盘，又买了一台 VCD 机，拿去放给岳父看。他看着看着就激动起来，脸憋得通红，双手微微地颤抖。

　　我的岳父岳母结婚时中华人民共和国已经成立，不用再过戎马倥偬的生活。当时，刚好国家鼓励大家多生孩子，于是夫妻俩就开始为国为民生孩子，一心想生男孩，希望孩子将来能够继续驰骋疆场，保家卫国。结果一连五个孩子整整齐齐都是女孩，像五朵金花，长得一个比一个水灵。在生完老五后，岳父岳母只得罢休。

　　我老婆是他们的第四个女儿，也是五个女儿中唯一上大学的，而且是北京大学。我就是在北大校园里盯上了她，然后死缠硬磨，终于打动了她。刚开始我老婆还很有点看不起我，因为她父亲好歹也是个官，而我是地地道道农民的儿子。

　　后来通过自己持久的努力，我才赢得了她的芳心。岳父并没有因为自己的女儿上了名牌大学感到多么荣耀，却对军人充满了敬意。他把两个女儿嫁给了军人家庭，又把三女儿送到部队去锻炼了一番。五个女儿都嫁出去以后，老两口就一心希望下一代能生出个男孩来。结果老大生了女孩，老二生了女孩，老三生了女孩，轮到我和老婆还是生了个女孩。

　　正当大家一起感叹杨家命中注定只出女将不生男兵时，老五却生了个男孩。母以子贵，从此老五在家里骄傲不已。后来我老婆带着女儿到国外居住，我大部分时间在国内忙碌，觉得母女俩实在孤单，就劝我老婆再生一个，没想到这次是个男孩。这一下，老五那趾高气扬的神气才被治住了一点。

　　听说岳父年轻时脾气火爆。部队上有一队痞子兵谁都治不了，就把我岳父派去当连长。那帮痞子兵看到来了一个比他们还年轻的军官，根本没把他放在眼里，明里暗里欺负他，他也一声不吭。

直到有一天大家一起打靶，那些痞子兵大部分枪枪落空，我岳父拿起枪来，咚咚几枪，几乎枪枪十环。正在大家拍手叫好时，他一把抓住平时领头闹事的痞子兵，要和他赤手空拳比个高低。痞子兵没有办法只能应战，结果我岳父三下两下把他打倒在地，从此奠定了自己的绝对领导地位。

后来部队缺粮时，他想方设法为弟兄们弄来一堆粮食，被众人崇拜得五体投地。有一次我在岳父家，当年他手下的一位弟兄刚好来看他，就一起坐下来喝酒。五位女婿除了我比较瘦弱，其余四位都虎虎生威。大家一起劝酒，我岳父的这位弟兄害怕喝醉，就单挑我喝，大概觉得我最弱不禁风。没想到，我是最能喝的一位，把他灌得酩酊大醉，走的时候一路跟跄，扔下一句话：杨大哥家没有一个是孬种，连戴眼镜的都这么厉害。

我第一次见到岳父时，他对我并不十分看好。他大概更喜欢那种孔武有力的人。倒是岳母对我爱护有加，觉得我尽管尖嘴猴腮，但五官并不歪斜，架着眼镜还有点文质彬彬。

结婚以前，每次到天津的岳父岳母家去，我老婆（当时是女朋友）都要先对我耳提面命一番，要我去了以后扫地擦桌、烧火做饭，为她脸上争光。我倒是从小就打扫猪圈，但如何打扫城里人家的房子却不太懂。做饭就更不是我的专长，除了会炒鸡蛋别的都不行。但我老婆非要我露一手，我只能硬着头皮上灶，做出来一席菜没有几个人动筷子，大家还要一边皱着眉头一边说好吃。

我岳父对我产生好感来自一件小事。他们住的房子冬天没有暖气，入冬时要储藏很多蜂窝煤，因此要在房子后面搭建一个煤池子。

我一个人认认真真不声不响把煤池子砌好，再把煤球在池子里码放得整整齐齐，把自己弄得一身漆黑。我岳父觉得我一不怕苦，二不怕脏，从此认为我是个能干大事的人，再也不允许我做零碎的家务活，一到家就让我进房间读书。我果真没有辜负他的期望，慢慢做成了新东方学校。我岳父把我砌的煤池子保留了很多年，逢人就说："这煤池子是我四姑爷砌的，他就是那个新东方学校的校长。"其实，听他讲话的人根本就不知道新东方学校是什么东西。

1988 年，我岳母突发脑出血，被送到医院抢救了两个月，终于从死神手里抢了回来，但从此瘫痪在床，并且失去了语言能力。当时全家都比较穷，没有财力可以请得起保姆。所有的女儿女婿都要上班谋生，而我岳父已经从部队出来，正在一家工厂当厂长。他义无反顾地辞掉工作，回到家里一心一意照顾老伴。

岳母行动不便，他帮着端尿盆、擦身子，还要做各种各样的家务。过去岳母身体好时，都是岳母照顾他，现在一切都反过来了。从来没有做过饭的他，开始每天学做饭；从来没有洗过衣服的他，开始每天洗衣服。我岳母失去了语言能力，表达任何意思都需要我岳父不厌其烦地去猜。有时候沟通不畅，老太太就会发脾气，我岳父原来急躁的脾气消失殆尽，从来都没对老伴发过一次火。这样的精心照料，一直持续了整整 18 年。

在 18 年的 6000 多个日子里，除了到菜市场买东西，我岳父没有离开过家门一步，没有出去旅游过一趟，也没有睡过一次完整的觉。眼看着他脸上皱纹越来越深，头发越来越少，我们心痛却帮不上忙。后来，我们挣了点钱，大家商量着请个保姆。但老太太已经习惯了岳父的照顾，任何保姆都没法做到像他那样精心。岳父就干脆拒绝再找保姆，将重担继续扛在自己的肩上。只有在周末或节假日时，女儿女婿才能去帮一点忙。

18年，我们看着岳父从一个走路生风的军人，变成了一个步履蹒跚的老人。一年又一年，他承受的压力越来越重。我岳母满身是病，脑溢血、心脏病，后来又得了癌症，癌细胞逐渐转移到肺部。多少次送到医院，多少次我岳母又从死亡线上挣扎了回来。在18年的岁月里，他们两个人变成了一对不可分割的灵魂，在苦难中变得谁都离不开谁，互相依靠着，和死神进行着坚忍不拔、艰苦卓绝的抗争。

2005年3月，老太太再次被送进医院。医生在对岳母进行全面检查后，对我们说，老太太能够活到今天真是个奇迹。我明白"奇迹"两个字后面包含的全部内容：这奇迹来自我岳父18年来增加的每一道皱纹，来自我岳父每一根脱落的头发，来自我岳父对自己老伴无怨无悔的关爱。

但这一次，老太太没能够挺过来。在无数天急促的呼吸和含糊的低语之后，在心中没法舍弃而又不得不舍弃的弥留之后，老太太握着我岳父的手离开了人世。

得到岳母病危的消息时，我正在北京开新东方董事会。下午3点，董事会结束，我感到一股压制不住的难受在胸中翻滚，一种不祥的预感在心中升起。我告诉司机立刻开车去天津。去天津的路上，我打电话给家里，电话那头传来低沉的声音，是我的一位连襟接的电话，告诉我老太太已经离开人世。

我们到达天津时，家里已经设置成了灵堂。老太太的遗像，一张 50 多岁时拍的面带微笑的照片，放在灵堂的中央。在对遗像三鞠躬之后，我走进岳父的房间。正瘫坐在那里目光痴呆的老人，看到我进去，颤颤巍巍地站起来。我们的眼泪都在眼眶里打转，在他的眼神中，我看到的不是 18 年辛苦后的解脱，而是一种失去依恋的绝望，一种亲人永别后的哀伤。

老人一边给我让座，一边坐下来给自己点烟。他点了三次都没点着。我接过打火机帮他点，自己也拿起一根烟。

老人说："你不是不抽烟吗？"

我说："爸，我陪你抽一根。"

老人说："你不要抽，这样对身体不好。"

他伸手把我手里的烟拿过去，掐灭在烟灰缸里。

我们俩一时都没有了语言，呆呆地坐在那里，看着他手里的香烟散发出来的青烟，在房间里袅袅上升。

女儿的父亲节贺卡

> **这么多年来，我第一次意识到孩子对我的生命来说是如此重要。**

有一年夏天，我正在北京主持召开新东方办公会，我爱人从扬州打来电话，说女儿上吐下泻，肚子疼得满地打滚。

凭直觉我就知道问题很严重，因为孩子以前从来没有病得这么厉害。新东方的老师们听说后劝我立刻坐飞机赶往扬州。我还在犹豫，大家已经七手八脚把我推到门外，说缺了我他们照样能够把会开完。

我驱车赶到机场，希望能赶上晚上 8 点 20 分飞到南京的航班，结果差了几分钟，只买到了 8 点半到上海的机票。

飞机落地已经 10 点半，我赶快打电话问我爱人孩子的病情。她告诉我孩子得的是腹膜炎。腹膜炎一定是由其他更严重的病症引起的，例如阑尾穿孔或者胰腺炎，不过医生还没有查出来背后的病症是什么。但不管是什么病症，一定要立刻动手术，否则就有生命危险。我听了以后浑身发冷，给我认识的全部医生打了电话，问他们有没有什么好办法。他们都说没有别的办法，只能动手术。我担心扬州的医疗技术相对落后，想要把孩子转到上海治疗，却被告知时间已经不够了。

　　汽车在高速公路上狂奔。夜晚的公路上到处都是大卡车，挤满了车道，我们的车只能在大卡车的缝隙里穿行，从沿江高速到江阴大桥到京沪高速再到宁通高速，经过三个小时的奔波，终于在凌晨 1 点半赶到了扬州市第一人民医院。

　　我到的时候，医生还在做手术前的准备，女儿还没有被推进手术室，躺在病床上打点滴。一见到我，孩子眼泪哗哗直流。我赶紧抱着她说："没事，不要害怕，有爸爸在，什么都不用怕。"可我自己心里的感觉却像掉下了悬崖一般。医生说还是没有确诊到底是什么病，只能开刀先检查再说。我在手术书上签了字，女儿被推进了手术室。手术室的门在我面前重重地关上了。

　　我们坐在手术室前等待，心在嗓子眼里打转。半个多小时后，护士出来告诉我们，病因找到了，是阑尾化脓，由于比较严重，手术时间需要长一点。凌晨 4 点，在两个小时的手术后，孩子被推出了手术室，由于全身轻度麻醉，还处于昏迷状态。看着孩子苍白但已经变得安详的脸，我心里的石头终于落了地。这么多年来，我第一次意识到孩子对我的生命来说是如此重要。

　　我欠女儿太多。1995 年她出生时，正是新东方开始蓬勃发展的时期，我很少有时间待在家里，每天都是她没醒来我就出去，她睡着了我才回家。

　　1998 年，她和妈妈一起去了国外，离我更远了。尽管每年我都努力抽时间多去看她们几次，但几乎每次都是不到一个星期就回国了。2003 年，新东方在扬州建立了以中小学教育为主的外国语学校。我立刻和爱人商量把她们接回国内，让孩子到新东方上学，这样我可以事业家庭两不误。

没想到接回来后，我更是一头扎进了新东方的事务中，见到她们的时间比在国外还要少。我在家庭和事业之间挣扎，希望能够保持两者之间的平衡，结果还是被新东方的事务劈头盖脸地淹没。幸亏孩子很懂事，每次回家都和我很亲热，一听说我要回家就常常兴奋得睡不着觉。

曙光从医院的窗户透进病房，我静静地坐着，等待着孩子从昏迷中醒来，心里充满了内疚。我一定要让她醒来的第一眼就见到我，然后告诉她，爸爸会一直陪在她身边，直到她病好；告诉她爸爸以后会挤出更多时间和她在一起，再也不会把她和妈妈孤零零地撂在一边；告诉她新东方对于爸爸很重要，但她对于爸爸更重要。我会拿起她最喜欢的故事书读给她听，跟她一起分享故事中的悲欢离合，回答她所有稀奇古怪的问题；然后我会放下书，和她一起倾听窗外的树林中传来的一声声鸟鸣，在鸟鸣声中体会生命的互相呼应。

早上8点钟的阳光洒进了病房，女儿终于醒了过来，看到我在旁边，苍白的小脸露出了让我心疼的微笑。女儿问我她怎么会在医院，我告诉她，她肚子里有个坏东西叫阑尾，医生在她睡着时把它从肚子里拿走了。她问我是怎么拿走的，我说医生在她肚子上开了一个小小的口子。她就说要看看阑尾是什么样的，我告诉她医生已经把阑尾拿到实验室化验去了。她似懂非懂地点点头，看了一眼窗外的阳光，拉着我的手又安宁地睡着了。

那个时候，我已经一天一夜没有睡觉了。趁女儿睡觉的工夫，我拖着疲惫的身躯回到了扬州校园的家里。推门走进书房，发现书桌上放着一张女儿制作的还没有完成的卡片。

走近一看，卡片左边画了一只眼睛，中间用剪刀剪了一个心的形状，空白处涂上了一圈圈红色，右边则写着一个大大的 U 字，三个图案用英文解释就是 I LOVE YOU（我爱你）。在卡片的上方，女儿用粉红色的笔歪歪斜斜地写了一行英文字：Happy Father's Day（父亲节快乐）。我突然想起来明天就是父亲节，女儿是在为我制作卡片，她是在制作这张卡片的时候发病被送到医院的。我呆立在房间里，凝视着这张卡片，眼里充满了泪水，浑身不由自主地颤抖起来。

女儿带给我的拼图启示

我们踏遍千山万水去寻求人生成功的秘诀，最后却发现成功的秘诀就藏在我们心底。

记得那是在"非典"时期，女儿不能去学校上课，我手头的业务也暂时停了下来，一家人在家里无所事事，都觉得乏味无聊。有一天，女儿找出了一大盒智力拼图，要我和她一起把500个碎片拼成一张完整的图案。

那是一幅海浪图，波涛汹涌，十分壮观。但是那500个碎片只是一堆白色和蓝色的小块，一点也看不到大海的影子。我做事一贯大大咧咧，缺乏耐心细致，从没有尝试过这种游戏。但在女儿的盛情邀请下，我还是硬着头皮答应了。

刚开始很长一段时间，我反复摆弄那些碎片，不知道如何下手。因为它们太相似了，要在其中找出两张能拼在一起的图片，真有点儿像大海捞针。还是女儿有经验，告诉我应该先把框架搭起来。框架的碎片都有一条边是平的，所以我迅速地把它们分离了出来。这类碎片只有不到 100 张，所以组合的难度大大降低。很快，这幅图片的框架就搭好了。

我看着那一圈框架，突然想到我们的生活也经常是一堆乱七八糟的碎片，当我们想要整理破碎的生活时，不知如何入手，经常在痛苦中把生活弄得更加支离破碎。为什么不能像拼图一样，先把生活的框架搭出来呢？这样不就有了一个良好的开始吗？

拼图的框架搭好以后，我又陷入了迷茫，剩下的几百张碎片该如何填进去呢？我一边观察，一边把不同颜色的碎片分开，试图缩小寻找的范围，但经常发现自以为颜色相配的碎片却怎么也拼不到一起，有时一着急还会把不合适的两片强行按一块。有时候为了找到合适的那一片，经常要试几十片，一旦找到，心中充满了喜悦。偶尔在失败了很多次以后，正灰心丧气之时，无意中随手拿起一片刚好合适，大有"踏破铁鞋无觅处，得来全不费工夫"的感觉。有时到处都找不到想要的那片，突然发现它就在手边，真是"众里寻他千百度，蓦然回首，那人却在，灯火阑珊处"。顺利的时候，一下子拼出了好几片，心中的喜悦溢于言表。最痛苦的是在几乎试遍了所有的碎片而没有收获时，烦躁、焦虑油然而生，恨不得把所有已经拼在一起的图案统统打碎，扔到垃圾箱里才解恨。

我终于明白了为什么"拼图"的英文要叫 puzzle，puzzle 这个单词蕴含着"让人迷惑、让人痛苦，但又让人欲罢不能"的意思。上面描述的这些情感，我们在日常生活中经常能体会到。

人生漫漫，我们到处寻找幸福，到头来往往发现，幸福其实就在离我们不远的地方；我们常常因为没有更好的前程而绝望，为身边没有情投意合的朋友和伴侣而痛苦；我们踏遍千山万水寻求人生成功的秘诀，最后却发现成功的秘诀就藏在我们心底；在最绝望的时候，由于缺乏必要的耐心和等待，我们常常把自己拼命努力过的生活打得粉碎，最后以扔进垃圾箱而告终。

尽管遇到了很多挫折和失败，但我终于对拼图游戏入迷了。因为我发现，只要不放弃，在无数失败和挫折的后面，紧跟而来的是更多、更强烈的快乐和成就感。有时候我坐在拼图前面，半小时都找不到合适的一片，心中的痛苦难以言表。每找到一片需要的碎片，心中的成就感就会把挫败感挤得远远的。成就感和挫败感不断较量的过程，就是对精神和耐力的考验。

我学会了暂时的放弃，先去寻找另外的一片，这样常常能把工作继续下去。或者干脆停下来，等到第二天再继续拼下去。由于第二天换了一种心情和角度，结果常常又能把图案继续拼下去，获得了重新开始工作的巨大快乐和成就感。在现实中，当我们的生活进入死胡同，或者因为持续做同一件事情时间太长而失去创造力和耐心时，不妨先停下来散散心，或者换个角度想想问题，这样可能会别开生面，柳暗花明。

两天后，我对拼图游戏的专注已经不能用"入迷"来形容，只能用"魂牵梦绕"来描述了。梦里到处是一张张碎片和残缺的画面。白天醒来的第一件事情就是坐到拼图前去。由于专心致志，拼图的速度也明显加快了。看来世界上的很多事情不入迷是做不好的，有时候光入迷还不行，得魂牵梦绕才行。

女儿见我如此专注，小小年纪也被感动了。她也专注地帮我拼图，有时我找来找去找不到的碎片，她却帮我找着了，露出无比可爱的笑容，让我深受感动。再后来，我老婆也加入进来。在三天的拼图游戏中，我们全家享尽了合作的愉快、发现的喜悦和成功的快意。最后一天晚上，我努力拼到夜里 3 点，实在没有精力坚持把剩下的几十片拼完，于是决定第二天再完成。

等到第二天我 11 点起床后，直奔拼图前面，却发现一幅海水奔流的图案已经躺在桌子上等候我了。我女儿幸福而骄傲地告诉我，她已经完成了。我走过去激动地抱着她，眼泪差一点流下来。一幅完美的作品在一家人的共同努力下终于完成了。

我走近图案一看，中间还少了一个碎片。我问女儿是怎么回事，她说最后那片实在找不到了，可能是在拆包装的时候不小心弄丢了。我想这不太可能，于是就和我女儿翻来覆去到处找，结果找了很长时间都没找到。

那少了的一处是如此的刺眼，好像一张讽刺的大嘴。生活总是有遗憾的，拼图游戏也不例外，我已经参与了拼图游戏的全过程，体会了许多，感悟了许多，最后就算少了一片又有什么呢？对于我的精神和心灵而言，我什么都没有失去，反而得到了更多，所以应该为找不到最后一片而高兴才对呀！

虽然如此安慰自己，但追求完美的冲动还是使我打开房间里的所有灯光，再一次细心地寻找。最后我趴在地上，终于从沙发底下的一个角落里找出了那最后一片拼图。

我用有点发抖的双手把那一片拼图放进属于它的位置。波涛汹涌的声音仿佛从远方传来，我的整个灵魂穿越时空，和大海融会在了一起。

生活有时候还是可以拥有完美的，哪怕只是短暂的拥有。

亲爱的妈妈，您一路走好
——在母亲追悼会上的讲话

父母留下的精神和温暖，总会让我们找到生的力量和爱的力量。

首先感谢各位亲友、各位朋友、各位新东方的兄弟姐妹，感谢你们来陪我亲爱的妈妈最后一程。大家心情不要那么沉重，老太太89岁了，虚岁90，所以算是喜寿了。我也祝愿我们在座的每一位，未来的生命，要比我妈妈走得还要长，经历这个精彩的世界。

老太太尽管一生悲苦，但是又很幸福。人生就是这样，永远都是艰难困苦和喜悦欢欣掺杂在一起。不管儿女长多大，在妈妈面前都是孩子。不管人生走多远，有妈妈陪伴的人生，就是不孤单的人生。

这一点我深有感触，这几年老太太患有阿尔茨海默病，我天天陪着，有的时候还嫌老太太不认识我。但是当老太太真的去了，我的心一下子就空了，感觉什么都没有了。这个世界上可以把你从最遥远的地方拉回来的一条无形的绳子，突然之间就被剪断了……我相信在这里已经失去父母的，或者说是失去母亲的人，都会有这样的一种感觉。

从我们出生时起，每一个妈妈都会用她的温暖、坚韧、勇敢、不屈和进取的精神，为我们支撑起一个家。这个家因为有妈妈而完整，可以躲避风雨的侵袭，也让人看到最艰难时候的希望。有了家，我们的心就有了安放的地方。从小到大，妈妈带给我的就是这样的一种感觉——妈妈在哪里，家就在哪里。

家给我的第一个感觉，其实不是温馨而是艰辛。打我记事起，就深刻感觉到人生的不易。我大概四五岁的时候开始记事。我现在还记得两件事情：一个是快五岁的时候，"文化大革命"开始了，我妈因为被人诬告，关进了"牛棚学习班"。我当时还很小，要进"牛棚"里面看妈妈，结果被把门的民兵一脚踹出了一丈多远。那天下着雪，后来是我姐把我抱回去。还有一件事情，也是我五六岁的时候，我妈好不容易攒了几毛钱给我买了一双塑料鞋，我穿着这双鞋，活蹦乱跳地跟小朋友去玩。后来我到河里游泳，回来的时候就忘了那双鞋，因为我平常去河边玩的时候几乎从来不穿鞋，都是光脚，所以有鞋也就忘了。结果回来我妈一看我脚上没鞋，问鞋在哪里，我突然想起来把鞋丢在河边了，赶快去找，结果鞋已经不见了。我妈把我痛打了一顿，晚上等我睡了又抱着我哭了半天……最后是隔壁村上的邻居，把鞋给送回来了。

当年老太太没日没夜地带着生产队的人干农活，常常子宫大出血。我有次看到她快要死掉的样子，束手无策，惊恐万分。即便忙成这样，每年我们家也会比其他农户多养两到三头猪。其实养猪是一件挺累的事情，南方人养猪要喂熟食，不是散养，必须要给猪做饭，我记得小时候跟我姐一起，天天给猪做饭吃。也因为老太太的勤奋，我们家没有真正地缺衣少粮过。我的老父亲很憨厚，从来没有动过我们姐弟一个手指头。但是老头子喝酒成性，每次喝完酒回来，老两口就会打架，打得我和姐姐心惊胆战。好就好在，我老父亲脾气还算比较好，很少动手打我母亲，常常是我母亲虐我父亲。

南方雨水多，小时候一下雨，家里的盆盆罐罐就不够用，到处都在漏雨。要是下暴雨，就得拿盆子往外舀雨。在这样的艰苦环境下，我妈妈作为全家的主心骨，带着全家屡屡在绝望中不放弃、不罢休，一直维持着家的完整，也给了我们家的港湾，让我深刻理解了家的含义——不是在父母庇护下的和风细雨，而是父母带着孩子，不管遇到多少困苦都不放弃希望，不放弃追求。

尽管环境很艰苦，但是儿时的记忆依然充满了很多温馨的时刻。比如每天早上妈妈总是最早起来做好早饭，让我们姐弟两个吃了饭再去上学。因为妈妈的精打细算，我们家时常有点余粮，妈妈总是让我们拿去接济村里最贫困的人家。逢年过节的时候，妈妈总是亲手做年糕、馒头、粽子等。

老太太的手非常灵巧。今天老太太穿的寿服，就是她十几年前自己一针一线缝制好的。她从小就跟着哥哥做裁缝，所以是一把好手。小时候我们穿的衣服，都是妈妈自己做的。她亲手把裁剪好的棉袄、棉裤给我们穿上，帮我们抵御南方冬天的寒冷。我们小时候的南方，比现在要冷很多。河面上结着厚厚的一层冰，可以在上面走，现在南方的冬天河面已经不怎么结冰了。当时的冬天，晚上被窝像冰窖一样，老太太总是会把铜壶里面灌上热水，我们把那个叫"汤婆子"。老太太把"汤婆子"先放到被窝里把被窝弄热了，再让我们睡进去。有时候她会自己先到被窝里去，把被窝暖热了，再让我们入睡。小时候的冬天，我总是依偎在我妈的怀抱里入睡。

冬天的时候，妈妈总会酿一缸米酒。我妈妈酿的米酒是方圆几个村里最好喝的。我上高中的时候，学校离家比较远，要走差不多一个小时才能到。冬天我去上学之前，妈妈就会给我热上一小碗米酒，喝完以后身体热乎乎的，上学路上的冷风苦雨，就不那么寒冷了。我妈这个行为不经意中锻炼了我的酒量。可以说，我的酒量不仅仅是因为父亲遗传，还是被我妈锻炼出来的。她不允许我父亲喝酒，但是我喝酒她从来不管。

一个有见识的妈妈，对于孩子的成长是非常重要的。我妈妈尽管文化水平不高，一天学都没上过，但一直是一个特别有见识的人。她一生都为自己没有上过学而苦恼，所以对上学有着无比痴迷的渴望。大家可能不知道，老太太到了 80 岁的时候还在认字，还在一页页地读书。从小，我妈对我说得最多的一句话就是，让我长大后当个先生。当先生就是当老师的意思。所以只要我和我姐姐坐下来写作业和读书，妈妈脸上就会露出非常欣慰的笑容。

对一个孩子来说，有一个喜欢学习的妈妈是多么的重要。我们村上的一些孩子不读书，他们的父母一般都不会管。这些孩子比我玩耍的时间要多一些，而我做作业的时间就会多一些。我妈妈总是要求我们认真读书、写字。农村里面一家能有两个高中生的不多，我姐姐当时读到了高中毕业，我在读高中的时候，各种不顺利，当时的政策是一家只能有一个高中生。"四人帮"粉碎后，听说村上的一个女孩不读高中了，我母亲立马跑到了公社里，找了公社书记，找了当时高中的校长，最后把我折腾进高中。

　　当时的高中只有两年，但是我实际上只上了一年多一点。好就好在我高中毕业的时候，中国恢复了高考。我在老母亲的鼓励下，在老师的鼓励下，当然也有自我的渴望，去参加了高考。尽管第一次没考上，但后来一考再考——这也是由于妈妈希望我当个先生的缘故，最终还是考上了大学。

　　因为生活一直不顺，跟我爸的关系也不是那么好，身体又不好，我妈妈的脸上一直有很多悲苦。直到拿到北大录取通知书的那一刻，我才第一次看到妈妈脸上露出了最动人的笑容！这个笑容，和后来我妈得了阿尔茨海默病以后，偶然把我认出来时露出的笑容是一模一样的。老妈得了老年痴呆以后，前期认出我的次数还比较多，到了后期，大概每十次只有两三次能认出我。她只要认出我来，脸上的笑容就超级迷人。

　　我觉得这是我这一生中能够看到的最像天使的笑容。

　　我拿到北大录取通知书后，我们家把鸡、羊、猪全都杀光了，把全村的鸡、羊、猪几乎都给征集过来了，全村老百姓吃了整整一个礼拜。

　　我一直知道，人生必须努力上进，生命才会有希望。我也知道即使辜负天地，也不能辜负母亲的期待。

　　妈妈的为人处世，给我做了很好的榜样，可以说造就了我一生的立足之本。从我记事起，妈妈一直非常无私地帮助全村的老百姓。她做了很长时间的妇女队长，带领全村老百姓起早贪黑地干农活。谁家有困难，她一定是尽心相助，不遗余力。村民们常常会聚在我家，讨论各种各样的问题，解决大家的困难。老太太一直都是全村的中心人物，即使后来到了北京，老太太每年还都会回到村庄，给全村有困难的人家解决问题。改革开放以后，也是妈妈办起了全村第一个小工厂，指导村民一起加入，共同致富。

我从我妈妈身上学会了无私、助人为乐的精神，学会了慈悲为怀和团结奋斗的精神。这些品德一直引导着我做人做事，直到今天。妈妈身上一直闪耀着人性的光辉。这一光辉到今天还在照耀着我前行的道路，也照耀着新东方前进的道路。

从小到大我妈妈很爱我，甚至是过分地爱我。这种爱其实也曾令我困惑，但是也成就了我。我是我们家唯一的儿子。我前面本来有个哥哥，在四岁的时候，得肺炎生病去世了。这件事让妈妈心惊胆战，所以从小到大我一直被妈妈过分地呵护和偏爱，这对我姐姐其实有点不公平。我姐姐小时候因为我，受了很多很多的委屈。今天我姐姐也在这儿，我要向姐姐说一声对不起。还好，后来我也算是事业有成，可以回报我的姐姐，回报我的妈妈。

我妈妈知道，只有严厉管教的孩子才能成才，所以在爱我们的同时也提出了很严格的要求，让我从小培养了自立自强的精神。

在我上大学得了肺结核之后，我妈妈毅然决然关掉了开得非常兴旺的小工厂，跑到北京来照看我，可以说是无微不至。她一开始住在北大的宿舍，弄得我的同学都很烦躁，后来又到六郎庄的农村去租了个房子。

后来到我结婚后，我老婆和我住一起，老妈妈居然也住在同一个房间里。这让我既感受到了母爱的温暖，也让我从此生活在母亲的"阴影"下。这种影响持续了很久。新东方的很多人都知道老太太有强烈的个性，容不得半句不好或违背她意愿的话，也知道老太太的影响力。

　　新东方人知道我的很多不容易，但是也正是这份不容易，体现了真正的母子情深。随着老妈妈年龄的增加，我看到老太太变得越来越平和，再后来得了阿尔茨海默病，老太太彻底进入了一种无欲无求的状态。尽管我很心疼，但是我一直认为这是上天给予老太太有生之年真正的安宁。最后三年，老太太在我身边，过着从来不生气、给什么吃什么、让坐让睡都随意的生活。我觉得这是对老太太过去那么多年艰苦奋斗的一种回报。

　　现在妈妈已经驾鹤西去，在 90 岁的高龄往生极乐世界，尽管我内心悲痛难忍，但我知道她一生积德，实际上是脱离了人间苦海，去往另外一个世界享福了。

　　1991 年，我父亲去世，我的生命塌陷了一半；现在妈妈离开，我生命的另外一半又塌陷了。不管我们多大多老，失去父母的世界，我们都是孤儿，从此只能孤独地流浪。有父母在，我们还知道来路；失去父母，我们只有归途。好在父母留下的精神和温暖，总会让我们找到生的力量和爱的力量，让我们继续坚忍不拔地生活，去爱这个世界，去爱我们的家人、朋友、孩子、同事和战友。

　　生的世界本来就是孤独的，是因为我们互相温暖，才会让阳光更温馨，才会让黑夜不再漫长。

　　在这里，我要特别感谢一下照顾我妈妈的姐夫和两位表哥，我的姐夫蒋志华、李洪表哥、李炳玉表哥。他们在这 10 年里尽心尽力，从来没出过任何差错，比我这个儿子做得还要好。谢谢你们三位，让我可以安心在新东方工作，打造新东方的事业。也谢谢照顾我妈妈的两位阿姨，他们不畏艰辛和烦琐，一直陪着老太太。

尽管我妈妈在现世已经离我们而去，但她会一直活在我们心中。在每一段孤独和艰难的时光，妈妈都会陪伴着我们；在每一段欢乐和美好的时光，妈妈也一定会和我们一起团聚。

妈妈，永远是一种无限的存在！

亲爱的妈妈，您一路走好，相信您去的地方一定是天堂，一定如您所愿。

他们走了，却活在我心中

> **人离开这个世界后，是活在别人心里的。**

春天是令人心动的季节，大自然对人心的召唤不可阻挡。

每年清明节，我都会尽量安排时间回家乡扫墓的。如今，我父母双双安葬在家乡的墓园里。我父亲 1991 年去世，母亲 2020 年底去世。老太太其实希望安葬在北京，离我近一点，但我最终还是决定把老太太的骨灰迁回老家，这样有家乡人照看墓地，更加放心一些。2021 年清明节的时候，我捧着老太太的骨灰盒回到家乡举行了安葬仪式，请全村老百姓大吃了一顿。我上大学离开家乡时还是个 18 岁的少年，如今回去已是花甲。小时候光屁股一起玩的朋友们，如今都已经头发花白、老眼昏花。人生如梦，转眼已过千山万水。

打我记事起，就经常看到父母打打闹闹，好像他们从来没有相亲相爱的时刻。后来才知道，那叫"贫贱夫妻百事哀"。父亲去世后，母亲一直在北京跟着我过。老太太曾经吩咐我，不要把她和父亲葬在一起，免得到了那边还天天打架。我尊重母亲的意愿，给她安排了一个独立的墓室，但和父亲在一个陵园里。这样老两口既可以见面，也不用打架了。在陵园里，还有我的不少至亲，爷爷奶奶、姥姥姥爷、舅舅们（我有六个舅舅），他们在另外一个世界里都团聚在了一起，我可以同时祭拜他们。我曾跪在父母的墓前说过，在我有生之年，只要方便，就一定每年清明节回家扫墓。

然而，母亲去世的第二年春天，清明节碰上了严重的疫情，姐姐给我发来微信，说陵园关闭了，今年不让扫墓，而且从北京回去，极有可能被隔离14天。我自然也就不敢回去了。回去万一出什么状况，可能就回不了北京了。清明节那天，我只能在北京的家里弄了几样供品，放在父母的照片前，点上几炷香，祭拜一下。其实，我从来不相信灵魂不灭，但人离开这个世界后，是活在别人心里的。父母在我的心里，就在我心中活着，所以祭拜就是必须的。

我很喜欢动画电影《寻梦环游记》，在影片中，另一个世界的热闹和欢乐来自人间亲人的记忆。如果再也没有一个人记得你，你就永远烟消云散了。

故乡，游子的精神家园

家乡是一个游子的心灵归宿，是一个游子的精神家园。

我出生在江苏江阴，如今夏港街道葫桥村的蔡家埭。我小时候还没有夏港街道，当时叫夏港人民公社，我所在的村庄叫红旗大队第四生产队。

从出生到 18 岁，我一直没有离开过江阴。到北京上大学，是我第一次远行。

我家的老屋是三间破旧的瓦房，墙皮脱落，斑驳陆离，家里一直都没有钱把整个房子重新粉刷。尽管是瓦房，但低矮阴湿，一到下雨的日子，屋里到处都滴滴答答漏雨，家里所有的盆盆罐罐用来接雨水都不够用。

我们家不算是村庄上最穷的，因为我妈持家有方，吃了上顿没有下顿的日子并没有过上几天，但贫穷的滋味确实是品尝过的。现在回忆起来，这样的日子好像还带有一点诗意，但当时却是实实在在的艰苦。

离开家乡前，我没有觉得家乡有多美。现在回想起来，尽管当时缺衣少食，但真的是生活在山清水秀的田园风景里。

这样的田园风景，不仅仅是指春天麦浪滚滚和夏天稻花飘香，也指居住环境的自然清幽。我家老屋被竹园包围，后面就是一条小溪。小溪从东边的青山流下来，弯弯曲曲经过我家，再往南拐弯流入了横塘河。小溪上有座小石桥，岸边有个小码头，老乡们天天在这里淘米、洗菜、捶衣服。河水是活的，水面一直很清澈。这条小河给我带来了很多乐趣，我在小河里学会了游泳，也经常在这里抓鱼、摸虾、掏螃蟹。尤其是那些吸在石头上和茭白根上的螺蛳，一摸就是一大把，配上酱油在锅里炒一炒，就是很好的下饭菜。小时候养成的习惯成了一生的爱好，到今天，我看到螺蛳依然有着"不要命的喜欢"。

这座山和这条小溪，承载了我太多的记忆。小青山也就50多米高，是我小时候割草的地方。我常常会爬到山顶上，看一览无余的风景，尤其是看长江如白练一样，从西边浩浩荡荡而来，流经江阴向东奔流入海。站在青山上面，也能够看到长江边上的江阴黄山。小学的时候老师就给我们讲过黄山炮台的故事，但直到初中，因为一次学校组织的活动，我才得以亲眼看到江阴炮台。

那座美丽的小青山，现在已经彻底没有了踪影。改革开放后，江阴发展加快。我大学毕业回家看到山和小溪已经没有了，心里对家乡曾经大失所望。山上的古庵已经不再是尼姑的道场，变成了采石工人锻造铁钎的地方。我小时候，青山上就已经开始采石了，不过那个时候用量还不是很大，所以整座山依然完整。

我小时候是干农活的一把好手，插秧、割稻、挑粪、种菜，几乎样样都能够拿得出手。也许是我妈对我的管教比较严，我从小干活就不敢偷懒，由此养成了很勤奋的个性。这种勤奋的个性让我受益至今。如果没有这种勤奋的个性，我应该不会取得今天的成就。到今天为止，我依然能够每天工作 15 个小时以上，很少有懈怠气馁的时候。

我在我们前面一个村的徐家埭小学上学，路不算远，但当时只有田埂小路，只要一下雨，人就容易摔到田里去。路上还要过一条横塘河，河上只有木桥，桥中有的木板已经空了，也没有栏杆，但走多了也就不感到害怕。有小朋友刮风下雨天打着雨伞过桥，结果被刮到河里去的。有一次我调皮，去踩桥边上的木板，没有想到木板是松的，结果掉了下去，掉到了岸边，差点把自己摔死。

初中的时候，我在长征中学念书，就不用再过河了，但需要过一条马路，就是今天的镇澄路。当时我喜欢站在马路边看长途汽车开过，卷起长龙般的灰尘。我心里产生很多遐想，要是能够坐着汽车到远方去多好。没有想到，后来此身能够在全世界自由遨游。

我高中就读的学校叫静堂里中学，是由一座庙改成的，如今老校门好像还保留在原地。这是我的梦想真正开始的地方。那时候，政府鼓励高中生努力学习、参加高考。因为我喜欢当时的英语老师，就选了英语作为高考的专业。

1978 年，我第一次参加高考，没有考上，就回到了农村。1979 年，再考一次也没有考上。1979 年下半年，江阴一中办了一个高考补习班，我有幸进入了补习班，在班主任曹忠良老师的引导下，我们整个班的同学学习都很拼命，大部分人都考上了大学。1980 年，我考上了北京大学，从此离开了家乡。我常常说，这个补习班改变了后来中国英语学习的格局，因为新东方是我创立的，新东方的 CEO 周成刚、行政总裁李国富，都是这个补习班的同学。当年高考后，周成刚去了苏州大学，李国富去了南京大学。

最难忘的还是家乡饭菜的风味。到了北京后，我不得不改变饮食习惯，但魂牵梦绕的都是家乡的美味。每年放寒假回去过年，最让我感到幸福的，就是妈妈做出一桌我思念了一年的饭菜。

对于文化和家乡最深刻的记忆来自舌头，这句话一点都不假，何况江阴真的是个美食之乡。鲥鱼、刀鱼、河豚、大闸蟹，春天的青笋和蚕豆、夏天的茭白和扁豆、秋天的莴笋和萝卜、冬天的馄饨和汤圆，没有一样不令人垂涎欲滴。还有那黄金一样的黑杜酒和糯米飘香的自酿米酒，滴滴都能够让此心沉醉。

随着改革开放的推进，江阴的很多村庄都变为城市区域，我的家乡也不例外。尽管现在村庄还在，但已经被工厂和社区包围了，估计不久的将来就会被拆除。

小时候留下的关于于家乡点点滴滴的记忆，那些可以参照的风物，可能都会了无踪影、不复存在。有一次我回到家乡，朋友告诉我夏港这个地名被取消了，让我无比失落。但很快政府就恢复了夏港街道这个名称，这让我感到一丝温暖。

我知道，以后葫桥村蔡家埭也一定会被拆掉，但我真希望能够留下这个名称，同时留下来的，一定还有我们随着岁月的流逝，越来越浓厚的回忆。

家乡是一个游子的心灵归宿，是一个游子的精神家园，尽管远离千里万里，教我如何不想她呢？

第二章 真心
用教育点燃成长的激情

孩子成长有两条必经之路:

一是和知识相遇,

二是和大地亲近。

和知识相遇意味着阅读,

和大地亲近意味着行走。

只因一生想与年轻相伴

> 伴随时代成长，伴随年轻人成长，我自己也永远打上了年轻的烙印。

1991 年，我离开了北大，那一年我 28 岁。

那个时候，我对成熟的社会、成熟的人以及成熟的体制充满了厌恶，我觉得这不是一个年轻人应该待的世界，即使在北大那样一个有充分的思想自由的地方，我也觉得空气如此沉闷。

下海的时候，我周围很多认识的人，包括北大的领导，包括我的朋友，都说："俞敏洪，在你身上看不出有一点点做生意的基因。你出去的话，可能会死路一条。"

我从北大出来以后在很长一段时间内，做了个体户，而那个时候我的好朋友徐小平曾经回到中国进行了第一次创业，失败以后又回到了国外。即使在那种状态下，我们依然坚信，未来的世界是属于我们这一代人的。因为那个时候，我们这一代人可以和"年轻"两个字画上等号。

光阴荏苒，这么多年过去了，回头再思考，我发现我绝对不能变成一个所谓成熟的人，在一个成熟的体制，以及一种舒适的状况下生活。

所谓的成熟，可能是意味着遮蔽你的眼光，磨钝你的锐利；所谓的成熟，意味着你有意无意会阻挡年轻人的发展；所谓的成熟，意味着你有意无意看不起年轻人做的事情。这些年轻人做的事情，在你看来是一种冒险，是愚蠢的、不规矩的，是破坏和颠覆既定秩序的。

英国著名作家毛姆说："当你听到年轻人的自信满满、目中无人地满口胡言时，当你看到他的武断教条、偏执狭隘时，你生气做什么？你指出他的愚昧无知做什么？你难道忘了，你和他一般年纪的时候也是这般的愚蠢、武断、傲慢、狂妄？我说的是你，也说的是我。"这段话给我带来非常深刻的影响。

当我们自以为成熟的时候，我们实际上已经离年轻人的世界很远了，已经离这个时代很远了。我一直认为自己是跟年轻人不断打交道的人，因为新东方培训的主要对象就是年轻人。但我也感到，我有的时候也会用一种挑剔的眼光看待年轻人。这是一种不自觉的眼光，因为你自认为经历了世事沧桑，自认为老于世故，自认为已经对这个世界有一种透明完整的了解。

然而，当我发现我的孩子在玩 iPad、玩手机的时候，他们所有的信息获取和交流都能够通过现代手段如此流畅地完成的时候，我发现我已经落后了。我一直觉得自己打字的速度非常快，但我的孩子在手机上打字搜索他们需要的信息时，速度甚至超过我在电脑上打字的速度。

毫无疑问，当前这个移动互联网时代，是一个年轻人的世界。不管你承认不承认，年轻人正在向我们走来，再从我们身边走过，然后走向比我们更远的地方。

如果说我们这一代人创业的时候，用了十几年的时间做到今天的规模，那么现在很多年轻人做的事情，在一年之内、两年之内就已经开始影响世界，影响着很多人的生活和生存状态。

当我们这一代人变老的时候，我们有什么办法去参与年轻人的事情呢？这对我来说成了非常重要的思考。在疫情之前，我每年都会做三件事情。

第一，我每年要面对众多的大学生和中学生进行演讲，通过演讲来激发他们追求生命的火花，追求未来的希望。我觉得这件事情我做得很好，这是无偿的事情。很多人不理解，说俞老师，你在网络上的视频和直播，已经有上千万人看了，你为什么还要去现场？我跟他们说，学生看我网上的视频，可能只激动了一天，第二天说不定就走回原来的老路，但我走进现场，他们可能因为在现场听到我的语言，见到我的身影，会激动一个月。你走一天又重新走回到原点不难，但当你在创业的路上行走一个月，你就会想你是走向更加遥远的远方好，还是走向你生命的原点好。

我做的第二件事情，就是希望能够为学生提供工具化的帮助。每年很多年轻人经过新东方培训，进入中国的顶级大学和世界的顶级大学，实现了他们的梦想。很多出来创业的年轻人都跟我说，俞老师，我们曾经是新东方的学生。

我做的第三件事情是投资年轻人。要知道，年轻人除了年轻什么也没有，但年轻是他们最大的资本，他们有闯劲、有勇气、有突破、有对新世界的拥抱；而我们这一代人，除了已经不再年轻，似乎什么都有，我们有钱、有资源、有人脉，有创业经验。因此，我相信，我们和年轻人的嫁接，一定能够开出奇异的花朵。

说到这里，我要提到一个人——徐小平。他是一个把灵魂都投入年轻人事业的一个人，正是因为他受到年轻人的喜欢，正是因为他支持年轻人，所以他才有了今天的成功。

新东方上市以后，为了新东方的管理，徐小平从新东方董事会成员的职位上离开，那个时候他第一个想到的是怎么样帮助年轻人。他首先想通过讲座来帮助年轻人，其次想通过写书来帮助年轻人，但当他跟年轻人交流的时候，忽然发现这些帮助都是务虚的。他觉得应该用从新东方上市得到的钱来帮助年轻人。

他在做真格基金以前，至少已经投资了 50 个项目，而且很多都是天使轮。前几年，人们都在说投资天使轮不可能会赚钱。所以徐小平每一次投的时候去银行取钱，他老婆都要跟他吵架，因为他取的都是自己的钱。

现在他的爱人非常支持他，他投资的公司里面已经有好几家成功上市了。我觉得他不光对天使投资有眼光，更有一种对青春和生命的热爱。他相信年轻人，他知道年轻人应该具备什么东西，那就是激情、理想和对世界狂热的追求。

这些也都是新东方做的事情。我们愿意永远跟青春挂钩，我们必须永远相信年轻人，这样我们才能跟时代挂钩，跟未来的希望挂钩。

曾经有人提议和我一起来做一所老年大学。那个朋友说，你是做培训的，我是做地产的，所以我们来合作，做一所老年大学。现在老年人越来越孤单，这样可以解决老年人的很多问题。

我说这是一件好事，但是不适合我做。首先，我认为老年大学应该让国家来做，因为一个国家最仁慈的一面就体现在对老年人的关心上。其次，我来做鼓励年轻人的事情，你们去做关爱老年人的事情。对我来说，年轻人的成长就是中国的成长，年轻人的发展就是中国的发展，年轻人的希望就是中国的希望，年轻人的财富就是中国的财富。年轻人在创业的道路上，为中国每增加一个点的 GDP，反过来就可以养活更多的老年人，让更多的老年人生活得更好。

伴随时代成长，伴随年轻人成长，我自己也永远打上了年轻的烙印。年轻等于希望，等于创意，等于颠覆，等于新世界。不管年轻人有多少的缺陷，这个世界一定属于年轻人。

我希望在我离开这个世界之后，如果我的墓志铭上一定要刻上一句话，我希望这句话是："他一生与年轻相伴！"

从绝望中寻找希望

年轻跟年龄没关系，年轻跟我们的志向有关系，跟我们的勇气有关系，跟我们敢于接受挑战的能力有关系。

从新东方创立的第一年开始，我就提出了一个概念，叫作"新东方精神"。这个概念源自新东方的一句口号：从绝望中寻找希望。

后来有人说这句口号有点悲观，我说一点都不悲观，因为我们是从绝望中寻找希望，不是从希望中寻找绝望，希望总是有的。后来这句口号又改成了：追求卓越，挑战极限，从绝望中寻找希望，人生终将辉煌！

1993年新东方成立以后，一批又一批的中国学生通过培训拿到一门又一门出国考试的高分，进入一个又一个世界名牌大学读书。每年都有几万人通过新东方去全世界留学。

现在中国顶级的高科技人才，不少是通过参加新东方的培训出国深造的。现在中国的很多创业者以及各个领域的顶级人才，很多都在新东方培训过，学过新东方的英语，接受过新东方精神的洗礼。

这些学生见到我的第一句话都是"从绝望中寻找希望",这几乎成了新东方人接头的暗号。

通过鼓励留学,我们从另一个侧面推动了中国人才的国际化,推动了国际化人才回到中国,继续为中国的进步而努力,也推动了中国的改革开放和思想解放。我们还通过"梦想之旅"这样的活动,激发了无数中国大学生的学习热情和对梦想的渴望。

白岩松曾经找我做过一次面对非重点大学的演讲。他说名牌大学不用去,因为非重点大学的学生才需要激励。我想,我 15 年前就开始做新东方的"梦想之旅",我们夫的都是二线城市的二线学校。通过"梦想之旅",我们让已经自认为平庸和平凡的大学生,重新燃起年轻的热情和火焰。

我们也在通过教育扶贫,推动中国贫困地区的教育发展;通过家庭教育,让每一个家庭更加懂得如何培养孩子,让中国的下一代更加健康地成长。

很多人说,新东方几乎就是一个教育军团。当然,这不仅是说新东方本身,还有从新东方出去创业的大量人才。

常常有人问我,俞老师,这么多人从新东方走出去创业,有的人还成立了上市公司,你内心会不会愤愤不平?我说我内心充满了骄傲,因为他们背后都有一个新东方,他们都是新东方人。新东方精神是一种宽阔的人文情怀。

人文情怀体现在教学上,就远远比教课这件事情更加开阔。我们相信新东方的老师不仅仅能够提升学生的成绩,我们相信学生来到新东方能够作为一个完整的人全面成长。学生来到新东方,获得的不仅是成绩的提高，更是心灵的成长、人格的成长、思想的成长，是整个人的成长。

这也是为什么我们反复强调，除了教学水平的精进以外，老师要有快乐教学的能力。只有通过快乐教学，才能点燃学生对学习的兴趣，点燃学生自动自觉的求知欲。

我们还反复强调老师的励志教学风格。因为我们相信励志这件事情，可以点燃学生对未来的向往和对理想的追求。一个人有对未来的向往和对理想的追求，他就会自觉产生无穷无尽的人生动力。

我们希望新东方教出来的学生，不会去狭隘地追求个人的成功，不至于变成精致的利己主义者。我希望他们，包括新东方的每一个老师，新东方的每一个学生，都能够拥有推动社会进步的情怀，拥有济世救民的慈悲。

新东方的教育理念叫作"终身学习、全球视野、独立人格、社会责任"。我们希望我们的学生，当然也包括新东方的所有人，拥有终生学习能力，拥有全球性的视野，拥有独立的人格和思想，同时要为社会承担责任。

尽管新东方是一个商业化的教育机构，但是我们的立足点是通过有意义的教育和服务，来推动整个中国社会的进步。我们也许没有力量瞬间改变中国，但是细水长流，滴水石穿。

尽管新东方当前面临各种各样的挑战，但新东方最重要的精神，就是永远年轻。年轻跟年龄没关系，年轻跟我们的志向有关系，跟我们的勇气有关系，跟我们敢于接受挑战的能力有关系。

一个民族的发展和兴旺，离不开教育。真正的强大不是我们有多少摩天大楼，不是马路上跑了多少名牌汽车，不是我们有多少奢侈品，也不是有多少高速公路和高铁。真正的强大是一代又一代的中国人接受教育的强大，是"少年强则国强"，是国民素质不断提高的强大。

面对这片曾经受尽了苦难的祖国大地，面对祖国改革开放的繁荣，面对中国当今在世界范围内遇到的各种各样的挑战，我们每一个人，都对中华民族的发展负有一份责任。让我们带着这份沉甸甸的责任，沿着正确的方向，永不言败，勇往直前。

也无风雨也无晴

> 对于有些人来说，山海是驰骋的疆场；对于另外一些人来说，山海是人生的屏障。

凡是参加过高考的人，那种心有余悸的感觉会跟随一生。志得意满的考生毕竟是少数，大多数人都是在某种挫败感中走出考场的。对于我自己来说，高考既是噩梦，又是幸事。也许这就是命运的两面性。

所谓的命运，似乎和你的努力无关，实际上和你的努力密切相关。只要你愿意前行，不同的风景一定在等着你。风景有好有坏，人生不可能每一步都是惊喜，但你为自己施加一点力量，人生一定就有不同的活法。

那些心怀志向、走向考场的同学，只要内心的那道光不灭，不管走进哪所大学，都是美好的开始。那道光，就是对自己更好的期待，就是追求新生活的热情，就是想要冲破朦胧中的枷锁的勇气，不管这个枷锁，是来自家庭环境，还是来自其他因素。每一个青春的生命都是值得歌颂的，除非这个生命熄灭了内心的光芒。

　　当今的青年，一方面拥有我们小时候连想都不敢想的物质生活和人身自由，另一方面也经受着我们小时候从来没有经受过的痛苦和迷茫：看到的世界越来越大，很多人却愈发感到无所适从；机会越来越多，却总感觉没有一款适合自己。那种为了改变命运落差带来的动能，就像我当初想要离开贫困农村的动力，今天的许多孩子已经不太能够感觉到了。所以，高考不再是为了改变命运，而是为了改变自己。

　　通过高考，进入大学，我们可以改变自己的人生态度、眼界、见识，让内心变得更加丰富和坚强，让个性变得更加包容和宏大，让梦想和高贵伴随一生的努力。这是大学的目的，也是各个大学除了专业学习之外，应该为大学生做的事情。在我眼里，如果一个大学做不到这些，就不是一个合格的大学。

　　新东方一直在伴随青少年的成长。我经营新东方近 30 年，一直希望给同学们两个方面的帮助。一个方面是功利性或者现实性的，就是帮助孩子提高各种考试的分数，让他们能够得以实现阶段性的目标，比如高考、出国留学等。但我一直认为这并不是教育，最多算是培训。更重要的是另一个方面：点燃孩子内心的光芒，让他们自尊、自强、自立，让他们拥有知识的同时精神更加宏大，内心更加壮阔，把星辰大海、高山流水、家国情怀、人间烟火，都能够容纳于心，一生不仅能够点亮自己，也能够照亮他人。毕竟，祖国的持续繁荣，需要一代又一代生生不息的年轻人，他们应当拥有独立的人格和壮阔的胸怀，用知识和才华造福于人民。希望更多的年轻人，读到张载的"为天地立心，为生民立命，为往圣继绝学，为万世开太平"时，读到李白的"长风破浪会有时，直挂云帆济沧海"时，内心能够被搅动起激情的浪花。一代青年的颓废，就是一个民族的颓废；一代青年的放弃，就是一个时代的放弃。

一直以来，媒体对我和新东方一直非常关注。对那些文字和报道，我们当作是对我们的鞭策和鼓励。至于各种赞誉，在意不得，更是不能骄傲。那些今天写赞誉文字的人，不少也是当初批评过我们的人。不管是批评还是赞誉，我们全都笑纳。孔子曰："法语之言，能无从乎？改之为贵。巽与之言，能无说乎？绎之为贵。" 我们知道前路漫漫，更多的艰难困苦在等着我们，但志合者，不以山海为远。我们追寻诗和远方的脚步不会停止。

很多学生在高考结束后，通过把复习资料收藏起来，告别自己的高中时光。也有的学生比较决绝，一把火，把所有资料烧掉。不管哪一种形式，都是一种告别，或心酸或怀念，或心痛或留恋。你们 18 岁前的时光，是最好的时光，也是最坏的时光，但一切都已经变成了过去。

未来，实实在在在你们手中。现在，起点在哪里已经不重要，重要的是 18 岁重新出发，从此一路走去，不管是阳关大道，还是荆棘小路；不管是天朗气清，还是风雨晦暝，你只有风雨无阻、日夜兼程，诗和远方才会越来越美丽。每一个未来，都会变成现在；每一个现在，都会变成过去；而那过去了的，是变成亲切的回忆，还是噩梦般的纠缠，全看你面向今天和未来的态度。没有一片大海是平静的，没有一座高山是平坦的。对于有些人来说，山海是驰骋的疆场；对于另外一些人来说，山海是人生的屏障。

有天下午，阴云密布，雷声隆隆，一场巨大的雷阵雨在酝酿之中。

内心有一种声音在召唤我，我想去暴雨中狂奔一次。于是，在暴雨来临之前，我走进了奥林匹克森林公园。大雨如期而至，天地苍茫，电闪雷鸣，黑云压城。在暴雨中，我在无人的路上奔走，任由如注的大雨浇灌我的身体，滋润我的内心。我一边奔跑，一边大笑；一边大笑，又一边大哭。直到暴雨戛然而止，我也复归于平静。

人生也许就是这样，只有经历了风雨的洗礼，才有资格说我不在乎。苏东坡在经历了乌台诗案、官场沉浮、人生颠沛流离之后，在黄州那边贫瘠的土地上，在浩渺的大江边，郁闷了大半年之后，终于想明白了什么叫不在意。那天，他刚好遇上一阵大雨，于是有了如下这首词："莫听穿林打叶声，何妨吟啸且徐行。竹杖芒鞋轻胜马，谁怕？一蓑烟雨任平生。料峭春风吹酒醒，微冷，山头斜照却相迎。回首向来萧瑟处，归去，也无风雨也无晴。"

希望未来的道路，即使充满崎岖坎坷、风霜雨雪，不管多么时运不济、命途多舛，我们都能够带有一种"一蓑烟雨任平生"的潇洒，保持一份"也无风雨也无晴"的沉着。

好的教育是什么样子

教育工作者可以是像我的父母一样的文盲，他们不会读或写，但他们会教你去超越自己，超越你在这个世界上的使命，超越你的极限，超越你的天赋。

我的教育故事

每个人的教育之旅中都有一个向导，对于我来说，这个向导就是我的母亲。

事实上，我母亲是个农民，她不识字。每个母亲都希望她的孩子成为一个有远大前程的人，为了让她的孩子有一个美好的未来，她会为孩子设定目标。我母亲就是这么对我的。

在过去，农民的生活是非常艰苦的，一代又一代农民在田间辛勤劳作，没有其他出路。我母亲不想让我过农民的生活，她想让我当一名教师。在她当时的脑海里，这意味着我长大后可以当一个村庄的老师。中国自古以来就有尊师的传统。老师不需要做农活，附近的人经常给老师食物吃。所以，我母亲一直认为老师是受人尊敬的，因此她也想让我长大后当一名老师。我年幼的时候，她让我尽可能多地阅读，尽管她自己不能阅读。从四五岁起，我就记得她几乎从来没有给我买过玩具，买的都是手掌大小的漫画书——这就是我从四五岁就开始自己阅读的原因。

幸运的是，我还有一个比我大五岁的姐姐。我四五岁的时候，她在读小学二三年级。这样，她就可以把汉字读给我听了。通过这种方式，我逐渐学会了很多汉字。因此，当我在小学二年级的时候，我就能够阅读小说了，包括中国古典名著《水浒传》等。从这时开始，我逐渐喜欢上了学习。在我的一生中，虽然我不擅长数学，因为我家里没有人能教我，但我的语文一直很好。

我高中的时候，在升学问题上遇到了一些困难。但是，我母亲还是不遗余力地支持我接受高中教育。我高中毕业的时候，中国刚刚开始改革开放。这给了我一个通过高考接受大学教育的机会。我开始努力准备考试。我父母一直希望我能离开农村上大学。

我非常努力地学习，参加了三次高考。第一年我没有成功，第二年我又一次落榜，在第三年，我对母亲说："妈妈，你能不能让我今年不要做农活？我想把全部时间都用在学习上。"母亲同意了。最终我取得了非常好的成绩，进入了北京大学。从这里，我开始了一段新的旅程，它教会了我教育的真正意义，也为我将来成为一名教育工作者播下了种子。

当然，我的父母对我还有很多其他方面的影响。我性格中的善良、好客、乐于助人，都是从父母那里学到的。他们在艰难困苦中的坚忍不拔，对我产生了很大的影响，让我在困难的时候也能坚持下去。我相信这些品质比我在学校接受的教育更重要，它们为我的成功奠定了重要的基础。

所以可以得出这样的结论：教育不是教你的人比你更聪明，教育不是老师教你已经知道的知识。教育工作者可以是像我父母一样的文盲，他们不会读或写，但他们会教你去超越自己，超越你在这个世界上的使命，超越你的极限，超越你的天赋。他们试图推动你，让你的潜力得到释放。你将获得新的才能，可以帮助别人。你将会对这个世界有更多的了解，思想变得开放，会努力地去挑战自己。你会变得更加宽容，远离无知。

我的北大时光

在北京大学学习对我来说是一个人生转折点。在那里学习的五年里，我学到了很多东西。首先，我读了很多书。更重要的是，我在北京大学遇到了很多朋友，包括我的同学和老师。他们不仅教会了我学术知识，还教会了我如何独立思考和追求精神自由。

精神上的自由和独立的思考是所有学习的源泉，也是一个人在多个维度上反思自己生活的源泉。在北京大学，我真正学会了所谓的独立思考、独立人格，以及自由的心灵和精神。我变成了一个全新的我。

在那之前，我一直认为从大学获得的教育就是学习你的专业。如果你的专业是英语，那你就只学习英语；如果你的专业是数学，那就只学数学。后来我明白，教育的意义远不止于此。它远远超出了专业范围，超出了考试，远远超出了老师教授你的东西。教育是关于你如何回归自己，如何获得关于世界的真正启蒙，以及如何形成自己对这个世界的思考和观点。这是北京大学教给我的。

除了在大学里获得的学术知识，我在大学里还有三大收获。

第一，我的知识基础得到了极大的丰富和加强。除了阅读本专业的学术性图书，我还读过数百本关于不同主题的书。

第二，我和一群真正能够独立思考并且性格各异的人交上了朋友。通过这些朋友，我学会了如何独立思考自己的生活，以及如何追求精神自由。这些人不仅是我终生的朋友，还在我后来经营新东方的事业中发挥了重要作用。他们中的一些人也成了我在新东方的合伙人。

第三，因为我的专业是英语，经过两年的学习，我逐渐有了阅读英文原著的能力。它极大地减少了我探索外面世界的障碍。结果就是我们英文专业的学生能够比其他同学更早地看到一个更大的世界。这段经历让我理解了任何问题都可以从多个角度来看待。它还帮助我养成了多维度思考的习惯。

总之，进入这样一所好大学无疑是我人生中的一个转折点。最重要的是，我能够向那些比我更优秀的朋友学习，如果你追随一个比你更好的人，你迟早会变得更好。

沃伦·巴菲特曾经说过："与比你更优秀的人交往，挑选出那些比你优秀的伙伴，你就会朝那个方向发展。"毫无疑问，我在北京大学就是这样做的。这不是一个深思熟虑的选择，而是这样一个环境给我的一个机会。当然，从某种意义上讲，这也是我个人追求的结果。

毕业后，我留在北京大学当英语老师。实际上，我当时不是真正意义上的老师，而是个助教。我教大学一年级的学生英语课，当时中国要求每个大学生都要学英语，学生还必须通过大学英语四级和六级考试。如果考试不及格，他们就不能毕业，因此当时学校需要更多的英语教师。于是，一些英语专业的毕业生留在了校园，成为了英语教师。

虽然教学生英语只是一个无意的行为，但是它让我得以留在北京大学，继续获得更多的知识。这段经历给了我两个好处。首先，每周只有八个小时的教学时间，让我有足够的业余时间去图书馆学习。其次，作为北京大学的一名助教，它让我有机会接触到许多著名的教授，与他们交流并提出问题。我从这些教授那里学到了很多。

我在北京大学当了六年的教师，度过了一段非常愉快的时光。我在美丽的校园中散步，向著名的教授讨教，和优秀的学生交流。在六年的时间里，我读了很多书，在当时住的小房子的书架上，摆了上千本书。

那时候，作为一个穷老师，我负担不起出国留学的费用。于是，我开始在一家培训机构当家教挣些钱。通过这些经历，我看到了一个象牙塔以外的不同世界，并发现中国的培训行业是非常繁荣的。我也意识到很多老师在教学上并不是很有效率。此时，我已经获得了丰富的教学经验，所以我决定开办自己的培训课程。

然而，北京大学对我开办这些课程感到不满。我因为在外面做家教而受到了学校的惩罚，这也直接导致了我的辞职。在我看来，如果一个人在工作中得不到赏识，那么他最好另谋高就。

我在那个时候就下定决心，如果我离开北京大学，我将开办一所培训学校，用我的教学技能来指导更多的学生，帮助他们获得高分，以便他们能够追求更美好的未来。回顾过往，北京大学的惩罚也为我未来的事业埋下了种子。

离开北京大学断送了我成为一名大学老师甚至大学教授的道路，

我变成了一名开办培训机构的企业家。准确地说，我放弃了铁饭碗，从体制内出来赚钱，不应该称自己为企业家，而应该称自己为个体户。在当时的中国，"个体户"这个词带有一定负面的含义，没有得到广泛的认可。

正是我在北京大学教书的经历，让我深刻理解了老师对学生的巨大影响。例如，如果老师一直是被动消极的，带着负能量，他或她将把消极的东西传递给学生；如果教师是积极的、明智的，并具有引导学生的能力，他或她将对学生的未来产生重大影响。因此，我创立新东方之后，一直要求新东方的每一位老师都能给学生带来积极和良好的影响。

我心中的好老师

我一直在认真思考这样一个问题：作为一名教师，最重要的事情是什么？

我认为一个好老师有以下五个特点。第一，好的教师应该能激发学生追求知识和真理的热情。我相信老师应该教给学生知识和真理，而不仅仅是为了帮助他们通过考试，也不是为了让学生记住一些知识点进入大学。从小学到中学，再到高等教育，教师最重要的是向学生灌输追求知识和真理的热情。

第二，好的教师应该能够用积极的语言来教授和讨论知识，从而激发学生的思考能力。如果教师对教学内容漠不关心，学生就不可能积极参与。只有当你以一种投射积极的情绪和激发思考能力的方式进行教学时，知识才会更有意义。

第三，一个好的教师要注重学生的全面发展。许多教师在实践中是单向度的，只看学生是否在课堂上解决了问题，是否学到了知识点，考试成绩如何，或者文章写得好不好。我相信，除了这些，更重要的是关心学生的个性发展，关心他们的福祉和道德。除了向学生提供建议外，教师还应为学生树立榜样。我也相信，知识的传授必须以智慧为基础。知识教学不是要学生记住知识点，而是要把知识内化到学生对生活和事业的追求中去。

第四，好的教师应该鼓励学生追求自己的梦想和未来。一位好老师必须帮助学生展望未来。教师应该培养学生在困难面前尽最大努力追求梦想的精神，鼓励他们不要放弃，赋予他们毅力和韧性。当我们展望未来美好的事物时，眼前的痛苦和困难不再让我们绝望，它们成为可以磨炼意志和推动你更加努力工作的东西！

第五，好的教师也应该是家庭教育的专家。教师应该能够与家长充分沟通。如果教师在孩子的教育中与父母处于相同的波长上，他们可以极大地促进儿童在正确的方向上成长。我一直相信合格的父母会培养出合格的孩子。这就是说，教师除了对孩子施加影响之外，还必须对孩子的家庭产生影响。家庭和学校之间的合作对于儿童的良好教育是必不可少的。

当我们来到这个世界上，除了满足自己的衣食需求，除了照顾我们自己的家庭成员，我们总是渴望做一些有益于人类发展和社会进步的事情。新东方是这么做的，我也是这么做的。我们也期待着与其他教育机构和来自世界其他地方的伙伴合作，为世界创造更好的教育。正如我们常说的，经济是为了今天，政治是为了明天，但只有教育才是为了人类的未来。

从自卑走向自信

经历过自卑，经受过打击和挫折，你才会变得理性和自信。

我从小在农村长大，小时候并不知道自卑是什么感受。在那片广阔天地里，难以存在让人产生自卑的土壤。

从自然环境来说，所有的孩子都共同享受着田园风光和玩泥巴的乐趣，大家一起玩、一起脏、一起洗。从社会环境来说，大家的社会地位都是平等的。反正大家都很穷，你家是茅屋我家也是茅屋，不存在贫富差距，孩子之间除了比高矮，没有什么别的可比。那个时候学校也不太注重学生学习，大家不攀比成绩，即使全班最后一名也不会受到同学的嘲笑和老师的批判。倒是三天两头到地里比赛干活，但干农活每个孩子都是好手，即使输了也没有什么丢面子的。所以，直到高中毕业，我没有尝过自卑的滋味。

后来，我经历了三年高考后考上了北大。我兴高采烈、千里迢迢地来到了北大，以为有什么好事在等着我，结果进了北大，才知道掉进冰窟窿是什么感觉。

北大是龙争虎斗之地，是人人自诩天才的地方，我进去才发现自己走错了地方。一个农村小土鳖，仿佛进了龙宫，你想那日子会好过吗？我终于尝到了深度自卑的苦涩，而这一滋味差点让我命归黄泉。

刚进北大我就发现自己的普通话不行，别人讲话我能听懂，我讲话别人听不懂。听不懂也就算了，还有同学模仿嘲笑我，我最后就只能闭嘴不说。紧接着，我发现自己的农村身份和其他同学形成了强烈对照。

我的同学大部分都是城市人，带有城市人见多识广的优越感，而我身上穿着打补丁的衣服，脚上穿着农村的土布鞋。这种强烈对照所带来的自惭形秽，估计现在从边远地区来大都市上学的农村孩子也能够感觉到。

而让人感到绝望的是不管自己多么努力，成绩总是赶不上别的同学。眼看别的同学轻松参加各种学校活动，组织诗社或竞选，男女同学之间还你来我往谈谈恋爱，看不出他们平时怎么认真学习，怎么一到期末考试就考到我前面去了？

当然，像我这样的人，要得到女同学的青睐，是太阳从西边出来的事情，我只能在水房里独自难过。

就这样，自卑感在我的心中茁壮成长，我把同学的每一句话、每一个眼神都注入了本来并不存在的意义，心灵变得极其敏感和脆弱，以至于时时怀疑自身存在的价值。到了大学三年级，我那脆弱的身体和神经同时崩溃，终于因严重肺结核病被送进北京郊区一个偏僻的传染病医院。

一年后，我从医院出来，有了劫后余生的感觉，回到北大过着麻木的生活，接受了成绩永远不会好的现实，也接受了不会被女生青睐的现实。

由于病休一年，远离了同学的竞争，我反而有了一点自由呼吸的空间，而正是这一空间使我起死回生，孤独而与世无争地度过了大学的最后两年时光，最后以刚刚及格的成绩默默无闻地从北大毕业。

后来常常有学生问我是不是因为成绩优秀留在北大当老师，我只能笑着告诉他们，不是因为成绩优秀，而是当年国家要求所有大学生学两年英语，结果导致大学英语老师紧缺，只要是英语本科毕业的学生都有资格留下来当老师。

正是因为老师这一职业，把我从自卑感中拯救了出来。首先，大家都毕业了，因此不用再面对面和同学比成绩。其次，大家都刚开始工作，工资和社会地位的差距还没有被拉大。同时，北大的环境相对宽松，只要每个星期上完八小时的课，其他时间就可以躲进小楼成一统。

没有想到的是，随着上课经验的丰富，我发现自己尽管大学四年在公开场合没有讲过几句话，但上课居然能够用不靠谱的中英文把下面的学生给糊弄住，真可谓东边日出西边雨，学生当不好，当成了好老师。

随着年龄的增加，我对于自己的看法日趋稳定，尽管离优秀人士还有很大的差距，但自己不把自己当人看大可不必，让自己慢慢成长是最重要的。

后来，我离开北大成立了新东方，厚着脸皮去马路上贴广告，去与各种相关机构打交道，终于把自己从内心到外表都磨成了犀牛皮一般的坚韧。

我曾经说过一句话：没有经历过深刻自卑的自信是虚假的自信。

我们在生活中会碰到这样一种人，他们从小到大没有经受过任何的挫折，一直很聪明，成绩很好，才华出众。这样的人一般都会表现得非常自信。如果这样的人一辈子都有才艺、有能力，也没有遇到任何困难和挫折，当然很幸福。

但是，大多数人的人生不可能一直这样，不管你是天才还是全能，都一定会在未来的生活中遇到各种各样的困境和挫折。当这些人遇到挫折时，他们中的很多人就会开始变得很颓废，觉得自己一无是处，觉得社会不公，变得怨天尤人，仿佛原来整个世界的阳光都是他的，但现在是一片黑暗。这样的人到最后，极有可能因为没法面对现实中的问题，慢慢地陷入抑郁、痛苦、绝望的状态。

我真的看到过一些这样的人，少年得志、意气风发，但等到步入社会、走向中年后，发现自己的人生处处是困境，最后就变得十分颓废和忧郁，觉得自己一无是处。

少年时的自负和自傲，其实是一种表面现象，只不过是因为年少时成功来得太容易而产生的一种错觉。我把这种自负叫作"虚假的自信"，它不是真正的自信。

真正的自信是一个人对自己有了深刻的了解，并且经历了世事风云以后，能够清楚地明白自己能否应付社会上的风云变幻和人生中的艰难困苦，同时也能够深切理解自己的内心，并且把能力用到恰当地方的一种人生态度。

回忆我自己从自卑到自信的转换，我发现自己做了两件重要的事。

首先是自我思想解放。所谓的思想解放，其实就是"我不跟你们比了"。自卑的根源就是总和别人比较，当你意识到"我就是我，我跟别人不一样"的时候，你就不会跟别人比成绩、才能和其他东西，自卑的感觉就会慢慢减少。

其次要做的就是建立自信的支撑点。所谓建立自信的支撑点，就是你要在某个方面慢慢地做到跟别人一样好，甚至比别人更好。

我在北大的时候，最后两年我就拼命背单词，结果背到大学毕业的时候，我的词汇量已经是全班第一了。有同学来问我单词，我不用查字典，就跟他们解释这个单词的词义，同学们就开始用一种赞赏的眼光看我，我就这样建立了一点自信。此外，我在北大读了大量的书，以至于在知识积累方面，不会比我的同学差到哪去。除了背单词和读书，我还一直坚持写东西，大三、大四的时候就有一些诗歌、散文在报刊上发表。虽然我在其他方面比我的同学还差很多，但是我已经建立了几个自信的支撑点。

大学毕业后，我又开发了一些其他的才能，比如说教书的才能；创办了新东方之后，我又发现自己有领导、管理才能。这些加起来，就把我从一个自卑的人慢慢地转变成一个自信的人。

经历过自卑，经受过打击和挫折，你才会变得理性和自信。所以，即使现在我对某些领域依旧感到一无所能，但是因为我知道我擅长什么领域，所以我一直能保持自信。自信为我带来了我做事情的乐观态度和对前景更加积极的判断。

也许有些人天生优越，他们长相出众，家庭背景好，成绩又很出色，处处受人追捧，但这并不意味着我们一辈子在各个方面都会处于劣势。生命的长河向前流动，在各种痛苦、打击和自卑之后，如果我们依然能够脱颖而出，那我们就有了大河奔流的气概和壮阔的风景。

我也终于发现，一个人的成长有两个条件：一是要给予足够的时间，没有任何人会在一天之内成长起来，就像一棵树一样，要 10 年过去才会发现长成了参天大树；另一个条件就是对生命的热情永不熄灭，不管你眼下多么卑微，内心的种子一定要向往天空，要尽力伸展自己的枝叶去触摸蓝天，去追逐天空的云彩。

我的老师许渊冲

一个人在自己求知成长的道路上，最幸运的事，莫过于遇到良师。

有段时间，网上疯传一位96岁的老教授做客董卿主持的《朗读者》节目的视频。视频中的老人，神采奕奕，精神矍铄，记忆力超强，当众背诵英诗汉赋、唐诗宋词，令人大为惊叹和感动。

这位老教授，名叫许渊冲，是中国著名的翻译家，擅长于把中国诗歌文赋翻译成英文和法文，也擅长于把国外的文学名著翻译成中文，迄今为止已经有180多本译著出版。

他是我们大四的翻译老师，其上课的风格和激情，给我们留下了深刻的印象，是我们当年最喜欢的老师之一。我们全班（1980年入读北大英语专业）20周年聚会的时候，请了许老师来参加。当时他已经80岁，依然侃侃而谈、气势恢宏，能够把我们班大部分同学的名字都叫出来。这一眨眼又过了十几年，没想到许老师96岁居然成了电视大明星和网红。

全班同学看了电视节目后，都很感慨，群里讨论说一起去看看老人家。大家又说，这么多年没去见老师，现在去总得带点礼物。想来想去，任何物质的东西都没法匹配老师那崇高的精神境界。

又有人说，当年老师教我们的是汉英诗歌互译，上第一堂课就教我们李白的《静夜思》如何翻译，他老人家也有这首诗两个版本的翻译出版，干脆我们都把《静夜思》按照各自的理解再翻译一遍，要做到不和老师的主要用词重复，然后印出来带给许老师，博老师一笑。

于是，全班同学开始踊跃翻译，各显神通，群里对各人的翻译进行"不怀好意"的讽刺和嘲笑；进而又开始讨论唐代的床是不是和现在的一样，如果是指胡床，有可能就像现在的躺椅一样；又讨论到了李白和杜甫的关系，为什么杜甫写李白的诗那么多，李白写杜甫的就一两首？讨论的结果是李白比杜甫大，几乎是长辈了。大家突然从一首诗的翻译，进入了学术讨论，群里从来没有这么热闹过，几乎全班同学一起参与，忙得不亦乐乎，通宵达旦。

最后有二三十人翻译了诗歌，各自都有不同的表达、理解和附会，真是"一千个人眼里有一千个哈姆雷特"。由此可见，学术争论想要统一，思想意识想要一致，真是难上加难，我们为一个"床"，就打了无数的口水仗。

大家一致同意要给老师做一本精美的纪念册，把大家的翻译印上去，每个人再给老师写几句祝福的话语，配上全家照或者个人照，再把大学毕业照附上去，送给老师做纪念。这个任务不出意外地落到了我头上，于是指挥手下一通忙活，终于在去看望老师的前一天，把纪念册做了出来。布装封面，水印底色，字体典雅，装帧雅致，赢得了同学们的一致好评。

在北京的五六个同学，还有专门从外地飞回来的一个同学，一起约好了去看望老师和师母。我们在老师居住的小区门口集合，一起到了老师住的单元。

老师还住在北大一个很老的小区的三层楼上，这个楼没有电梯，每天两位老人要靠爬楼梯上下。进到屋里，发现还是那间 30 多年前就住的 60 平方米的旧公寓，家里连个客厅都没有，到处都是许老师翻译出版的书籍和其他书籍。

老师和师母欢天喜地迎接我们的到来，引我们进入用小卧室改成的书房。我们一一介绍自己，许老师居然还记得我们其中的几个人，又说了一些没有来到现场的其他同学的名字，记忆力真是超群。几个被忘记名字的同学，我们就说都是当时考试不及格的同学。

大家嘻嘻哈哈坐下来，老师一直开心地咧着嘴笑。我们把纪念册拿出来，把我们印在纪念册前面的一封信大声念给老师和师母听，信的全文如下：

尊敬的许渊冲老师，您好：

一个人在自己求知成长的道路上，最幸运的事，莫过于遇到良师。您就是我们遇到的杰出良师！您在授课时表现出来的激情，言谈间充盈的人文情怀，在诗词翻译领域的深厚造诣和酷爱执着，以及您对生命的感悟，对人生意义的热切探寻，都深深地影响了我们，使我们的人生，从此不同。

还记得 30 多年前，已是 60 多岁的您，在我们的课堂上，比我们年轻人还要更加青春、更加热血；还记得十几年前，您来参加我们班 20 周年聚会，那时的您已经 80 岁了依然声如洪钟，记忆超人。略感遗憾的是，我们班 30 周年聚会时没有请到您，那时候您在将养身体。前不久，我们欣喜地看到，您以 96 岁的高龄，在《朗读者》节目中出现。您依然是那样对生命充满乐观，那样对学术追求孜孜不倦，英诗汉赋脱口而出……此情此景，我们全体同学无不深受感染，甚至热泪盈眶：您真是我们一生的榜样。

自从那晚在屏幕上看到您之后，全班同学都希望亲自去看望您。大家一起讨论给您带什么礼物最好，再名贵的酒，再难寻的佳肴，也不足以表达我们对您的崇拜。最后我们大家一致决定，将您两次翻译成英语的李白《静夜思》一诗——"床前明月光，疑是地上霜。举头望明月，低头思故乡。"再译一遍，按照我们各自的理解翻译成英文，或者其他语言。我们这样设计，主要是因为，您给我们上的第一堂翻译课，讲的就是这首诗的翻译。我们的初衷，纯粹是为了博您一笑，让您老人家开心一下。因为我们对李白及该诗的理解，我们的翻译功力，自然难于同您的译作相提并论。但当各位同学翻译出自己的第一稿，并展开讨论时，我们才发现，诗中的"床"到底是什么床，李白是站在屋子里还是外面，还真是个问题。

我们的讨论由此不仅仅局限在译诗本身，还扩展到讨论李白和杜甫的关系，甚至延伸到讨论毛泽东和邓小平的关系。群里发言的踊跃程度，不啻一场学术争论，而且是带国际范儿的学术争论，不少同学对自己的译作也一改再改，已经远远不是当初那种"彩衣娱亲"式的游戏之作了。由此我们深切地感到，您给我们灌输的学术精神，已经深深融入我们的血液之中。过了这么多年，在这次偶然的火花刺激下，那些仿佛"飞入草丛都不见"的激情，一下子迸发了出来。我们这些学生，其实一直没有忘记您的教导，这么多年一直在努力。尽管大家已年过半百，不少人须发已显斑白，却依然孜孜矻矻地走在追求真理的道路上。

同学们把各自的全家福放在了这本纪念册里，把我们的深情放进了对您的祝福词里。我们想让您通过这些照片，看到您的桃李们人生成长和进步的身影，家庭的幸福和美，以及下一代的茁壮成长。值得向您汇报的是，我们的孩子大多自幼便沐浴在学说英语的氛围中。他们中的大部分游学在世界各地，有的已经活跃在各条战线，像当年的我们一样，开始为了祖国和世界的繁荣，挥洒青春和热血。

千言万语汇成一句话：许老师，我们永远爱着您！祝恩师和师母心情愉快，万事如意，寿比南山！

许老师和师母听完后，心情大好。讲到翻译，老师用不输于当年给我们上课的气势，给我们讲了"信、达、雅"的区别，讲了他现在每天都坚持翻译到晚上两三点。要是翻译时得到一句神来之笔，会兴奋得忘乎所以。他下定决心到100岁要把莎士比亚全集翻译完毕。老师早已著作等身，还如此勤奋，笔耕不辍，真让我们这些年轻人（相对许老师而言）为自己的怠惰汗颜不已。

我们来之前，做好了两手安排，如果老师和师母想在家安静，我们看望后就离开；如果两位老人兴致高，我们就带他们出去吃饭。我预先在北大博雅酒店订好了包间。看到老师和师母精神不错，我发出了邀请，两位老人欣然同意，穿好外衣，和我们一起下楼。再次想到两位老人平时就这样上下楼梯，也没有人帮助，不禁心里有点难过。

到了博雅酒店，我们拥着两位老人一起进入包间，我特意安排了比较松软的食品，发现两位老人胃口很好，席间谈笑风生。我又给两位老人要了一份燕窝，看着他们开心地吃完。

我们问许老师为什么能够这么长寿？许老师说，天天沉浸在翻译和学问中，根本就来不及想死的事情，十几年前得了直肠癌，根本不理会，结果病就自己好了。同时每天都要锻炼身体，90 岁之前常常游泳，现在医生不让游了，他还坚持每天骑自行车。

师母补充说，许老师作息时间规律，做事情心无旁骛，就是长寿的秘诀。同学们纷纷说都是师母照顾得好。我说一个男人要长寿，需要两个条件：一份没有争权夺利的事业，一个能够理解自己并相爱的伴侣。

同学们陪着敬酒之余，一直在讨论如何帮助两位老人安置到更加舒适的地方居住的问题，我主动请缨，以后找北大去讨论一下这件事情。如果北大实在有困难，新东方来想办法帮助解决。

同时，老师提出希望把在山西大同大学的"许渊冲翻译与比较文化研究院"搬回北京，最好回到北大。我们开玩笑地说："大同大学应该是煤炭研究院所在地，许老师的研究院必须回北大。"

大家热热闹闹吃完饭，扶着两位老人上车，带两位老人去北大里面转了一圈，并且找到了一个我认为也许可以作为研究院的地方，让两位老人现场考察一番，如果满意，我来找北大沟通。

下午两点，在明媚的阳光中，我们把两位老人送回家。老人家上楼梯的时候不允许我扶他，一手拄着拐杖，一手扶着楼梯扶手，居然一步不停地上了三楼。

从许老师家里出来，我看着满天的阳光，突然有种想哭的感觉，一低头一抬头，使劲把眼泪憋了回去。

面对许老师这样的人生，我们没有别的选择，只有为世界的美好而努力，除此之外，夫复何言。

面对高考，我们的重心应该放在何处

一个人为未来和理想努力的状态，才是最迷人的状态。

在中国，高考可以说是人生命运的转折事件之一。但高考从来不是一个一蹴而就的事情，不是说高考前几天你着急了、奋发了、努力了，最后高考就一定能拿到高分。

高考需要长期的准备，只靠最后两天拼命是没有用的。这就像跑马拉松的运动员一样，他绝对不可能在前一天的时候自己先去跑一个马拉松，如果他先跑了，第二天参加马拉松比赛的时候就跑不动了。所以参加马拉松比赛的运动员一定是在此前日常生活中，经过年复一年的训练，锻炼了自己跑马拉松的能力。

高考也是这样的，我们为高考做的积累从小学、初中、高中一直都在持续。尤其是高中三年，每天的努力就是为高考取得一个好成绩的积累过程。

我想给高考生的第一个建议是，考前一定要放松心情，只有心情放松了，才能睡好觉、吃好饭，才能够精神饱满地上考场。高考的时候父母也很紧张，有时候父母容易为了孩子做出一些奇怪的行为，比如让孩子吃人参、吃让人精神饱满的东西等，结果反而是干扰了孩子正常的饮食和作息习惯，导致对考场发挥产生不利影响。所以，高考前一定要保持常规的饮食和作息，你平时吃什么喝什么高考前就吃什么喝什么，平时怎么休息高考前就怎么休息，放松心情，第二天精神饱满地进考场就是最好的。我们先不考虑成绩多少，保持好的精神状态这是第一要素。

第二，高考是人生中一个非常重要的门槛，这个门槛既意味着我们告别了初高中的青少年时代，进入到大学的青年时代，同时还意味着如果我们考上的大学有差别的话，那么进入好大学比进入一般大学会让人觉得人生更加丰满，学到的东西可能也会更多。

尽管高考是我们人生中一个重要的门槛，但它并不是一个生死门槛，也不意味着考不上名牌大学就失败了，或者考上了一般大学就完蛋了，或者考不上大学，此生就再也没法过好了。

上好大学固然是很好的事情，但上普通大学并不意味着没有前景，因为不管是上好大学还是普通大学，你都要在大学待四年。当然了，你上了好大学以后也许能交往到更厉害的同学、听水平更高的教授上课，但我认为人生最重要的还是在于自己持续不断的努力。

持续不断努力、每天进步才是人生真正重要的事情。

我们也看到过，很多学生上了好大学以后反而颓废了，不再学习了，最后一生也就碌碌无为地过去了。我们也常常看到，上了普通大学的人甚至没有上大学的人，最后因为持续不断的努力而取得了巨大的成就。有一些科学家其实是连大学都没上过的，有些优秀的作家、企业家也没上过大学或者上的是普通大学。

我想强调的是，人生重在持续不断的努力，所以不要把高考看得太重，也不要把上什么大学看得太重。

第三，高考并不是一次性的机会。什么叫一次性的机会？这个机会错过了就再也不可能重来。

例如，即使你的高考成绩不理想，上的不是心仪的大学，但你可以选择考心仪大学的研究生然后到那里去读硕士、读博士。很多没有考上北大清华的人，在读硕士、博士的时候来到了北大清华，继续深造。还有一些人在上大学时申请了国外的名牌大学，不少普通高校的学生之后进了牛津、剑桥、哈佛、耶鲁等这样的世界名校去读书。

所以说，高考并不是一次性的机会，当下就算是失败了，也没有必要计较太多，因为你可以继续努力。

第四，任何外在的状态都不如人的精神和自我期许来得重要。外在的状态是什么？就是你拿到了一个名牌大学的录取通知书，你觉得在别人眼中很荣耀，实际上这些东西都是外在的，外在的东西容易随风消逝，但人的精神和自我期许是会永久跟着你的。因此，不管在什么场景下，一个人最重要的是有饱满的精神、对未来的期待以及为达到自我期许而努力，这比你所拥有的物质也好、地位也好，或者某种转瞬即逝的成就也好，都更加重要。一个人为未来和理想努力的状态，才是最迷人的状态。一个人只要有理想和目标，那就意味着他希望明年比今年更好，未来比现在更好，他的每一天都在付出努力。

每一天付出的努力本身可能是微不足道的，比如今天读一篇课文，明天读一篇课文，读了 50 篇课文，还没感觉到自己的长进有多明显，但只要你持续不断地努力下去，时间就能证明你的一切努力都没有白费。人生最悲惨的状态就是年纪轻轻自暴自弃，或者说是没有热血、老成世故。

正所谓"少年的汗水，如果不流出来的话，就会变成老年的泪水"，但"少年的汗水"不仅仅指高考，而是指你高考前后、大学期间、毕业以后，乃至人生一辈子每天的努力。

只有这样，你才能逐渐积累自己的资源，积累自己的厚度，积累自己的知识，积累自己的智慧，你才能够在这个世界上碰到更多的机会，才能有更大的成功可能性。失败本身并不可怕，可怕的是你被失败打倒，或者说你摔倒以后再也不爬起来，或者说失败变成了你的心理阴影，那么成功就会离你越来越远。

第五，现在的世界，道路其实非常开阔。随着世界的发展，我们有些工作已经不需要人干了，在未来很多工作都可以由机器人代替，但我们却发现人们越来越离不开人的服务，比如直播和短视频的兴起，涌现出大批网红，这些网红其实就是展示了自己的一点才华，唱歌也好、舞蹈也好、乐器也好、体育也好、口才也好，但他们实际上是被社会所需要的，满足了人们的某些需求。

我们要做自己喜欢的，并且为这个世界所需要的事情。上不上大学只是人生一个点上的一个结果而已，真正重要的是你持续不断地做自己喜欢做的事情，这个事情不仅仅是自娱自乐，还是这个世界所需要的事情。

为什么说做这个世界所需要的事情很重要？因为被世界所需要，你就可以用你喜欢的事情来换取必要的经济资源。说到底，卖烧饼也能卖成全世界最大的公司，比如麦当劳的汉堡包，本质上它就像中国的驴肉火烧，又比如兰州拉面也能卖到全世界。你做的东西是不是高科技产品并不重要，你做的东西是不是被别人所需要才是重要的。

因此，我们首先要学会寻找自己喜欢的事情，其次要学会自我欣赏。所谓的自我欣赏，就是开高铁、开飞机觉得骄傲，但开三轮车送快递也没觉得低人一等，你在做的也是对社会有意义的事情。

如果你怀揣着一种自我贬低的心态，那么不管这辈子从事什么工作，你总是会看不起自己，总觉得别人看我是在做很低下的事情，别人看我是在做没出息的事情。你自己做这件事情内心是不是快乐，是不是能找出做这件事情的自我定位和自我意义，这才是最重要的。

最后，不管高考是否成功，我都希望大家能够走出精彩的人生。

面对大学，最重要的是做好这几件事

生活就是这样往前走，有平凡，也有激动，有漫漫长夜，也有美丽的日出。

在大学中，我们要做这么几件事。

第一件事情就是好好掌握一门专业，只要达到熟练的程度，再冷门的专业也一定有用。我有一个朋友学的是越南语，大多数场景下越南语的确很少用，但中央领导去越南都要带着他，因为他是一流的越南语同声翻译专家。

我想用这个例子来说明研究什么不重要，重要的是你真的很喜欢，真的很精通，然后就会有人用你。反过来，如果你觉得这个专业你不太喜欢，但很适合找工作，那么要不要学？当然也要学。我最开始并不喜欢英语，当初考英语专业只是因为数学不行。不喜欢英语是因为我的模仿能力不强。当年，我光普通话就练了一年，才练成大家能听懂的程度。我老婆是天津人，跟我吵架就用天津话骂我，但我到现在为止只会说一句天津话，就是当她拿起棍子打我的时候，我向她大吼一声："干嘛？"

虽然一开始我并不喜欢英语，但后来我发现英语成了我生存的工具。专业有的时候是一种工具，能够帮助你前进。在登山的时候，你不会在乎你喜欢不喜欢登山杖，你只会在乎它能否帮你登上山顶。

英语就是我的"登山杖"，尽管我不是特别喜欢，但我知道要想攀上更高的人生山峰就需要这根"登山杖"。我本来想把自己变成中国的英语专家前100位的，后来发现一点戏都没有，因为中国留学归来的人越来越多，有的在国外待了10年、20年，回来了怎么看英语水平都比我高。我就只能缩小范围，开始拼命背单词，结果成了中国还算不错的英语词汇专家。

除了学专业外，同学们要在大学里多读书，不断完善自己的知识结构。读书多，就意味着眼界更加开阔，更加会思考问题，更具有创新精神。新东方流传一句话叫作"底蕴的厚度决定事业的高度"。底蕴的厚度主要来自两方面：一方面是多读书，读了大量的书，你的知识结构自然就会更加完整，就更容易产生智慧。另一方面就是丰富人生经历。把人生经历的智慧和读书的智慧结合起来就会变成真正的大智慧，就会变成你未来创造事业的无穷无尽的源泉和工具。

在大学里要做的第二件事情就是尽可能多交朋友。要交到好朋友，首先你要做个好人，做一个让人放心的人。当时我那些大学同学都觉得我没出息，但为什么会回来跟我创业呢？我在大学里是个学习不好但挺喜欢帮助别人的人。我在大学里扫宿舍、打开水，一直做得很开心，同学们一直觉得我为人不错。

另外，交朋友尽可能要找比你更加出色的人，他们能够在你的成长道路上帮助你。做人就要跟着牛人跑，这样你会不知不觉地跑得更快。王强和徐小平都是我在北大的朋友，他们都是我在大学追随和学习的榜样。王强老师喜欢读书，一进大学就会把生活费一分为二，一半用来买书，一半用来买饭票。我觉得这个习惯很好，我也把生活费一分为二。每到周末我们就去买书，我不知道买什么书，于是他买什么我跟着买什么，他被我弄烦了，说你能不能不跟着我，我说你是班长有责任帮助落后的同学。其实我知道他想把我赶走，因为当时他是我们班很多女生追求的对象，如果我不跟着他，他就可以带女生出去买书。

我认识徐小平老师的故事也挺有趣。他当时在北大教了一门西方音乐史的选修课，我听了课之后觉得他才华横溢，很想认识他。一个礼拜后我敲开他家的门，他问我你是谁。我说我是你的学生，听了你的课后很感动，想来拜访你向你请教。徐小平引我进去，进了他家门我发现有一群年轻老师在那。原来他有个习惯，每到周五晚上都会招一批老师来他家聊天。我当然很想听，就问能不能留下来听，他说不行啊，我们聊的都是些男男女女的问题，像你这样的纯情少年会被污染的。幸亏我反应快，说徐老师我在这方面刚好需要启蒙教育。

在听他们聊天的过程中，我发现没有人给他们烧水，于是，我就帮他们烧水煮方便面。连续去了四个礼拜，到了第五个礼拜我不去了。为什么不去？不是因为我烦了，而是我觉得一个人在该显示重要性的时候一定要显示出来。果然徐小平一个电话打来说："你这个兔崽子怎么还不来？"我知道，这个时候不是我离不开他们，而是他们离不开我了。从此，在一年的时间里，我经常听他们聊天，他们的思想源源不断地流进我的头脑。

后来我做新东方，想要寻找一批志同道合的人，去北美拜访一批朋友，去的第一家就是徐小平家。我跟他说新东方不缺英语老师，但缺有思想的人物，希望你回去管理新东方的思想。后来徐小平、王强一起来到新东方，我们一起托起了新东方的一片天空。

在大学要做的第三件事情，就是如果有可能的话，谈一场比较专注的恋爱。谈恋爱有一个非常重要的前提，就是要一心一意地爱。所谓一心一意地爱，不是说大学里只能谈一次恋爱，而是说一次只能谈一个。当你真的爱上一个人后，要以恰当的方式告诉她你爱她，而不能只放在心里。

我在大学就吃亏在爱上了女孩子只放在心里，怕说出来被别人拒绝。其实追求女孩子最好还是表达出来，就算被拒绝了，也能够让她知道你在爱着她。她知道你追求她，也不会不高兴，回家可能会在日记里写，"今天又有一个男孩追我"。

谈恋爱的另外一个原则就是要谈得大度，所谓大度就是当你爱的人爱上其他人的时候，一定要大度地对她说："你的幸福就是我的幸福，你的快乐就是我的快乐，尽管我的心很疼，但我会祝福你们。"我始终觉得人在世界上总是有某种缘分的，世界上最痛苦的事情就是你还深深爱着她，但她已经不爱你了。这就是缘分，既然缘分已尽，那就让我们等待下一个缘分的来临吧。在你以后的人生中总会有人爱你，等你一起牵手走向未来的旅程。

生活就是这样往前走，有平凡，也有激动，有漫漫长夜，也有美丽的日出。这就是我们的生活。

最后，我想谈一谈大学和工作的关系。有同学问我毕业后要不要创业。人生不尝试一次创业是非常遗憾的事情。人这一辈子总要为自己干一件事情，创业就是为自己干事情。

然而，你并不一定大学毕业就要创业。因为创业需要经验和许多前提条件：第一，你的专业知识能在你创业中得到运用；第二，你有能力和创业伙伴相处并且能处理好利益关系；第三，你要有应付社会复杂局面的能力；第四，你要有基本的商业操作或者商业运作知识；第五，你要成为一个具有领导力的人。所有这些能力，都来自你工作后和社会过程接触中的积累，这是需要一定时间的。比如，你想搞个培训学校，那你的商业运作知识从什么地方来呢？通过观察别人怎么运作。如果当初我直接从北大出来做新东方，那我可能就做不成。我做成新东方有两个前提条件：一是我在北大做了六年老师，而且做得不错；二是我做新东方以前，在另外一家培训机构干了近三年，并仔细观察它是怎么运作的。

我碰到许多大学毕业出来创业失败的人，我说你们怎么不创业了？他们说，同学之间只要一产生利益关系，互相之间的友情就全是"狗屁"。某种意义上，他们说的是对的，所以要学习如何处理好这种关系。我和新东方这帮朋友也有利益关系，但是我们就处理得还不错。因此，如果要创业，我鼓励同学们先去某一个行业观察至少一到两年，最好三到四年，慢慢积累自己的才能，慢慢变得成熟，个性慢慢稳定，最后再创业。这样失败的可能性也就小了很多。

创业有两种状态：第一种是从零做起，我自己就是从零做起；第二种就像美国著名的管理学家、企业家杰克·韦尔奇那样，从普通工人做起，做了 20 年成了通用电气的老总，然后在公司老总的位置上又干了 20 年，把通用公司变成了当时全世界最大的公司。这也是一种创业，创业并不一定都是自己干。

我们的成长和成熟都是慢慢来的，就像一棵树长大也是慢慢来的一样，没有一夜之间就长大的树，也很少有一下子就创业成功的人。

我们要努力把生命活得精彩一点。人的生活就像河流，总有一个梦想，那就是流进大海。有的人这一辈子没有梦想，就像河流没有了方向，这条河就是不完整的。

长江流向大海，黄河也流向大海，但每条河流都以自己不同的方式流向大海。长江开山劈石穿过大山流向大海，黄河绕了九曲十八弯，最后也流向了大海。

生命可以拐弯，但最终目标不变。我们唯一要记住的，就是要像长江、黄河的水一样，不断地向前流动，而不能变成长江、黄河里的泥沙，沉淀下去再也见不到光明。

孩子成长的两条必经之路

孩子成长有两条必经之路：一是和知识相遇，二是和大地亲近。

徐霞客说过一句话："大丈夫当朝碧海而暮苍梧。"对"苍梧"的解释有很多种，有人说是梧桐树，有人说是广西的苍梧山，也有人说是今天的贝加尔湖附近。如果泛泛地讲，就是指遥远的地方。这句话想要表达的意思很简单，就是人生必须开阔起来。

在我心目中，一些中国古代的知识分子可以称得上拥有自由精神，比如陶渊明，宁可不当官，也不为五斗米折腰，天天在田里种地。种地其实是一种假象，获得自己人生的自由和精神的自由才是真的，所以才会有"采菊东篱下，悠然见南山"的惬意诗句。

我们现代人想要生活得更加自由自在的话，这种自由行走的精神也特别重要。在我看来，孩子成长有两条必经之路：一是和知识相遇，二是和大地亲近。和知识相遇意味着阅读，和大地亲近意味着行走。

如果生命中这两条路都没走过，一辈子是白活的。不要告诉我说，你没有机会和财富做不了这些事情。阅读和行走并不需要多少财富，只不过是你说服了自己不去做而已。如果我们的孩子长大后心中没有思想，眼中没有天地，这样的人生基本是没有意义的。

从个人成长经历来看，坦率地说国家的"双减"政策是有道理的，让孩子从天天考试做题的局限性中解放出来，让他们有更多的时间进行大量的阅读、走向广阔世界，如果真能这样，这是孩子的幸运。

培养孩子的方向，对于大部分家长来说，是上一所好的初中、高中、大学；但让孩子真正走向伟大的培养，则是让孩子拥有希望、胸怀世界。对内，让孩子对自己的生命充满热情和自信；对外，让孩子对世界充满好奇和向往，这才是要培养孩子的方向。

生命的精彩源自对生命的热爱，一个人没有对生命的热爱，就不可能有生命的精彩。

在行走中深入体验

我们热爱生命最好的方法是亲近——亲近人、亲近自然、亲近自然界的一切生命，包括动物和植物。在这个过程中还要有知识的切入。人、动物、植物都是蕴含知识的，让孩子对生命有更好的认识是特别重要的。

我小时候在农村长大，对于大自然的生命有很多体会。夏天的知了叫，晚上满池塘的蛙鸣，都能给我带来生命的律动。散步的时候，我们有多少人能听到天空中的鸟鸣声？很多人都听不到。我每天早上都听鸟叫的声音，那是一天欢乐生命的开始，是接触大自然的开始。

一个人对于大自然生命的了解，最初基本都是来自父母。不是每一个人都是在森林中或者土地间长大，我们大部分孩子现在是在钢筋水泥的"丛林"中、在没有任何大自然生命气息的大楼里长大。在他们眼中，大自然离他们很远，天空在他们眼中也变成了大楼间的一条缝隙。

在这种情况下，父母的行为对孩子的发展有重大影响，这些重大影响还是归结为两点：一个是阅读，一个是行走。我们如何让孩子把阅读与行走结合在一起，这是一个特别重要的问题。

有人可能会想，"行走"就是带孩子到公园去走一走，或者放假的时候，有条件就去度假。但我说的"行走"，不是单纯的逛公园或者度假，而是深度行走。

所谓的深度行走，就是沉浸式的体验，不能只是蜻蜓点水。比如带孩子去农村，干了一天农活，摘了几个西红柿回来，这不叫体验，孩子一点儿感觉都没有。

要让孩子真正了解农村，就要想办法通过各种亲戚朋友关系，或者是研学的安排，在确保孩子安全的情况下，让孩子至少在农村待上一个月的时间，生活在农村，哪怕是不洗澡、不洗脸，也要让他知道农村孩子是什么样子，农村生活是怎样的。

家长可以带着孩子到农村田野中，认识各种各样的农作物，让孩子亲自体验种植或者收割农作物的快乐；也可以带着孩子去植物园，认识各种植物，让孩子对植物的生长周期和生长规律都有所了解。

两个月的乡村生活可能会在孩子的生命中产生某种不同的成长感悟，我认为这叫深度体验。

我带着孩子去旅行，绝对不会说我们先去哪里吃好饭。好饭是可以吃的，但不能把"吃好饭"变成行走的主题，你必须把当地的人文、历史、地理和风土人情变成孩子学习的主题。

从我的两个孩子上小学一直到上高中，我每年都会带着他们至少行走两次，一次是冬天，一次是夏天。我会安排不受干扰的 10 天左右的时间，带他们去某个地方，一路跟他们讲述文化、地理、历史，体会当地的风土人情。在这个过程中，两个孩子也会对相关的知识产生兴趣。这种经历对孩子们的影响很大，我的两个孩子在成长过程中，非常喜欢读历史书、看纪录片。这总比天天打游戏和刷无聊的电视剧好很多。

做父母不容易，但当你真的做好了之后，你又会发现这件事变得很容易。你看着孩子在不断成长，会感受到做父母的骄傲和快乐。

孩子需要了解的维度，不是单一的维度，而是多方面的维度，包括大地风貌的维度、自然生命的维度、历史发展的维度、社会学研究风俗民情的维度。还有很多其他维度，比如说宗教学、人类学等，这给父母提出了更多的挑战。

父母还应该帮助孩子做一些公益活动。比如说跟农村孩子一对一的帮扶，或者让孩子照顾一下孤寡老人，到养老院看看老人们的生活，这些都是对生命的深入体验。对于孩子的成长来说，培养善良和同情心这两件事情比什么都重要。在孩子心中种下善良的种子，种下同情其他不同状态的人、互相理解的种子，孩子一辈子都不会走歪路和邪路。

行走中的重要能力

行走中一个重要的能力是语言和表达能力。没有好的表达能力，很多感受就付诸东流。曾经，有一个人给我留言说："你去潮汕后写了 8000 字的文章，我读了之后心潮澎湃。我也刚刚去了潮汕，读完你的文字后，我发现自己白去了。你看到的我都看到了，但背后是什么缘由，我完全不知道。我就没有想到，要用文字去描述一下自己行走后的感觉。"

这就是表达能力的问题。一个人行走在世界上，会遇到各种事情，若一生都没有留下片言只语，这是非常遗憾的事情。

所谓的"留下"，绝对不是在短视频上天天炫耀自己买了新衣服或者吃了一顿好饭。留下的，应该是对别人生命的丰富性也有借鉴意义的东西。这种表达能力是要从小培养的。

在世界文明之地，像古埃及、古罗马、古希腊还有不丹等地，我都是一路为两个孩子讲解历史。我自己为了给两个孩子做榜样，也会留下大量的文字。每到一个地方，我都会写下 2 万～5 万字的旅行笔记。

旅行笔记上的内容，就是我一路行走的时候，给孩子们讲的内容。如果我想当场讲解，预先要做很多功课，每一次行走都是一场知识的盛宴。同时我也会要求两个孩子读这些方面的书籍，旅行中遇到事情、遇到某一个场景，我们可以互相讨论，而不是说我仅仅是一个讲解员，否则孩子就会没有参与感。

我非常有幸，小时候有两个人对我的表达能力产生了重要影响。

首先，要感谢我的母亲。我的母亲从小就希望我当个先生，每次我买玩具她就反对，我买书她就支持。我从小就开始读连环漫画，后来读小说和散文，当时能找到的书很少，但我还是能读则读。

由于这样，从小学开始，我写的作文一直算是全班同学中比较好的，常常会被老师拿出来当成范文。这种正向反馈机制，对一个人可以产生无穷无尽的激励。老师读我的文章，我就更加有动力去写好作文，也让我从小养成了愿意写的习惯，这个习惯一直保持到今天。我每年可以写出 60 万～ 80 万字的记录性文字，包括日记、游记、读书笔记等。

其次，非常感谢我初中的政治老师。当时我们初中有一个要求：每天早上正式上课前，有半小时朗读报纸的时间。本来应该是政治老师朗读的，但这个老师比较懒，他知道我喜欢读书，就说以后每天早上读报纸，都让俞敏洪读。就这样，我给全班同学读报读了整整两年。同学听不听，跟我一点关系都没有，反正我必须读。

读着读着就发现，我的口头表达能力提升了。尽管我在北大没有任何机会展示我的讲话能力，也没有什么机会可以展示我的写作能力，毕竟北大牛人太多了，但这两种能力给我奠定了日后的基础。

无论是学科技还是人文，语言表达能力都是必备的。那么对于孩子来说，如何培养语言表达能力呢？

首先，要让孩子从小学会朗读。让孩子读绘本和故事书，并且家长和孩子每天有一段时间要将书中的内容高声朗读出来。朗读跟阅读是两个完全不同的概念，朗读是一种表达。

其次，当孩子读完故事后，让孩子用自己的话把故事再讲一遍，这就真正进入了表达的状态。读故事的收获是 20%，把故事读完后再讲出来，那收获就是 80%。在一个教室里，如果只是老师在讲、学生在听，学生的收获是往往不到 20%；如果师生进行问答，老师要求学生再重复一遍，学生的收获将飙升到 80%。作为家长，我们也应该这样和孩子互动、表达。

此外，还可以给孩子设计主题演讲。不要以为孩子没有表达能力，你给他设计一个主题演讲，告诉他可以随便讲，他讲出来的很多东西是特别好玩的，常常会有一些你意想不到的思考和表达，因为孩子看事情的方式和我们成人是不一样的。

在非竞争的前提下，让孩子们进行交流、讨论和争论是非常重要的。不要天天让孩子去抢第一名、通过辩论取得胜利，不要让孩子进入竞争的状态，要让孩子平和地参与到表达中。

这个时候，如果父母和老师可以作为孩子的朋友，在交流时与他们平等对话，就变得特别重要。一旦进入平等对话，孩子就没有了恐惧感，他就会什么都愿意说。很多孩子都有一个特点，就是先想父母、老师喜欢听什么，之后再把它表达出来。孩子从小就不是按照内心世界来表达，而是按照成人想听什么。这个问题严重一点说，就是孩子从小就学会了不真诚表达。如果长大之后，虚伪的表达变成了习惯，这个也是很麻烦的。只有老师、家长和孩子平和表达、平等对话，孩子才能敢于发表意见，甚至说敢于发脾气。

我做家长做得相对比较成功的一点，就是我在两个孩子面前展示威严的时候，两个孩子都可以听我比较严肃的表达。在平时交流上，基本都是朋友关系，孩子们甚至可以对我发脾气，都没有问题。

当然，语言表达首先是用中文，如果连中文都表达不利索，用英文更加麻烦。我一直主张孩子在不增加太多负担的情况下，学一点英文其实蛮重要的。因为孩子从小学英文有两点好处：一是记忆力好，表达的能力更强，长大后学更复杂的英语，恐惧感就没有了；二是如果有机会让孩子从小可以全世界行走，用英语跟各种人进行交流，这样对当地的风土人情、历史人文有更加深入的了解，兴趣、热情和自豪感会油然而生。

这是语言和表达的关系，它们是行走世界的重要工具。如果我们暂时没法行走，就要多阅读，读历史、人文地理、自然科学。

表达和记录，是两个我们可以赋予孩子的习惯。让孩子学会感受和记录。感受和记录的方法很多，比如读《蜀道难》，一边讲一边把地图展开，让孩子看看秦岭和四川之间是什么关系。

我们可以让孩子通过朗读诗歌、散文感受文字表达的魅力，同时，让孩子记录自己的日常行为和行走，比如观察植物的生长、观察昆虫的生命周期等。院子里的一根草，你都可以记录它的生长过程，用自己的文字去描述这个过程。

有人说不知道怎么写东西。如果在教室里面坐着，老师给一个题目，当然没法写东西。这样怎么可能学会记录和表达呢？这样的写作是无比痛苦的，谁会去做无比痛苦的事情呢？我们成年人都不愿意，让你天天写 PPT 和报告，你也不愿意。但如果让孩子走出教室，去记录一朵花的盛开，记录一只鸟的飞过，他可能就愿意了。让孩子把自己生命的点点滴滴记录下来，最后他就习惯记录了。

让孩子独立探索世界

除了表达和记录，当孩子到了一定年龄，父母要让孩子独立探索世界，安排一场脱离家庭的旅行，安排一场和陌生孩子一起的游学或营地活动，安排孩子独自生活。

我有两个重要的成长经历。第一个是母亲送我去外婆家。尽管都在农村，但在家里受父母看管是受拘束的。我在外婆家住了一个月，这一个月成为我生命中最快乐的一个月，下水抓鱼、爬山砍柴都是很随意的事情，整个生命都飞扬起来了。

另一次是母亲带我去上海。那时我大概八九岁，晚上坐着轮船，忽然茫茫大江上什么都看不到。这时，轮船一拐弯，大城市上海忽然展现在我面前。这是我第一次看到这么多电灯，万家灯火极大地震撼了我，给我带来了生命的冲击。我住在上海的阿姨家，每天都会独自出去。有一次，我一个人坐上公共汽车，到外滩逛了半天。家里人以为我走丢了，那个时候我探索世界的本领就已经显现了。

我女儿15岁的时候，有一天突然告诉我，她要一个人背包去非洲。她不是独自去旅行，而是参加一个公益组织，为非洲农村地区的孩子教一个月的英语。我女儿的英语比较不错，所以她就报名参加了。我的第一反应是坚决不让去，去那个地方可能人身安全都是个问题，有的地方还处在战争中。我一听到内心就立刻产生了这种感觉：不太对，不能去！但在我女儿的坚持下，我还是想明白了：孩子早晚是要放飞的，晚放飞不如早放飞。她愿意参加公益活动，公益组织也有保障，我为什么要阻止她？

就这样，我女儿一个人飞了34个小时到达了非洲。传过来的照片里，她抱着几个月都不洗澡的非洲小孩，露出来的迷人笑容是我从来没有见过的。她感受到了新的世界，感受到了自己的价值。

时至今日，我的孩子想要独自去一个地方，我一般都会答应。因为我知道，让孩子孤身独立于这世界上，他们的成长速度是更快的。

　　我们要让孩子去闯荡世界，认识世界。世界是一片森林，潜藏着危险，但如果不进入森林，或者从来没在森林中生活过，等有一天突然被置于其中，除了迷失可能就是被别的动物吃掉。

　　既然世界是一片森林，我们的孩子越早去探索，未来的生存能力也就越早被提升，热爱这片森林的可能性也就越大。

如何成为一位好妈妈

在孩子成长的过程中，父母能把事情做对很重要。

母亲对孩子的成长有重要的作用。一个现代家庭的母亲，如何在孩子出生以后依然能兼顾工作和家庭，并把孩子带好呢？

首先，母亲必须要保持平和的心态。这是最重要的一点。脾气无常的母亲一定会使孩子无所适从，缺乏安全感。相反，母亲做事心平气和、讲道理，有比较豁达的胸怀，那么孩子就容易产生安全感，孩子长大后的脾气就会比较正常。

心平气和，是母亲处事的一种状态。这种状态是指在孩子面前不抱怨、不责备、不随便批判、不随便和人吵架。这种家庭氛围对孩子至关重要。也就是说，要让孩子有一个安定温馨的成长环境。营造适合孩子成长的家庭环境，父母双方都有责任，但我认为母亲可能需要承担更多的责任。

其次，一起建立良好的习惯和规矩。母亲需要和孩子一起建立良好的生活习惯和规矩。我最担忧的是有些母亲自己都没有良好的生活习惯，却对孩子各种训斥和指责。

让孩子养成良好的生活习惯非常重要。例如，让孩子从小就知道把自己的玩具归类整理、叠被子、扫地、收拾小卧室等。等孩子慢慢长大一些，可以学着用洗衣机洗衣服。再大一点，甚至可以学着每个礼拜都参与做一顿饭。

对孩子要立规矩，并且规矩不能随着父母的心意改变。不能家长脾气好的时候孩子做什么都可以，家长脾气不好的时候孩子就什么都不能做。

我在印度的时候曾经碰到过一位母亲，她的孩子长大以后很有出息。我问她为什么，她说她只做了一件事情，就是要求孩子每天必须把自己的房间打扫干净，否则不允许出门。这就是规矩。

大部分长大后出问题的孩子，都是因为从小父母没有明确的规矩意识，孩子每天都要看着父母的脸色行事。父母脸色好的时候，对孩子宠爱无度；父母脸色不好的时候，把孩子吓得畏首畏尾。这对孩子的成长和个性的发展十分不利。

最后，帮助孩子养成读书的习惯。不论父母自身的文化水平如何，都应该让孩子养成读书的习惯，在这方面母亲对孩子的影响比较大。

如何养成这个习惯呢？从孩子两三岁到七八岁这几年，如果每天睡前母亲能和孩子共同阅读半个小时，孩子就可以逐渐养成阅读习惯。一个孩子如果养成了阅读的习惯，他就能够在知性上不断地发展，情感也会更加丰富，与人交流的水平也会相应提高。

每一本书都会从不同的角度解读世界，读书越多，孩子看问题的角度也会变得更加开阔，思想也会变得更加丰富。

两三岁到七八岁这段时间，读书比学英语、数学重要得多，因为读书会帮助孩子建立想象力、创造力、逻辑思维能力等。在养成阅读习惯的过程中，父母需要以身作则。如果父母不读书而是打麻将，就算要求孩子读书，孩子也是无法养成读书习惯的。所以，父母可以规定一个读书时间，在这个时间内和孩子一起读书，或者在孩子认字不多的时候，父母读书给孩子听。

一个母亲能把以上三件事情做好，基本上就能够引导孩子健康成长。当然，要把一个孩子培养成健全的、快乐的、聪慧的人，光靠这三件事还远远不够，还需要父母的共同努力。

父母除了营造良好的家庭环境，还要通过多种途径共同促进孩子健康成长。例如，带着孩子行走世界，让孩子多和其他同学交往，帮助孩子建立自信心和领导力，等等。

在孩子成长的过程中，父母能把事情做对很重要。其中，重中之重是要给孩子充分的关爱和理解，与孩子进行充分的交流和沟通。

同时，也请记住不要让关爱变成无原则的宠爱，一旦没有原则地宠爱孩子，很容易让孩子的成长偏离轨道。

如何成为一位好父亲

父亲的责任就是向孩子传递自身对世界的看法，对生命的看法。

每年父亲节的时候，我的孩子都会给我准备一份小小的礼物。有一年，我女儿把我抱着她的一张照片画成了一幅油画送给我的时候，我的眼泪就哗哗地流下来了。

人生在世，有家庭、有孩子，毫无疑问是一件特别好的事情。尽管在孩子长大的过程中，我们要承担特别多的责任和义务，有的时候甚至会累到半死，但是看着孩子们成长，作为父母心里会充满了骄傲，充满了自豪。

那么作为一个男人，如何做一个好父亲呢？

父亲应为孩子培养的七大品质

在我看来，父亲应该着重培养孩子的七种品质。

第一是好奇。孩子对外面世界的理解和探索，更多的要由父亲来培养。如果一个父亲胆小如鼠，从来不敢到外面的世界去闯荡的话，我们很难期待他的孩子能够变成勇敢闯荡世界的人。如果一个父亲对什么事情都不好奇的话，那么孩子的好奇心也很难被培养出来。

如果一个父亲喜欢摆弄各种东西，比如说做物理实验、化学实验，摆弄家里的机械装置及其他的一些东西，从小带着孩子玩儿，这个孩子一般都能发展出来跟父亲相似的对世界的探索和热情。

以我为例，我就非常喜欢带孩子去旅游、去探索。比如像潜水这样的活动，一般到了我这个年龄都不大敢尝试了，但是我会带着孩子潜水，为的就是探索海底的奥秘。如果我不带头的话，孩子们可能也就望而却步，就失去了这样一个探索美妙世界的机会。

第二是坚毅。坚毅是面对未来、面对理想坚定不移、百折不挠的追求，是一种遇到再大的困难、失败和挫折都要坚持下去的能力。这个特征的培养，父亲会起到重要的作用。如果父亲在孩子面前显现出对失败的畏惧，或者说失败以后灰心丧气，都会影响孩子对自己、对未来的信心。

第三是自我控制。相比女性，更多的失控往往发生在男性身上。比如说男人喝多酒会失控，还有的男人赌博容易上瘾。如果父亲在孩子面前总是表现出对自己的管理不善、对时间的管理不善，那么孩子就会觉得这个父亲没有自我控制能力。一个自我失控的人往往不知道如何安排自己的时间，不知道什么是重点。这样的人很容易在生命中不断失败。我们要求孩子给生活做严密的安排，教育孩子什么事情该做什么不该做，如果父亲不以身作则，那么孩子也容易做得不好。

第四是社交情商。父亲是什么样的人，有什么样的朋友，这些朋友是风度翩翩还是胡搅蛮缠，对孩子的影响是非常大的。如果父亲周围是一群风度翩翩的君子，互相之间友好交往，那么孩子就会打消对社交的恐惧，从小也就能跟小朋友们相处得很好。

第五是热情。这里的热情是对生命的热情，不是对吃饭喝酒的热情。这种热情是让孩子们认识大自然，认识这个世界的美好，珍惜地球上的一草一木，对美好的诗歌散文进行探索，对世界上的智慧、理想、科学、哲学进行探索。父亲的责任就是向孩子传递自身对世界的看法，对生命的看法。如果一个父亲总是郁郁寡欢，总是生气，总是觉得这个世界没法过下去，那怎么可能让孩子对生命产生热情？

第六是感恩。这是父母都要做到的事情。往小了说，让孩子对父母感恩，父母首先得对自己的父母感恩，给孩子做个榜样，让孩子知道怎么样对待老年人。往大了说，是对社会的感恩。我们现在能够花钱买到那么多的食品，在家里拧开水龙头就有那么方便的自来水，摁下开关就有那么亮的灯光，这些事情在之前都是不能想象的。所有这一切尽管需要我们努力赚了钱以后才能得到，但是这个社会整体是一个进步的社会，它有再多的缺点，我们也不能一天到晚在那抱怨，而要让孩子学会怀有感恩心态。比如别人帮了你一个忙，或者坐飞机的时候乘务员给你倒了一杯水，要说谢谢，这些都是感恩的表现，是父母要给孩子做榜样的时候。

第七是乐观。乐观就是要多看生活好的一面，而不是总看生活坏的一面。我们大部分的家庭绝对没有到隔夜就没有余粮的地步，但是我们常常发现有人不断地抱怨，在孩子面前抱怨得好像整个社会都无比黑暗。这样的氛围怎么可能让孩子建立起对未来世界和个人追求的信心？

以上要素都跟父亲息息相关，在孩子的成长过程中，男人起到了至关重要的作用。

做一个好父亲

想做一个好父亲，我认为应该做到以下几点。

第一，父亲要好好地陪伴孩子，并且给孩子有质量的陪伴，跟孩子一起阅读，带着孩子旅行，给孩子解释社会现象，告诉孩子自己对于社会的深刻理解。同时，一定要让孩子理解你工作的意义和重要性。

常常有父亲跟我说，自己那么忙，根本就没有时间关心孩子。但是你跟孩子讲过忙是为了什么吗？如果是在外面瞎应酬、瞎混或者打牌、通宵唱卡拉 OK，这些忙是没有意义的，你也没法给孩子解释。

要让孩子充分地理解你的工作，即使你很忙，只要孩子能够理解你，这就挺了不起。告诉孩子你的工作是什么，带孩子到你的工作场所去看一看，让孩子充分理解你工作的意义，甚至为你的工作而感到骄傲。

第二，父亲应该有随和的个性。因为你有随和的个性，孩子才愿意跟你交流、跟你打交道。如果孩子害怕父亲的话，那么父亲跟孩子交流的通道就被阻断了。

第三，父亲依然是要有威严的。威严来自孩子对父亲的敬畏，这种敬畏不是靠打骂得来的，是靠你的知识、才学、个性、事业得来的。

第四，父亲的日常行为一定要可以作为孩子的榜样。很多时候，哪怕是演，都要把父亲这个角色演好。当然了，父亲对孩子的爱是不需要假装的，一个好父亲，在孩子面前随便表现自己就能够受到孩子的尊重，能够让孩子把你作为人生榜样来看待。

第五，让孩子能为父亲感到骄傲。如果孩子提及父亲的时候，都觉得是一件不值得讲的事情，我觉得这是做父亲的失败。

有人说父亲有钱有权有社会地位，才值得孩子骄傲，我认为这是对孩子价值观的错误引导。不是说成了伟人或者有钱人才值得孩子骄傲，而是要让孩子为你日常做的事情感到骄傲，要让孩子感觉父亲做这些事情是有意义的、是伟大的。

如果能做好这些事情，离做一个好父亲就不远了。

第三章 苦心

让自己成为有价值的存在

不同的生命阶段

我们有不同的使命，

但我们一辈子

就是为一件大事而来的，

那件大事的完成

需要你心灵的完善和现实的不断努力。

35 岁之前，如何实现自我增值

> 人生发展方向和才能、职业定位、生命中的另一半以及自我增值，以上这些是我们在 23 岁到 35 岁之间要反复思考的最重要的事情。

人生有两个阶段特别重要。

第一阶段是 16 岁到 22 岁，也就是高中和大学这个阶段。高中学习成绩的好坏决定了我们上什么样的大学，在一定程度上也影响了我们未来选择什么样的人生道路。

第二阶段是 23 岁到 35 岁，在这个阶段，下面几件事情是特别重要的。

确定自己的才能和人生发展的方向

这个才能与我们大学时候的才能不一样。可能大学时期我们的成绩很好，但是这个成绩和在社会上或工作中所要发挥的才能是不一样的，后者的含义更加广阔，包括你的专业、专长、人格、个性特点、社交能力等。

个性内向或是外向其实都属于才能的一部分，我们必须根据才能的综合性来决定人生的发展方向。大学的时候可以做一些规划，进入工作岗位之后就需要我们找到方向，这就像鱼进入了水里面才知道自己在哪个水域中生活才更加合适。

要找到自己的职业定位

所谓的找到职业定位，是指我们需要思考：在自己生命的阶梯中（尤其是职业阶梯中），我们能做到多高的职位，能做多大的事？你可以选择从一个普通员工做起，最后发展成为中高层的主管。另外，在这一阶段，你要考虑自己是否有创业的机会。有很多人大学毕业就开始创业，有些人到 35 岁左右也做成了自己的公司。如果你毕业选择先工作一段时间，那么在还没有到 35 岁的这段时间内，你也应该考虑自己到底应不应该去创业，应不应该做一点自己真正想做的事情。

认真去寻找自己生命中的另一半

可以一辈子共同生活、同甘共苦的人才是你的爱人。学生时期的恋爱很多是以恋爱本身为目的，互相喜欢就在一起。未来会是什么结局，两个人是不是要在一起过一辈子，这些事情在学生时期的恋爱中我们很少考虑。但工作之后，选择人生的另一半就成为一件非常严肃的事情，你要从家庭、事业、个性特征上来考虑，这个人是不是能够跟你相处融洽并且互相扶持、共同前进，这个绝对比学生时期的恋爱更重要。

如何进行自我增值

在 23 岁到 35 之间还有一件事情需要思考，就是我们应该如何进行自我增值。

从高中到大学，我们通过学习知识来进行自我增值，但更重要的自我增值机会实际上是在大学毕业以后的 10 年中。在这 10 年中，我们要让自己进一步自我增值，在 35 岁之前积累能够让自己后半辈子悠然自得、潇洒生活的价值。

我认为进行自我增值主要有几个方面的事情要做。

第一，学习是一个持续积累的过程，我们不能放弃学习。大学毕业后，很多人已经不用再进行考试，也不用被强迫学习不喜欢的课程，因此很多人就停止了学习。工作以后，我们很容易陷入八小时的日常工作以及八小时外的无所事事，又或者因为工作劳累而变得消沉，放弃自我积累和自我成长。但是自我积累非常重要，继续学习在这个阶段主要有两个方面：一是要继续去阅读和自己专业相关的书籍以及能扩大知识面的书籍；二是要不断在工作中摸索和学习经验，并且把经验上升到理论的高度，使自己能够在职业方面更加高瞻远瞩。

第二，要建立有效的人脉关系。在学生时代，我们的人脉关系往往是纯粹而简单的。因为是同学，彼此没有太多利益关系，主要是根据是否与自己性格合得来作为指标去建立朋友圈。但工作后，朋友圈的建立就变得更复杂，我们与朋友的关系有时会带有一定的功利性。从彼此之间能否有效地互相帮助和利用出发的关系，尽管有点世俗，但却是非常重要的。

第三，要通过努力，让自己变得越来越值钱。这里的值钱包括了工作的晋升、个人价值的实现以及薪酬的提升。比如，你工作了 10 年，最开始工资是五千块钱，10 年之后工资一万块，那么你相当于是同通货膨胀一起在成长，如果没有个人能力的提升，那么将失去成长的意义；但如果 10 年之后你能达到百万甚至千万年薪，说明你某些方面的成长非常迅速。年轻的时候，我们应该努力让自己变得更加值钱，提高才能并且能够依靠才能来生存。例如你可以去全世界旅游、游学、继续深造或者进一步提升专业能力。

第四，要重新认识结婚、生子、买房子这些事情。有的人为了逃避压力，认为不应该去做这些事情。但实际上我认为结婚生子和事业发展、自我增值其实是不矛盾的。我们可以从以下三个维度来理解这件事。

首先，你找到合适的另一半，这本身就是一个自我增值的过程。因为有一个稳定的家庭，就会有一个人不断帮助你、促使你进步和成长。这对我们未来的人格发展以及思考问题的成熟度有巨大帮助，当我们把结婚生子看作成长的一部分，这件事情就变得不那么可怕，但是前提条件是你能处理好事业和家庭的关系。如果处理得好，一个良好的家庭能促进我们事业的发展；相反，如果你成家了但家里乱七八糟，自己又陷入被动的矛盾或者争吵，那就等于自己挖了坑跳进去。如果你并不清楚自己到底想要什么，并且事业也没有方向，冲动地结婚和生子可能会使你陷入很糟糕的状态。

其次，发展过程中不应该人为地增加自己的个人负担。人为的负担不是指结婚生子，结婚生子是大部分人必经的道路，而且好的家庭关系也会给我们带来幸福和欢乐，尽管有负担但可以高兴地去承受。我说的额外负担是指盲目地买房子、买汽车。以买汽车为例，我们在城市中生活需要一辆汽车，买一辆能够代步和遮挡风雨的普通汽车就足够了，没有必要盲目追求品牌。

在这个阶段，如果你沉迷于买那些炫耀性的东西，对人生或许会是一场灾难。

最后，生孩子，早生、晚生都各具优点。常常有人问应该什么时候生孩子，我认为有两个选择。第一种选择是年轻的时候就生。年轻时候精力充沛，孩子跟着你一起吃苦没有问题。物质条件普通点没关系，只要孩子快乐就可以。我发现我的大学同学很多都早生孩子，他们50岁不到孩子就已经完全自立了，于是50岁之后的生活相对而言就很轻松。

另外一种选择是年轻时先着眼于事业的布局，等到生活水平达到比较好的程度再生孩子，这样负担就比较小。

最不负责的情况是一边忙事业，另一边两人爱情还没有稳定就生了孩子，这样会让生活和事业负担加重。

生不生孩子是个人选择的问题，但选择的前提就是知道如何把事业、爱情、家庭很好地融合在一起，同时又能排除生命中不必要的负担，能够轻装前行的时候轻装前行，能够丰满生活的时候去丰满生活。

搞清楚你一生要做的那件大事

我们一辈子就是为一件大事而来的，那件大事的完成需要你心灵的完善和现实的不断努力。

对于刚进入职场的年轻人，我根据这些年的经验给大家分享一点心得。

第一，我们选择自己的发展道路时，选择的是舞台和平台。这个平台一定是适合你的，能够让你有很大发展空间的。

第二，我们要思考自己想成为什么样的人。人一辈子的选择通常有两个方向，要么把自己变成精英人士，要么把自己变成专业人士。

精英人士是什么呢？很多人以为就是白领阶层或者做出一点事情的人，其实不是。真正的精英人士是有社会担当的人士，其方向和专业人士的方向是不一样的。比如，最初我是一个专业人士，后来我往精英方向走了，精英人士可以叫作综合型高级人才，专业人士是专业型高级人才。这两个方向要根据你个人的能力，也要根据你个人的情怀来定。

大部分人的一生可能就是靠自己的某个专业技能吃饭。当然，专业技能做到极高水平是可以上升的，但也可以选择停留在这个层面。你会发现，很多创业公司做到一定程度后做不大，是因为创业者的能力受限，无法让公司成为一个有情怀、有担当的公司。

一个人是可以立志的，立什么志向往往决定了你未来成为什么样的人。但我们依然面临一个选择，这个选择就是你到底想成为一个什么样的人。

把自己的未来界定为精英，必须牢记四个关键词：贡献、责任、无私、情怀；对专业人才的定义，我认为就是专注、极致、创新、颠覆。一个人能做到专注、做到极致、做到创新、做到颠覆，说明你已经变成了一流专业人才。

第三，人的发展方向其实是由价值观来决定的。你想变成什么样的人，要考虑所对应的终身不能改变的价值观到底是什么。你能不能在这条路上走远，要看你能不能践行，而不是仅仅知道，这就是王阳明反复讲的"知行合一"的概念。

核心价值观不是你念叨的，也不是你口头上去忽悠人的，而是你自己必须争取的。为什么到现在新东方几万人愿意跟着我干，原因也非常简单，就是他们从来没有被这个地方骗过。可以争，可以抢，可以拍桌子，但不会被俞敏洪坑蒙拐骗了。

第四，人的一生是不断变化的一生。主要是三个方面的变化。首先是个性变化。新东方的发展过程，其实也是我个性不断改变的过程，我虽然个性随和，但也要做决断，因为只有我为新东方的最终结果负责任。

其次是思维变化。价值观决定我们的人生方向，你的思维决定你的事业空间，这是必然的。比如说互联网思维和传统思维是不同的概念；人工智能思维和互联网思维又是不同的概念。每一个新的概念，你要把它变成你思维的一部分，并且变成指导你行动的一部分，其实不是那么简单的事情。

最后是场景变化。你的人生中出现困境的时候，往往有两个选择：第一个是坚信自己有这个能力走出困境，努力去解决困境中的难题；第二个是选择进入另外一种场景。当年我在北大发现自己无法走出困境，于是出来做新东方，这就是要去改变场景，场景也会改变人。

第五，一个人在公司要做好两件事情：一是把自己的工作做到极致；二是跟周围人的关系融洽到极致。

把工作做到极致其实是挺难的一件事情。大部分的工作可能只是做到让你的直接领导满意为止，或者勉强过关，有的人是抱着混日子的心态去做的。你要真的想把它做到极致，要不断去钻研才会出现新机遇。要不断想办法，才会超越你已有的状态。

与同事的关系融洽到极致，不是说你去拼命讨好别人，只要做到两点就行：第一是要和同事和平相处，别人有什么困难或不方便的时候提供一些帮助；第二是不要在背后搞事。一般来说，只要做到这两件事情，你跟同事就能维持恰到好处的关系。这两件事情做完，你在公司就能收获比较和谐的人际关系。

第六，我觉得在一家公司做事要有四种心态。一是学习心态，就是对成长的期盼。

二是合作心态，你一个人独自干不如很多人一起合作来干。

三是谦让心态，任何一件事情做成了，不管你花了多少力气，汇报的时候，如果你是领导的话一定要直接往后退，这都是别人的功劳。即使你不是领导，领导要把功劳放到你身上，你也要说谢谢大家，有奖金我肯定最少拿。大家都是同事，千万不要去抢，不要去争。你可以争一时，也许你这一次多拿了奖金，但可能以后再合作的时候别人不会想到你，或者领导打算提拔你的时候会想：这个人斤斤计较，难当大任。这样你的机会就被挡住了。很多人都不知道是自己挡住了自己的机会。

四是担当心态，当遇到真正的问题需要你解决，或者出现重要机会的时候一定要争取。当部门缺少领导，而且你认为自己当领导一定能把事做成的时候，千万不能想我不适合当领导，应该再选一个领导来，而应该直接到相关负责人的办公室，说把这件事情交给我，给我一段时间来证明自己，做不好我辞职，做好了你给我奖励。

这个时候你就要抢了，机会往往是抢出来的。如果这个时候你还不抢的话，你可能就错失机会了。一方面你要谦让，这是你对同事态度上的；一方面有机会就得争取。有这四种心态，才能把事情做好。

在走入职场后，很多人刚开始会感到非常不适应。甚至由于不适应，很多人一年会换五六份工作，并且在换了工作之后依然不适应。这其实是角色转换的失败。初入职场的新人，有以下几点值得关注。

第一点是学会接受。很多人进入职场后，依然抱着学生心态，用自由散漫的态度来对待工作，以至于感觉领导对自己特别苛刻，不讲情面、不近人情。比如说，迟到几分钟就要被扣工资，加班却不给发奖金。很多刚工作的人把慵懒、散漫的学校生活习惯带到工作中，并且不以为然，而对于领导对自己的要求却充满怨恨，这直接导致了他们与领导的矛盾。因此，就算工作做得还不错，领导内心对他们也会带有某种偏见，慢慢就会导致他们在公司的前景黯淡。

当然，领导有责任帮助新人转换心态，但我认为这件事情最主要还是靠个人。你既然已经开始工作了，已经从学生时代走出来了，那么就应该遵守公司的规定，勤勤恳恳、认真负责。

第二点是要对自己的工作进行定位，我认为这一点最重要。刚刚从校园走进职场，我们实际做不了太多的事情。一方面，我们没有工作经验和与人打交道的经验；另一方面，我们还不知道所学到的知识在现实工作中应该如何应用。

从这个意义上来说，你刚开始选的这份工作，一定是根据自己所学的专业知识，能比较专、比较精地做好的工作。因为对于一个大学毕业生来说，进入工作岗位后能否把第一份工作做好、做到完美，让大家接纳和重视是非常重要的。

如果你三心二意，觉得这个没意思，那个也没意思，而且不断地抱怨、指责别人，那么你不仅做不好这份工作，不可能有涨工资和升迁的机会，甚至还可能会被公司解雇。因此，抓住一份你能够做好的工作很重要，千万不要贪多嚼不烂，不要眼高手低，更不要觉得自己学历高，就应该直接当领导。初入职场，不论你的能力如何，最重要的是认真投入并且不断努力，把工作做出色，让周围的同事和领导赞叹。如果做到这一点，我认为你不仅不会失业，还会提升在别人心目中的地位，因此也就拥有了在公司生存并且发展的机会。

第三点是谦虚认真地向别人学习。一个职场新人，缺乏工作经验，尽管有时候我们的知识可能比职场老人更加丰富，想法更加活跃、有创意，但是，如果你一上来就冒冒失失地提出各种创意和想法，那么比你资历更老的员工甚至领导都会对你产生反感。一个孩子刚从大学出来就毛手毛脚，并且态度傲慢地指出其他人的缺点，这件事情是大家都不能接受的。所以，就算你有好的想法和创新性的、建设性的意见，也要注意表达的方式。

你应该在适当的时候，非常谦虚地给领导提一些意见和建议。如果领导采纳了你的意见和建议，你不能到处炫耀"这个想法是我提出来的，要不是我提出来，领导根本就想不出来"。这种话一旦被领导知道，你就会处于一种很被动的位置。面对这种情况你应该表达的是，领导很有智慧，而不是把功劳都归给自己，这样的做法才会使领导赞赏你。

另外，跟任何同事打交道都要用请求的姿态和语气，哪怕你感觉对方并不怎么样。你谦虚、认真的态度，有助于让其他同事接纳你，从而更好地融入团队。这里的谦虚还包括不失时机地给人提供一些力所能及的帮助。我不是在教大家世俗，而是如果你想让自己顺利进入工作状态，那么这些事情有的时候也是很必要的。

第四点是持续提升自己。不要说工作忙，没时间提升自己。你可以去阅读各种书籍，尤其是跟专业和工作相关的书籍，还可以将阅读扩展至更深层次的社会科学类书籍。这是一种积累，打好自己的知识基础，就为自己扩展了未来发展的空间。

如果能把握住以上几点，再加上对现实世界的不断了解，在工作以及人际关系上吸取各种经验和教训，相信大家都能够以比较快的速度，从一个职场新人成长为一个有经验、有贡献的职场达人。

最后，我想谈一下我心目中好公司的标准。我认为一家好公司要具备四个要素。

第一个要素是能让你得到精神和文化上的满足。你在这个地方工作，身心上还是比较愉快的，整体上你觉得这个地方值得你来。

第二个要素是要有合理的报酬，值得自己付出，自己的努力和得到的回报是差不多的。至于说是不是过高，高了你可以不声张，太低了你可以去要求。

第三个要素是在这个平台上你的能力在不断增长，而不是总是重复你原有的知识结构，或者重复原有的劳动。

第四个要素是最终荣誉上是不是得到了认可。这里的"最终"不是说一时，也不是说一年，而是你觉得在这个地方最终是被人认可的，是被承认的。

每一个人在这个世界上都有自己的位置，人生的发展就是寻找自己位置的过程。不同的生命阶段我们有不同的使命，但我们一辈子就是为一件大事而来的，那件大事的完成需要你心灵的完善和现实的不断努力。每个人要做的就是搞清楚你这一生想要做什么大事。

在工作中寻求自身价值的提升

如果你只专注于分配给你的细分小领域，学到的东西实际上会比较有限，你会变成一个大机器中的螺丝钉。

踏入社会后，很多人都是因为工作而迅速成长。一般来说，我们很难一开始就为自己工作，需要先为别人工作，也就是到别的公司打工。以下是我认为大学毕业后找工作需要注意的一些地方。

选择平台

如果可以，尽量选择一家具有变革和创新能力的大企业来开始自己的第一份工作。

有些同学刚毕业就开始创业，或者加入一个小的创业公司。尽管这件事情听起来很有发展潜力，但实际上对于一个人的长久发展反而是不利的。因为在创业公司工作，你很难在工作之初就真正学到做一份工作所需的所有技巧和技能。同时，如果自己盲目创业也很容易误入反复创业却没有成功的循环中。

我不反对创业，也不反对年轻人加入创业公司，但在此之前如果能在大机构、大公司先历练一下自己，再创业反而会更加容易成功。我认为想要通过企业资源平台提升个人价值，最重要的一点是先要找到一家能够给你提供平台，并且能够不断给你提供发展资源的公司去工作。通常我把它们界定为具有变革和创新能力的大企业。

为什么要选择有变革和创新能力的大企业？很重要的一点是它本身的运营、管理、创新流程和资源整合能力都极强。也就是说，你进入这样的大企业工作，容易接触到你在一般的小企业所接触不到的信息，例如先进的研发设备、高手云集并且互相学习的氛围等。大学毕业选取第一份工作，最重要的应该是找这样一种企业。

深入研究

你要了解工作的细分领域相关内容，并对整个企业进行深入研究。

当你进入大企业工作后，很容易被分配到非常细化、局限于小范围领域的工作。因为大企业的工作都是需要大量的人和部门互相配合才能完成的。在这样的环境中工作，如果你只专注于分配给你的细分小领域，学到的东西实际上会比较有限，你会变成一个大机器中的螺丝钉。

为了学到更多的东西，在进入这样的细分领域工作后，你需要做两件事情。

第一件事情就是要了解细分领域的工作在更大范围工作中的相应位置，包括你所做工作在整个项目中的重要性，以及整个项目的发展情况。了解清楚后，你的眼界和全局观就会大大拓展。

第二件事情是要对整个企业进行深入的研究。或许这和你的工作没有密切关系，但如果你对整个企业没有一个完整的了解和深入研究，那么你自己的工作也不会做得很好。对企业的研究包括对企业战略发展方向、产业延伸、内部管理机制、创新能力、未来布局的研究，这些都能使你学到大量的东西。如果你不对企业进行深入研究，就会错过非常多的学习机会。

思考方向

在大企业工作几年后，一定要非常清楚地思考自己的未来，即长久的职业发展方向。一旦确定了自己的职业发展方向，你就要在该职业领域中付出加倍努力，让人看到你在这方面专业知识的增加、工作熟练程度的提升，以及愿意奋发努力成为该领域佼佼者的上进心。

只有通过这样的努力，你才能争取到更好的职业升迁机会，而升迁又会给你带来更多的资源和更大的平台，使你能够更好地发挥能力和进步。

如果你没有专业发展方向，只是在企业中混日子，你可能很难有出头之日。因为没有企业会去重用一个混日子、没有专长，并且不愿意奋发的员工。所以，认清自己的职业定位，努力在职业中实现自我发展，争取步步高升，是一个人在工作中寻求自身价值的提升必须要做的事。

锻炼自己

一定要主动争取在不同岗位上进行锻炼，最好是带有相关性的岗位。只有通过在不同岗位锻炼，才能发现自己真正的爱好和特长，同时也扩大了自己的"能力半径"。在大企业工作时，尤其最初几年，重要的不是薪酬待遇，而是争取不同的机会，在不同岗位上发挥能力，进一步扩展自己的眼界，交往到能够在发展中学习交流的朋友，为未来的发展扩大平台。

以上四点完成后，你就已经收获了在大企业可以利用的资源和平台。此时，再选择自己的职业发展道路，就有两个路径。

第一个路径是继续在大企业中发展。如果你觉得自己已经有了很好的发展平台，并且有明确而通畅的上升通道，那么你可以全力以赴，逐渐变成在公司有重要影响力、有决策能力的人，甚至进入高层管理岗位。

如果你觉得该学到的东西都已经学到了，且上升通道非常难打通，你要做的事情就是去寻找新的平台，即第二个路径，寻找另外一家大企业或者创业公司、小公司。因为你有在大企业工作过的经历，再去这些地方就比较容易产生影响力了。

到新的平台发展有两个好处：一是能够提升自己的价值，二是可以创建属于自己的平台。

有过在大企业工作的经验，你的布局能力、战略能力、执行能力就会变得比较强。你自己创业也就更加容易取得成功。

人生就是不断寻找发展机遇的过程，这个机遇首先来自资源的积累和平台的利用。对于很多刚踏入社会的年轻人而言，大企业工作的经历，就是有效积累资源、有效利用平台的过程。

如何利用好工作之外的业余时间

我个人的很多进步和成就都是利用业余时间来达到的。

这么多年，经常有人问我："俞老师，工作后感觉自己一直没有提升，如何才能更好地利用工作八小时以外的业余时间呢？"

如何利用入小时之内的时间

在讨论如何利用八小时之外的时间前，先要了解如何利用好工作中八小时之内的时间。

首先，明确自己做这份工作是为了钱还是自己真喜欢。如果只是为了钱，临时做自己不喜欢的工作是可以理解的，但长久来看是不可行的。如果我们做的工作是自己喜欢的，那么我们每分钟都会沉浸在自己的热爱里，度过八小时就会变得比较容易。

其次，要尽可能和周围的同事成为朋友，建立志同道合的良好关系。这样你在工作中就会有帮手或者战友，你能更加容易做出成绩。

最后，一定要去学习与你工作相关的专业知识以及扩展性知识。

学习的方式主要包括听课、培训、与业内的专家进行交流等。只有在工作中过得充实、获得成就感，我们的业余生活才能过得安稳。

如何利用八小时之外的时间

如果每天的工作按八个小时来算，我们的业余时间其实是大于八个小时的。一天二十四小时，除了八个小时工作时间还剩下十六个小时，再加上双休日，平均下来，我们每天的业余时间就远远大于八个小时。

那么，如何最大限度地利用工作八小时之外的空余时间？

第一，尽量不要把工作带到休息时间。我们要在八小时的工作时间内把工作做完、做好，尽可能少加班，尽可能不让工作侵占我们的业余时间，这样我们的业余时间才能丰厚饱满，做更多和我们人生发展有关的事情。

第二，要保持充足的睡眠。不要小看这件事情，很多人在年轻时不注意休息，牺牲休息时间去和朋友聚会、聊天、打游戏等，导致睡眠不足，影响工作质量和身体健康。时间一长，身体一定会出现比较重大的问题。

为了工作、事业去熬夜好像是一件值得赞扬的事情，其实这也是一个错误的想法。因为把睡眠时间占了，身体会出现重大的亏损。原则上，一个人每天睡眠时间应该保持七个小时左右，我认为这是一个必须要达到的时间。

第三，要锻炼身体。只有充足的睡眠是不行的，如果身体不够健康，气血就会不通畅，睡眠质量也不会很高。运动不仅可以使身体保持健康，还能使精神变得饱满。

你可以选择一到两个体育运动作为爱好，比如每天坚持走上万步路，或者在健身房锻炼半小时，有条件的可以打打球、游游泳，周末去郊游、爬爬山、在森林里走走，或者在河边散散步。这些事情都能够使身心愉悦，也为我们做更多的事情做好充分的准备。

第四，在业余时间尽可能多学习、多读书。学习的内容可以跟工作相关，也可以跟工作无关，比如读一读历史、文学、哲学、科学方面的书籍，也可以看看新闻评论，使自己能够紧跟时代的步伐，紧跟世界的发展动向。

第五，尽可能与对自己有益的朋友多接触、多聊天。所谓对自己有益的朋友就是当大家一起聚会、聊天时能够互相学到东西，或者至少是能让自己身心相对放松的朋友。在这些朋友面前你不需要遮遮掩掩。

太多的无聊社交会让你感到精神紧张。因为在社交场合你需要表现自己优秀的一面，甚至有时需要装模作样和逢场作戏，会使自己很累。交朋友不在多，而在于是否可以让自己心情放松、获益匪浅。有时吃吃喝喝是没有问题的，只要不过量、不过分就不算是坏事。

第六，珍惜和家庭成员在一起的时间。人生最终的归属还是家庭，家庭包含了配偶、父母、孩子。家庭的幸福美满是一个人坚强的堡垒和后盾，可以使我们从容地面对风雨和现实社会中的苦难挫折。有一个家在背后支撑你，人就会有力量和希望，所以在家庭经营方面需要我们多花一点时间。

第七，最好坚持一个有意义的业余爱好，并且持续不断精进。比如练毛笔字、画画，或者对于某个感兴趣的学科和领域进行持续不断的研究，让自己除了日常工作之外，有一个爱好作为自己生命的支撑，也让自己更加拥有成就感和自豪感。

做到以上几点，我觉得业余时间就已经被利用得非常充分了。我个人的很多进步和成就都是利用业余时间来达到的。所以，对我们一生来说，业余时间有时比工作时间更加重要，关键在于你如何利用。

如何突破工作瓶颈期

机遇就像爬山，你在往山顶爬的过程中，看不到后面的山；但当你爬上一座山的山顶，你会突然发现后面有好几座山可以继续爬。

很多人在职场工作三四年后，会遇到事业发展的瓶颈期，在每天的工作中感觉不到自身的进步，对未来的发展十分焦虑。

在我看来，一个人的发展大体来说可以分为专业能力发展和综合能力发展。在某个领域中专业能力得到发展，能让你在这一领域做得更精更好；而综合能力发展则偏重管理者方向，包括在政府当公务员、在企业当主管等。人的职业发展往往是从专业逐渐走向综合的过程，比如我最初创立新东方时是教书的，后来慢慢成为管理者。

想要摆脱工作瓶颈期带来的焦虑，我认为有以下几个步骤。

第一步，分析焦虑的原因。弄清你的焦虑是因为跟同事相处不融洽、没有达到大家想要的目标，还是因为对工作的环境不满意。一味地焦虑、烦躁和迷茫是没有用的。我们需要通过认真、理性的分析来确认工作中的问题所在，以便提出解决方案。

第二步，开始重新定位。如果我们没有重新定位，而是随波逐流，那么时间很快就会过去。人是很容易浑浑噩噩地过完一辈子的，当我们在生命尽头回头想一想，也许会发现自己的一生一直处于迷茫焦虑的状态，这样的日子是很难过的。

所以，冷静的分析和重新定位就构成了我们未来职业发展的重要基础。为未来找到定位，明确接下来的几年到底应该如何度过。是继续现在的工作，或是放弃工作回到大学学习充电，还是换一份工作、换一个岗位，或者换到另一个国家？这些都是你重新定位时需要思考的问题。你需要先明确未来几年的发展方向，再来制订计划。你在重新定位的时候，一定要比过去几年更加理性。

第三步，设定职业发展的目标。设定目标的原因是目标能够推动我们去进步和奋斗，如此一来你就没时间去焦虑和烦恼。是创业还是在公司做一辈子职业人士，这是大方向上的目标。当然，我们也可以有一些小目标，比如在现在的工作岗位上，你希望达到怎样的成就，和同事、上级达到什么样的关系。

目标的设定非常容易使人改变心态，比如从前你与领导不和，但是现在你把关系的改善设定为一个目标，那么你所有的行为方式就会有所改变，也许一年后你与领导的关系就会有很大改善。所以，我们要通过设定目标，去改变自己的行为。

我们常常会说自己没有机遇，其实机遇就像爬山，你在往山顶爬的过程中，看不到后面的山；但当你爬上一座山的山顶，你会突然发现后面有好几座山可以继续爬。

在设定了职业目标后，就要脚踏实地去完成。完成之后，下一个目标甚至是比较大的机遇，自然而然就会显现出来了。

第四步，要在职业发展的过程中不断给自己充电。充电有几种方式，第一种是阅读。你可以阅读与工作相关的、能提升自己的书籍，也可以广泛阅读其他领域的书籍，比如各种哲学理论、人文思想、科技方面的书籍，从而不断扩充和发展自己整体上的眼光和格局。第二种是上网搜寻各种课程来充实自己，不断提高自己的能力。当你打下雄厚的基础后，再去做其他事情就会比较轻松，可以让自己有更大的发展空间，也能够获得更多欣赏。

在没有找到感兴趣的工作和为之努力奋斗的事业时，你还可以停下工作去继续读书。从另一个角度来看，通过这样的充电你还能认识更多新的朋友，他们也会对你有所帮助。比如很多职场人士去读EMBA。在这里，能认识在社会各个领域奋斗的人，他们相对来说比较成熟，你能够从他们身上学到许多东西。

另外，你还可以选择休息一段时间，像背包客一样去世界各地旅行。旅行其实是一个放松自己、释放精神垃圾、汲取更多精华的过程。通过这样的放松，也许再回到工作岗位时你就会焕然一新，同时也可能更快找到适合自己的目标。

在工作一段时间之后，做一次反省和回顾并进行重新定位是非常重要的。只有设定新的人生目标，继续充电，努力发展，才能让自己的生命焕发出新的光彩。

远见和努力成就事业

远见和努力加起来，才能够成就我们的事业。

一个人成长的过程，就是使自己不断有远见的过程，也是不断地穿透人生道路和事业道路上的迷雾，看到远方生命航标灯的过程。

一个人或一个企业想具有远见不是一蹴而就的，这是一个随着自己能力的提升不断延伸的过程。在描述个人事业上，有时不一定非要用"远见"这个词来表达，也可以说"梦想"或者是"志向"。

我当年之所以一门心思连续考三年大学，绝对不是有"远见"地看到了我未来能做成中国最大的教育集团，而是因为如果考上大学，我的生命之路就会从此不同。从这个意义上来说，"梦想"就是"远见"的一部分。

但光有远见也是不行的，还需要努力。人会有智商、家庭背景、长相上的差别，但是只要有一种东西出现了，它就会使你在社会上不断进步，那就是努力。努力并不是一味地蛮干，而是要用智慧。下面我从企业、投资和个人三个维度来谈一谈远见和努力。

企业成长四大要素

企业的成长要有四个要素，分别是远见、布局、资源、人才，这四者缺一不可。

在这四个要素中，"远见"比较依赖企业创始人本人的素质。世界上成功的企业，都是以梦想和远见作为核心条件的。伟大的企业家都是很有远见的。比如任正非，他居然把自己赚的第一笔钱全部投到研发中去，到最后弹尽粮绝，终于迎来了研发成果。当时国内不用他的产品，他的第一单是跑到南斯拉夫做成的，起步就已经奠定了华为成为世界公司的基础。任正非之所以敢于走出去，就是因为他自学了三门外语。所以说，企业家的才能跟企业发展是有密切关系的。企业需要有远见的创始人，这样企业才有可能变得伟大，过度强调制度和规矩常常使企业走向平庸。企业的生生死死是一个常态，在生生死死中不断经历大浪淘沙。成功与失败之间，常常只有一个区别，那就是远见。

企业需要通过一点一点布局来形成自己的势能。如果我主做一个投资公司，可能做到 VC（Venture Capital，风险投资的英文简称）就到顶了；但洪泰基金的另一位创始人——盛希泰非常有远见和布局能力，他在 PE（Private Equity，私募股权投资的英文简称）、并购等领域是内行。洪泰之所以有今天的布局，是受我们两人能力的影响。我对年轻人的影响力，以及盛希泰对 PE、并购和证券的研究，很好地结合在了一起。洪泰现在逐渐变成全投资产业链，就是因为创始人的背景和基因决定了这个企业的发展方向和布局。

布局不同了，资源和人才的使用也会发生相应的变化。原来我们只做天使投资的时候，只要配置天使投资的人才就行了。现在我们什么都做，就要全面配置资源和人才。以前我们做天使投资的时候，基本不和政府机构打交道，但是后来做了 PE 和并购，必须获得政府对我们的信任。

任何一个企业都是这样，远见、布局、资源和人才是企业发展的最重要的要素。做企业就像建造一个大坝，把这四大要素拦起来，水位就会变得越来越高，四大要素积累得越高，竞争力就越强，这就是一个势能积累的过程。

投资需要的六大能力

把投资做好不容易。这就是为什么著名企业家常有，而著名投资人不常有。我认为当代投资人需要六大能力，六大能力都拥有是非常不容易的。

一是对政治局势和经济形势的判断能力。中国现在的政治局势，世界的政局走向，时刻影响着每个行业的发展生死。

二是对社会群体的感知能力。90 后是一批，95 后是一批，00 后是一批，现在 05 后又出来了，像我们这样的 60 后，怎样去感知这些年轻群体的需求，怎样深刻地理解他们？我没事就跟年轻人聊天，经常听不懂他们在讲什么，但还是得去聊，为什么？因为世界的未来在他们身上。世界是你们的，也是我们的，但归根到底是年轻人的。

三是对技术走向的预测能力。我原来一直享受技术发展带来的便捷，觉得大数据跟我一点关系都没有，支付宝出来我用支付宝，微信支付出来我用微信，但是现在不得不去学习。理由非常简单，因为我们要做投资，就必须超前理解技术。现在一旦某个产业跟新技术结合，跟不上的结果往往不是变成第二名，而是面临死路一条。而对于投资经理来说，现在投的每一个项目都是在对技术走向进行预测，所以不学技术不行。

四是对商业模式的敏锐性。这件事情比 10 年前要复杂 100 倍，因为 10 年前、20 年前的商业模式是相对静态的，而现在的商业模式每天都在变化，群体感受每天都在发生变化，消费理念也不同。比如新东方现在面临的最大的问题就是品牌老化，不符合年轻人的口味，所以我们会做一系列的音乐节目、电视节目以及和品牌签约的节目，告诉消费者新东方也可以很"潮流"。在这个过程中我就不能总是强调自己，而是在背后去支持年轻人。

五是对创业者的洞察能力。现在的创业者到底应该具备什么样的特征，哪些创业者最后能做成、哪些做不成，投资者需要有非常敏锐的判断。我对创业者的直觉还是挺准的，原因非常简单，我经历了太多对人的观察。新东方光是高级管理者就接近 200 位，每一位是什么个性，他们这种个性最后会带来什么结局，我一清二楚。

六是对企业管理的熟悉。投资人把钱交到企业手里之后，就自然承担了对这个企业发展的责任，因此投资人熟知企业管理非常重要。这中间不仅仅是商业模式的问题，还有管人、管事、管战略。我们需要一点一点地告诉创业者，创业过程中会遇到什么样的情况，以及应该怎么样应对。

一个投资公司，如果只是为了挣钱而运营，是很低级的状态。更重要的是，投资公司要以助力世界发展和增加人类幸福为使命和愿景。我们拥有几十亿的时候，还做不到这一点，但是当我们做到几百亿甚至几千亿的时候，就会有更大的力量去推动世界发展和增加人类幸福。

做公司是这样，做投资也是这样。

个人的成长、态度与德行

说完了企业和投资，关于个人的发展，我想从成长、态度、德行三个方面来谈一谈。

个人成长包含乐业、专业、职业、创业、事业等几个方面。乐业是贯穿始终的，后面四个"业"是梯级上升的过程。我首先是一个专业人士，即一个教英文的老师。然后才有职业，职业是你愿意用一生来做的事情，所以我的职业是教书，我的专业是英语。接着就是创业，很多人的职业生涯发展到一定阶段的时候，就想自己做一番事儿。创业是为了将人内心中的某种空白填上美丽的鲜花，最后慢慢变成事业。

如何做好以上五个"业"，除了你喜欢做之外，还取决于个人态度，主要包含以下五点。

第一是开放。开放是对外的，你把胸怀开放给全世界。

第二是好学。好学包括读书、学习最新科技、向周围的同事学习等。知识在现代已经比较容易获取，通过互联网，你能学到各种想学的东西。

第三是探索。探索需要一层一层地深入下去，就像 AI 对围棋棋谱的数据记录，积累到几千万份的时候，机器人也能变成下棋高手。人也是这样的，经过一层层渗透，最后才能实现对知识的灵活运用。

第四是交流。交流是一种交互，是人与人之间思想上、情感上的流动，这是无法回避的问题。

第五是容纳。把外面的好东西往回吸收，以开放的态度面对现在的世界，基本不会太落后。

关于个人德行，孔老夫子已经总结得非常详细了："仁义礼智信，温良恭俭让。"这些就已经基本涵盖了所有我们应该做的事。凡是为了短期利益的坑蒙拐骗，都是属于违反德行的行为，如果一个人没有品行，即使工作做得再好，最后一定会像冰山一样崩溃。个人德行是一切成功的基础。

不努力的人什么都得不到，这样的人一辈子都在原地踏步。但光努力也是不够的，还必须具备智慧与远见。一头驴，每天都很努力地拉磨，拉了一辈子也就只是拉磨而已，这头驴甚至被放出来以后，依然还在绕着一棵树转圈，它不知道远方的地平线，眼前就是它的世界。

因此，我们除了要进步，还要有远见地努力、有远见地进步。远见和努力加起来，才能够成就我们的事业。

给青年的创业指南

一个人一辈子要搞清楚，在什么阶段做什么事情是最重要的。

我们现在谈创业，就是做生意。做小生意不难上手，但是要做成对个人发展以及社会进步产生重大影响的生意，还是要有所准备。

创业本身要有一些积累和沉淀，这个准备期可能会很长。

有人跟我说，比尔·盖茨大学没毕业就创业了，乔布斯大学没毕业就创业了，为什么说要有准备呢？因为我们能举出的例子就这么几个，这个世界上有天才，但更多的是普通人。

我就是一个普通人，做新东方之前已经有了六年半的教学经验，做到新东方上市用了整整16年的时间。大家会觉得这个时间还挺长的，当然在我看来其实不长。

创业不仅仅是为了财富和名利，而是运用你的能力，去实现你心中的某个梦想。创业是把业务不断做大，给社会带来越来越大的影响力的过程。将最新的高科技应用到你的创业中去，让自己感受到走在世界前沿的快乐，这才是创业最核心的东西。

前期准备

为什么创业要有前期准备呢？因为大多数创业成功的人，都需要一段时间的历练。如果想要创业成功，做一些前期准备还是很重要的。主要可以分为四个方面的准备：读书、人脉、专业、经验。

读书："泛" + "精"

作为创业者，在大学里把书读好还是很重要的。读好书，狭义地说是读好你的专业；广义来说，是要读天下书。

读书主要分泛读和精读。假如每天读一本书，一年就能读300多本书，你可以从书里领悟很多思想，但这些东西对思维模式很难产生根深蒂固的影响。一个人的思维模式的养成，是要通过在专业中的不断深入，从而形成深度思考的能力。深度思考能力跟创业有关系吗？当然有关系。你要想得很远、想得很深，才能有超前意识，才能比别人做生意做得更好。

成年人要提高思考水平，就要通过深度阅读、深度的专业学习，把书中的思想和思考提炼出来，为自己所用。

我们也可以通过各类社交及新闻资讯平台去了解前沿的信息，尤其是科技方面的信息。通过不断的学习，丰富自己的知识体系。

人脉：创业前用信任建立朋友圈

好多人说，生意都没做，怎么建立人脉？你建立的人脉应该是在创业前就形成了的朋友圈。我们现在的微信朋友圈，里面可能有几千个人，但这几千个人里，能够真正成为你的事业合作伙伴的人可能并不多。

建立人脉最重要的就是如何让别人信任你。让人们觉得你是一个特别可信、可靠、值得依赖的人，这是你能够把事情做下去的特别重要的前提条件。

专业：跨领域创业是未来趋势

这里提到的专业的概念，不是指你大学的专业，而是指未来跟你创业相关的专业。比如你是基于技术的创业，那你自己懂技术这件事是必不可少的。

创业者在专业方面的理解，一般都有两三个维度，不只是一个维度。在现代的创业环境之下，我们很可能需要把不同的专业相结合，比如说跨领域创业。因此，在创业之前，先去了解相关领域，这样才能增加创业成功的概率。这是第三个要做好的准备。

经验：创业经验要不断探索和积累

这里的经验不是指创业的经验，而是你在某个领域的工作经验。

大家可能会发现这样一个现象：当下创业成功的人，很多都是原来在某个领域已经工作了三到五年，甚至五到十年的人。他们对这个领域的内在已经很了解，并且知道这个领域中的痛点在什么地方。

有人问：俞老师为什么能够做新东方一次就成功了呢？

两个原因。一个原因是我从北大毕业后，在北大当了六年半的老师，我知道学生心里想什么。我后来开始创业时，面对的主要客户就是大学生，因为了解他们，我把这些大学生吸引过来就没有问题。另一个原因，新东方是从零做起、一点一点摸索前进的。在这个摸索过程中，我有足够的时间来试错，但现在的创业竞争非常激烈，再加上时间不等人，所以学习的时间就会大大缩短。这就是为什么很多人还没有创业就去听创业的课，去参加创业营。

那么如何积累创业经验呢？参加创新实验项目。我在做新东方之前其实有过做生意的经验。我大四的时候，就已经自己做生意了，这个过程让我得到了锻炼。刚开始我脸皮很薄，不敢叫卖，后来胆子就大了。

走入职场后，如果你能在创业公司历练一段时间，你可以比在大公司学到更多把控全局的能力。

创业公司的商业模式也很重要。有些成功的公司，你要想它为什么成功。为什么很多公司在看上去一片红海的行业中突然冒出来，形成了独特的商业模式？为什么有些商业模式，尽管表面上不赚钱，但却受到了资本市场的追捧？资本市场面向未来 10 年的时候，他们心里到底在想什么？

我现在每天都要分析市场上流行的各种商业模式。我分析的模式不仅仅是关于教育领域的，还有其他领域的。跨界学习才能使你真正学到东西。

创业心态四重奏

创业实际上是一种心智的比拼。创业应该保持怎么样的心态？我觉得最重要的创业心态有四点。

第一，要有把小事做成大事的心态。很多公司都是由小做到大的。

当年新东方刚创办时，就只是一个小小的培训班，是一个班一个班慢慢做起来的。最重要的就是小事，小事中蕴含着大智慧。你怎么样把它发挥出来，这是最重要的。

我们常常说，做企业的人，到最后一定要有家国情怀。这就意味着你要为社会的进步，为国家的发展做贡献。做事情本身不仅仅是为了满足自己的一点点个人利益，也不仅仅是满足于把一个公司做大赚点钱。最重要的是，你能够成为一个想为社会进步、为国家繁荣做贡献的人。

第二，在一个领域做到极致的心态。这些年创新机会比较多，什么东西一开始有了风口，一群人就一哄而上。我碰到过这样的创业者，一年中拿了四份商业计划书，这四份商业计划书都不在同一个领域。

我问他为什么要这么做，他说还没来得及做，风口就过去了。我说风口不重要，最重要的是你做的那件事情背后，是不是有永久的需求存在。只要永久的需求存在，你就有把生意做成的可能性。你用什么样的方法去解决客户的需求和痛点，这才是更加重要的，而不是看到风口就往里冲。

第三，商业模式上通情达理的心态。现在市场上的一些商业模式，确实是满足了部分客户的需求，但由于它的商业模式从头到尾是跑不通的，这就意味着这个业务无论做多大，到最后都有倒闭的可能性。大家看到的倒闭的大公司都不止一家了。

第四，不怕失败、死皮赖脸的心态。一旦想创业，原则上是没有退路的，只能坚持下去。要创业脸皮就要变得厚，脸皮不厚的话没法创业。

我离开北大当老师之后，到处去贴广告。贴广告这件事情，对我来说是一件挺丢面子的事情，因为很多北大的学生认识我，但我还是坚持贴下去。背水一战、死皮赖脸、不怕失败已经变成了创业者的重要心态。当然，现在大部分创业者还是拥有这样的心态的。但光有这个心态，而没有前面三个心态，你就真的变成一个死皮赖脸的人了。

创业的八大能力

此外，创业还需要注重培养以下这八种能力，才能为成功增加概率。

第一种是目标能力。大家都想创业，谁不想当自己的老板呢？可是你还得问自己几个问题：为什么要创业？有什么样的目标？想把它做成什么样的状态？我们不是为了创业而创业，而是为了做好一件事情，做大一件事情，并且前提是你在进行评估后发现这件事情有可能实现，这个时候你才能够开始创业。

如果只是一时的冲动，觉得自己应该干点什么，对所干的事情又没有太多的热爱，那你也不一定能做成大的事业。

你的目标是上升的，但前提是要打好基础。

第二种是专业能力。如果你不懂专业就去创业，失败的可能性很大。就像你开了一家饭店，假如自己不是厨师，又没有太雄厚的资金请优秀的厨师，就很难把控产品的质量，而且很容易被大厨师反炒鱿鱼——大厨师做的饭很好，招来很多顾客，这时候他一看自己的地位很重要，就反过来跟你要价，你一生气把他开了，这样一来饭店的菜也做不好了，最后面临倒闭。

我开始做新东方的时候，周围很多培训机构都是被优秀老师反炒鱿鱼炒倒了。也是因为这些老师课上得很好，学生很满意，老师就开始向老板要价。老板自己不懂教学又咽不下这口气，最后老师都跑到别的培训机构去了，老板就只能把学校关掉了。新东方当初能做下来，很重要的一个原因是我自己就是个"大厨师"。新东方当时开设的很多课程，我自己都能教。因此新东方的老师在拿到他们觉得比较满意的工资后，就不会向我提出非分的要求。他们知道，一旦提出过分要求，我自己能把他们的课上了，不会对新东方造成太大伤害。

所以，如果你白手起家、身无分文或者资金有限时想创业，有一个重要前提就是你自己必须是所在行业领域中的专家，是一个能控制住局面的人。如果你开一个软件设计公司，但自己都不懂软件，那么首先你把控不了质量，其次你把控不了人才。原则上你必须在创业领域具备足够的专业知识，达到专业水平，才能有创业中的专业把控能力。

第三种能力是营销能力。一旦开始创业后，你该怎么做？公司开了，产品造出来了，下一步怎么办呢？如果产品造出来没人买的话，那公司白开了。有无数的公司都是开起来最后却关门了，其根本原因之一就是他们不懂如何推销。我们要做的是把公司"卖"出去：不仅是卖公司的产品，更重要的是卖公司的品牌，让大众认可你的公司，让大家都知道这个产品是你的公司卖的，这就涉及营销。

营销分两部分：实的营销和虚的营销。所谓实的营销，比如新东方，实的营销是营销课程，告诉学生为什么要来上这个课，上完能有什么收获。

但是无数的培训机构一直以来也在营销课程，却始终只是小机构，而新东方能做大，这是什么原因呢？很简单，因为我们还营销了品牌。后来人们不是因为听到新东方有什么课程来上课，而仅仅只是听到"新东方"三个字就来上课，这个时候品牌营销就算是成功了，这就是虚的营销。

举个例子，一个生产鞋的公司，没有任何名气，尽管鞋的质量跟著名品牌不相上下，但品牌鞋卖 1000 元，没有品牌的也许只能卖 100 元，这中间差的 900 元是怎么来的呢？就是通过品牌营销，没品牌的产品价格提不上去。

一个公司想要成功，品牌营销有时候甚至比产品营销还要重要，品牌营销的价值是无限的。这就是为什么有些包只能卖 1000 元，同样材质的包印上某个奢侈品牌的标志之后就能卖数万元，这背后都是品牌价值在起作用。所以，利用营销能力把产品推销出去、把品牌推销出去、把你自己推销出去，是企业发展的重要手段，也是创业者必须具备的能力。

第四种能力是转化能力。第一种转化是把科学技术转化成生产力。你拥有了技术，但没法转化成产品卖出去，这是不行的。比尔·盖茨要是一辈子待在实验室的话，他是赚不到什么钱的。当他把自己的研究成果转化成了微软产品，推销到全世界，他就成了世界首富。所以，把科学技术转化成生产力、转化成产品的能力是非常重要的。

第二种是转化你个人的能力。一般情况下，知识分子创业都有一个前提条件，就是能把学到的专业知识转化为社会能力、管理能力。比如我从北大出来，完全不知道社会是什么样子，如果抱着书生意气，抱着在学校里的那种单纯思想和行为方式去干事情，难度会比较大。

第五种能力是社交能力。首先你要理解社会，理解别人为什么要这么做。我刚创业的时候，完全不懂社会上那些人情世故，所以跟别人打交道的时候觉得特别吃力。新东方的发展也处处受制于人，一会儿居委会的老太太把我骂一顿，一会儿城管把我罚一通，最后我被弄得没脾气。

我慢慢学会了把自己的心态放平和，去理解社会上一些人。当你开始触入这个社会，并且思想和境界又超越这个社会的时候，你大概就能干出点事情来了。你不能表现出不愿意跟社会上的人打交道的态度，但你看事情的眼光又得超越社会中其他人的，"大隐隐于市，小隐隐于野"就是这个概念。小的隐士、没有什么出息的隐士才跑到山里隐居起来；大的圣人、智者都是在社会中跟人打交道而思想境界又超于社会的人。做企业也是这样，一个企业家，如果不能和社会共存却又超越于社会，就会很难取得成就。

第六种能力是用人的能力。仅仅一个人做事情不能叫创业，那叫个体户。想创业你就得找一帮人，你的合作伙伴、你的同事、你的下属，从一开始你就得用对了。挑了没有能力的人最后做不出事情来，挑了过于有能力的人最后跟你造反、老是跟你过不去，你也做不出事情来。

把人招进来了就得让人服你，因此就得展示你的个人魅力，还得展示你的判断能力、设计能力，让大家觉得跟着你走是有前途的，哪怕在最艰难的时候大家也愿意跟着你。一个企业家之所以能成功，很大程度归因于他的个人魅力。他有能力把一帮人聚在一起，带领这帮人走向更好的未来，这个未来到最后不管能不能实现，大家至少会有一个期盼。

因此，用人能力是有巨大力量的，它是领导能力的一个典型体现。当年刘邦打下天下，手下问他为什么能做到的时候，他说了大概这样一番话："其实我自己一点本领都没有，但我能够用萧何、韩信、张良这样的人才，是他们帮助我打天下；项羽身边有一个范增，他都没有能力好好用上，最后一定被我抓起来。"这就体现了领导能力的重要作用。

孤军奋战的人也许能成为英雄，但不能成就事业。新东方有一句话叫作"一只土鳖带着一群海龟在这儿干"。这只"土鳖"就是我，而"海龟"就是围绕在我身边的新东方高层管理者，他们大部分是海外留学归来的，眼界是比较高的，所以我就必须抱着为他们服务的心态。同时我自己的学习能力必须超强，在很多方面必须接近甚至超越他们，他们才会服我，才会跟着我干。当然，当你想做出一番大事业的时候，会发现身边的人越来越多，各种各样有个性、有想法的人越来越多。你要能把他们团结在一起，既要运用利益的杠杆，又要动用感情的杠杆、事业的杠杆。想办法把他们完美地结合在一起，是一件挺不容易的事情。

第七种能力是把控能力。它包括几个方面，首先是对企业的把控。企业的发展速度是什么？发展节奏是什么？什么时候该增加投入？什么时候应该对产品进行研发？其次是对人的把控，当一个人走进你的公司之后，他会根据自己的能力和贡献衡量自己到底应该得到什么。人与人之间永远会寻找一种平衡关系。

人与人之间还有另外一种关系，那就是不断衡量双方在彼此心中的分量到底有多重。当对方觉得你的分量大于他自己的分量的时候，他是不会来跟你计较的；等到对方觉得他的才能、他的技术或者他的领导力已经达到能和你较劲的时候，对方不提出来，那他就是傻瓜。

所以，人与人永远都是在一种平衡中，而管理者要想保持这种平衡，需要对人性有很深刻的了解，并且随时把握每个人的动向，满足他们的需求，还能压制住他们不合理的要求和欲望，能够让他们跟你一条心、不断往前走。其实，对人的把控能力、对环境的把控能力、对企业发展步骤的把控能力，构成了你创业是否成功的重要条件。

最后一种能力是革新能力。所谓革新能力，就是需要你不断把旧的、不好的东西去掉，把新的、有益的东西引进来，进行体制上的革新、制度上的革新、技术上的革新以及思想上的革新。

从我自己做事情的过程来看，一个人或者一个企业家成长的过程，就是不断否定自己的过去、承认自己的现在、追求自己的未来的过程。一旦你觉得现在这样就已经挺好，做成这样已经不错，那你就不会有更大的发展空间。

我在新东方，经历了无数次的否定，也经历了无数次的革新。每一次的改革都伴随着阵痛，但也伴随着发展。改革还得把握好步骤，如果改得不好、改得太猛了，企业也有可能崩溃；如果停滞不前，也会崩溃。如果想一步到位，一下子把所有东西都革新，那会有危险；但若不改，就会陈旧落后，也很危险。因此，每走一步都要小心，但又不能不走。但改革也非常必要，比如说在技术方面，你不更新的话，最后就会失去市场，也会失去机会。

以上提到的八种能力，是我觉得在创业中很重要的八种能力，也是人们成就大事业的八种能力。

步入社会的道路该怎么走

在我们创业的成长期，更大的主题是人生的发展问题。这个话题比创业本身还要重要。关于这个话题，我想说的主要有四点。

第一，要从事自己喜欢的事情。当然，弄清自己喜欢的事情需要很长时间的摸索。人在 30 岁之前，很难理解到底什么是自己喜欢的事情。要经过历练、经过尝试以后，才能够发现自己到底喜欢什么。

我 23 岁从北大毕业后，被分配到北大当老师，当时我没觉得我能成为一个好老师。丘吉尔说过，不要尝试做你喜欢的事情，要去喜欢你正在做的事。通过自己的努力，我的课越来越被学生欣赏，最后我就真的喜欢上了教育这个行业，也喜欢上了当老师这件事情。某种意义上，我到今天也没有离开老师这个岗位。对于我来说，从自己做老师，到现在手下有众多老师一起共事，我觉得这是我人生中最成功的一件事情。

第二，在学习和业务上要不断精进，人要不断进步。现代世界发展日新月异，我们要不断学习。我非常庆幸地说，在北大的学习让我树立了特别好的学习态度。到现在为止，在这么繁忙的情况下，我一年还能翻阅大概 100 本书，甚至还有两三本书拿出来精读、细读。人的发展是一个不断学习、不断精进的过程。不管你有没有创业，这件事情都很重要。

一个人一辈子要搞清楚，在什么阶段做什么事情是最重要的。

第三，人事关系上的取信和宽厚。我生命中最重要的一件事情，就是能够取得朋友们的信任，尽管我的个性也有很多缺陷，也有很多事情做得不完美。

要取得别人的信任，就要做出让别人信任的事情。比如不会抱着欺骗朋友的心做事情，不会斤斤计较，要站在别人的角度来考虑问题，有好处的时候尽可能让别人得到更多的好处，而不是只考虑自己的利益。这都是取信于人的重要表现，这样才能聚集一帮人。

人事关系上另外一个要点是宽厚。很多东西你是不需要争的，如果争不出来对和错，那还不如把争议放一边、让一步。有宽厚的态度，就有更多的人愿意跟你在一起创业，就有更多的人愿意跟你一起干。

第四，心灵和身体都要走在更加宽阔的领域。要让自己的生命不断开阔起来。这个"开阔"，除了上面讲的阅读，还包括很多别的事情。比如跟能力比较强的人，或者事业比较成功的人成为朋友，看看他们是怎么样把自己的能力发挥出来的，以及他们是怎么样把事业做到这么大的。跟这些人交流，你的思维会更加开阔。要想心灵和身体开阔，还要去接受不同的思想，从不同的角度来看问题。

我们还应该多考察、多旅游。你只有到外面去看得多了，才知道这个世界是如此之大，有些让你纠结烦恼的东西，根本不值得你去在意。如此一来，你才能够把心安放在你认为最重要的事情上。

人生重要的事情是在不断改变的，但是离不开"把自己的人生变得更加圆满"这样一个过程。

走向优秀的几大要素

> 你所有的志向，所有的理想，都是你给自己讲的故事。

让自己变得越来越优秀这件事情，我觉得并不难，其实就是几个要素。

出生的时候，每个人的智商差距不是那么大。智商到了 130 以上便被认为是智商很高的了，智商到 170 就属于极致智商，据说爱因斯坦的智商就是 170。正常人认知能力的发展并不是完全靠智商，还有其他因素。主要可以总结为以下几个要素：勤奋、思考、群体能力、日常行为能力、找到自己的兴趣所在。

勤奋

在同样智商的前提下，我比你更勤奋，我每天比你多读半本书，我未来的认知能力一定比你强。你一辈子只读了 10 本书，我读了 100 本书，我的眼界、我对世界的认识和看法一定比你更加丰富。

勤奋是成功的首要要素。成绩比别人更好，一方面可能跟智商和记忆力有关系，智商越高，记忆力越好，也许能考更高的分数，但最终的成功更多的是跟勤奋有关。我一直自认为是一个很勤奋的人，因为我靠不了智商，只能靠勤奋来弥补。

思考

人可以通过思考，把一件事情的因和另外一件事情的果，通过逻辑关系不断连接起来。所谓打通自己的"任督二脉"，就是你的逻辑推理能力和形象思维能力都得到了质的提升。

形象思维能力来自你读的文学性作品，以及行走世界；而逻辑思维能力来自你的思考和训练。有些课和你的工作不一定有必然的联系，但是这些课能锻炼你的思维能力。只有反复的训练，才能提升一个人的思维能力。

群体能力

除了认知能力，人之所以进步，还靠另外两个能力。一个是语言能力，一个是合作能力，合起来就是第三点要素，我称之为群体能力。

人有了语言能力，可以在不同的人群中进行交流和沟通。语言能力中最重要的是讲故事的能力。正是讲故事的能力，能把一群人团结起来，为了那一个故事去奋斗、去努力。

一个人的未来发展，也是一个给自己"讲故事"的过程，就看你给自己讲多大的故事。比如你计划未来五年或者十年在某个领域拿到博士学位，这就是你给自己讲的一个故事。

你所有的志向和所有的理想，都是你给自己讲的故事。故事有很多，我们可以想象未来的爱情婚姻生活，也可以想象我们一生的事业。

群体能力的另一方面是合作能力。如果当时我一个人单打独斗，肯定不可能有今天的新东方。我们之所以能够一起努力，就是因为有共同的故事和共同的想法。一个人做不如大家一起做，这样能做得更好。这就是群体能力，这种能力能够团结他人一起做事业。一个人最厉害的不是自己厉害，而是身边有一批比你厉害还愿意陪着你跑、你也可以带着他们跑的一群人。

我在大学的时候，因为普通，没有人愿意多看几眼。我不是好学生，没拿过奖学金，成绩比较差，家庭也比较贫寒。但是为什么后来我能把北大很有才华的朋友从国外叫回来一起做事业？因为我很注意挑选朋友，我认为有才华的人，我愿意跟他们走得更近。

与人交往有两种方式：一种是领导别人，振臂一呼，引领众人；另一种是追随别人。作为引领者的毕竟是少数，所以去追随别人一点都不丢人。既然要追随，就要看哪个人气度大，哪个人能力强，哪个人未来可能有比较大的发展，哪个人能带着你跑得更好。

现在有一种状态是：你好像有很多朋友，但实际上朋友很少。大家在微信群里聊得很多，但有事想要请人帮忙时，别人根本不来，因为你们其实没什么深入关系。而且一不小心，你还会被人反过来攻击。所以大家要尽可能交往到真正的朋友，这件事情对个人发展而言还是很重要的。

日常行为能力

我把这种能力也分成两类。第一类是自律行为能力，你所做的事情是否能够让你被社会所接纳。在高铁上霸占座位、在公共场所不排队、在公共汽车上抢方向盘，都是不能被社会所接纳的。行为方面的原则其实就跟中国古人说的一样："己所不欲，勿施于人。"意思是你自己不想做的事情，就不要对别人做。

在社会中，我们应该时常为别人考虑并且充满善意，偶尔吃亏不用太计较。我在大学的时候，为同学服务不少，带来的好处是他们潜移默化中对我的认可。这也是为什么我把大学同学叫来创业，他们马上就回来的一个原因。他们有一个直觉，跟着俞敏洪干，干成功了不会吃亏，干失败了也没损失。

项羽为什么会失败？他底下的人跑到刘邦那里，说项羽以后一定会失败。项羽要人干活的时候答应分封，真正到了封赏的时候，项羽把印放在手里，角都磨掉了还舍不得给。这样的人，你跟着他肯定没希望。

但刘邦的气度就不同。当时韩信打下了齐，给刘邦写了一封信，说由于这个地方没人管，能不能先封我一个假齐王，我帮着把这地方给管了。刘邦刚开始也很生气，想把派来的使者骂一顿，刚一拍桌子，张良踩了他一脚，刘邦立刻就明白了。他继续拍案，说封什么假齐王，要封就封真齐王。结果韩信就被封为了真齐王。

与人打交道，大气、善良这两个要素把握好，对个人发展大有裨益。

日常行为能力的第二类是日日精进的能力。你是每天都在浪费时间，还是确实在学很多东西，最后的生命质量会完全不同。你一天到晚玩游戏，一天到晚虚度光阴，那属于不精进，不精进就没进步，到最后就会被别人甩得越来越远。人一辈子落下的距离，哪怕一天只差一步，拉长到一生来看，比你走得快的人，就已经让你望尘莫及了。

找到自己的兴趣所在

人这一辈子最重要的，是找到真正喜欢做的事情。这个事情不是你父母认为值得干的事情，也不是老师眼中值得干的事情，而是你经过反复衡量和理性分析，觉得值得去追求的事情。这件事情不只是为了未来能赚更多的钱，也不只是为了未来能出名。这件事情干起来可以废寝忘食，最后能够带来人生的快乐和幸福。当然，找到这样的事情不容易，但从现在开始找，远远比到了几十岁后，回头才发现干的都是自己不喜欢的事情要强。

人生有一件自己喜欢的事，生命的充实度和丰富度就会高很多。

五种能力支撑美好生活

> 学习的最终目的是获得智慧，没有智慧的人生是灰暗的人生，没有洞察力和判断力的人生是没有方向的人生。

其实一个人想要生活得更好，只要获得几种能力就行：一是自然能力，二是技术能力，三是知识能力，四是与社会、与人打交道的能力，五是生理承受能力和心理承受能力。

自然能力是指人能够健康活着的能力，比如吃、喝、拉、撒、睡就是人的自然能力。吃得好、睡得好意味着身体健康，但是并不意味着能做出更多的事情，所以我们还需要获得更多的其他能力。其中最重要的能力之一就是技术能力。

我这里所说的技术能力并不是指日常生活中的简单技能，比如骑自行车、会做饭等，而是指知识技能。知识本身不是技能，但它能为技能奠定基础。对于一个有知识的人来说，什么叫技能呢？陈景润研究哥德巴赫猜想，最后成了全世界最著名的数学家之一，获得了终身的荣誉，这就是知识技能。

拥有技能的最终目的是能自尊、自爱、自信地活着。你可以用这种能力来换取自己所需要的资源，包括财富资源和生活资源。如果你想使自己活得更好，就要问问自己能做什么，怎样才能把一件事情做得非常好，以至于全世界的人只要想到这件事情就能马上想到你。如果你有了这种本领，便有了核心竞争力。有一技之长的人是永远不会变成乞丐的。

如果简单地对技能做一个概括，就是抓住一个自己最喜欢研究的东西，一直研究到底，直到全世界都公认你在这方面的能力为止。

有了技能，再考虑知识。从小学到大学，老师给我们讲了无数的知识，但很少有老师告诉我们上大学的目的是什么。有人说上大学的目的是为了获得一份工作，但是很多大学生毕业后找不到工作。为什么呢？因为老师们没有强调在学知识的同时，还要掌握一技之长，这是你将来立足社会所必需的。知识本身没有用，只有把它应用于社会才能发挥作用。

那么可能有人会问，既然这样，还要不要学习知识？学习知识当然很必要，知识不局限于专业，文科的同学要了解理科的知识，理科的同学也要了解文科的知识，知识了解得越多、越全面越好。但学习知识的最终目的是什么呢？

众所周知，最高学位叫博士，英文是 Doctor of Philosophy，简称 Ph.D.，泛指学术研究型博士学位，直译过来是"哲学博士"。哲学意味着智慧，是使人生更加幸福的学问。所以我们学习的最终目的是获得智慧，没有智慧的人生是灰暗的，没有洞察力和判断力的人生是没有方向的。因此，学习知识的最终目的是对我们周围的事物、对我们生活的社会做出智慧的判断。如果再加上技能，就能成为一个既有智慧又有能力的人。这样当你进入社会的时候，就有了立足的资本。

步入社会后马上就会遇到下一个问题，那就是与社会、与人打交道。有些学生与人打交道的能力比较弱，因为他们在学生阶段从来没有了解社会。另外，社会本身处于变化中，所以显得比较复杂。许多大学毕业生一走入社会就迷失了方向，不知道如何应付形形色色的人际关系。说到底，学会为人处世的最终目的是让我们能在社会上立足。

社会是由人组成的，只要学会和人打交道，就学会了和社会打交道。那么如何与人打交道呢？方法也很简单。打个比方，一个宿舍有六个人，你是其中一个，与其他五个人关系都不太好，那么问题很可能不在其他五个人身上，而是在你身上，你可能有缺点，但是自己并没有意识到，这就说明你不会与人打交道。反过来，一个宿舍六个人，大家和你的关系都非常融洽，而且他们都非常愿意采纳你的意见，这就说明你和其他人的关系非常好，你懂得如何与别人相处，懂得理解别人、团结别人，将来会是一个有格局、有胸怀、能做一番事业的人。如果一个宿舍分为两派，你参与其中一派，天天钩心斗角，互相说对方的坏话，这就说明你是一个胸无大志、鼠目寸光的无聊之徒。

具备与人打交道的能力非常重要。打个不太恰当的比方，学会人与人之间的交往就是要学会在狼群中间生活。狼有三个特点。一是勇敢，即使剩下最后一只狼，它也会勇往直前地去猎取食物。二是群体性动物，很少有一只狼单独猎取食物，即使老虎看到狼群也会退避三舍，这就是群体的力量。一个人要想在社会上有所作为，必须认识到群体力量的重要性，并且学会如何利用群体力量。三是狼群会淘汰无能之狼。当狼群中的领头狼老了，年轻的狼会把它从头狼的位置上拉下来，这样就会保持狼群整体的强大。

人也是一样，要想成大事，首先要勇敢，其次要能团结别人一起做事，最后要能排除自己身上的缺点，成为一个强大的人。如果能做到这些，这人肯定不会是平庸之辈。另外，和人打交道还需要具备一种能力，那就是谅解能力。你要学会谅解别人的缺点，谅解社会的缺点，但是不要谅解自己的缺点。当你发现自己的缺点以后一定要马上改正。有了谅解能力，你就会有广阔的胸怀，你的眼光就会变得非常远大，你眼前的烦恼和痛苦就不会影响自己对未来目标的追求。

与人打交道的能力中很重要的一项是要有善于表达自己的能力，要善于说出自己的观点和思想，并且想办法说服别人。

在英语中我们常听到 presentation 这个词，意思是把自己的观点表达出来，并且说服别人。但是，这个单词没有很恰当的中文翻译。在我们的教育体系里，大多数情况是老师讲学生听，学生要是敢在课堂上直接站起来说话，老师可能还会批评你。这样一来，有些孩子逐渐养成了默默地、被动地对待别人的观点而且不加以批判和思考的习惯，以至于最后没有了自己的观点和思想，失去了创新精神，失去了独立思考的能力。

一个人还需要具备心理承受能力。什么是心理承受能力？打一个简单的比方，面粉放上水揉一下，很容易散开，但是你继续揉，揉了很多遍以后，它就再也不会散开了，拉长了也不会散架，只会变成拉面，这是因为它有了韧性。

人进入社会的过程，就如同一盘面粉被揉搓变成面团的过程。你的心理承受能力经过不断的磨炼，最后才能成熟。蹂躏、折磨、压迫等词都是形容对人的某种考验，在种种考验下，如果你挺过来了，那么将来遇到失败、痛苦就能够承受；如果你没有这个能力，那就承受不起人生的压力。

在国外，不时有留学生自杀的现象发生，主要原因就是压力太大。我有一年去哈佛大学的时候，听说了计算机系一个中国学生自杀的消息。他自杀的原因很简单：在中国一直是天之骄子的他，在哈佛无论怎样努力也考不了第一名，还经常受到教授的指责。悲剧发生的原因之一，就是他的心理承受能力太差。

自杀是一件非常容易的事情，但是你死了以后地球照样转，阳光依旧灿烂，不转、不灿烂的只是死去的你。如果你活着，就会发现无论发生多大的事情，只要勇敢地、努力地活下去，世界上一切美好都是为你而准备的：科罗拉多大峡谷等着你，尼亚加拉的瀑布等着你，拉斯维加斯的灯光等着你，中国的长城等着你……只有勇敢地活着，才能欣赏这些美好的事物。在你最失败的时候要想到，生活中的一切美好事物是为你而存在的。总有一天你会见到这些美好。做人要有这样的信念，就有了活下去的勇气和力量。

再讲一个新东方学员的故事。有一次，一位男学员来到我的办公室，号啕大哭，说想要自杀。我问他是怎么回事，他告诉我他女朋友到了美国一个半月就把他抛弃了。在国内时，他俩恩恩爱爱，他为了女朋友能出国而拼命工作，赚的钱全部花在了女朋友身上。他全身心地爱着女朋友，没想到女朋友到了美国就和另外一个男人好上了，不但好上了，还把他们俩的照片寄了过来。他气得发疯，精神到了崩溃的边缘。

看到他伤心的样子，我送给了他几句话：每个人的生活中都有悲欢离合、生离死别，很多感情值得珍惜一辈子，但人要是陷入感情不能自拔，就像掉进了沼泽地一样，越挣扎就会陷得越深。世界上很多感情都是美好的，但是有的感情犹如蓝天上的白云，一定会随风而去，最后留在我们心中的只能是一片明净的蓝天。另外，我告诉他，假如他还是个男人，还有一点儿生活的勇气的话，那么请记住，这个世界永远不会缺少爱，但爱的前提是必须珍惜生命。

第二年春天，我接到了他的电话，告诉我他已经被一所美国大学录取了。到了美国后，他又给我发来一封邮件表示感谢，说他会永远记住我的话，并且让我把他的一句感悟送给所有的新东方学员："只要留住生命，机会永远会有；只有经历了苦难，才能从男孩变成男人。"

生活中永远会有失败，比如你背一个单词，背了 10 遍都没有记住，实际上背 10 遍的过程就是一种失败。你忍受了前面 10 遍的失败，才赢得了第 11 遍的成功，从此你就会永远记住这个单词。无数次重复的失败，往往只为了一次的成功。爱迪生发明灯泡做了两千多次实验，最后成功了。直到今天，人类仍然用爱迪生发明的灯泡驱散黑暗。一个人承受失败的能力有多强，成功的机会就会有多大。

除了心理承受能力，我们还必须锻炼生理上的承受能力。别人每天坚持学习五个小时，你每天坚持学习八个小时；别人一件事做一个月就烦了，你做一年也不会厌倦。别人不能专心去做的事情，你能专心认真地去做，这就是生理承受能力。通常来说，一件事花的时间越多、投入的精力和体力越多，你的收获就会越大。

　　我认识一个清华大学的学生，他的 GRE 考了满分。我问他为什么能考满分，他说："我认为自己并不是一个很聪明的人，所以做任何事情都会比别人多花一点儿时间。一篇课文别人看一遍，我看两三遍，这样我就比别人熟练一些，最后考进了清华大学。到了清华以后，我发现很多人参加期末考试都是提前一个星期才复习，然后匆忙上考场，结果分数不是很理想。而我总觉得把握不大，所以一般提前一个月复习，最后我都考得很好。我当时考 GRE 的时候是先学习了四个月，结果和周围同学一样，成绩一般，没有什么竞争优势。然后我就想如果我再学习四个月，分数一定会更高，于是就又学习了四个月，最后走进 GRE 考场，就比较轻松地拿到了满分的好成绩。我背 GRE 的词汇书前后背了 50 多遍，做 GRE 题目做了十几遍。"

　　成功的人都有差不多的经历，做一件事，你花的时间和精力越多，越是全身心地投入，你就越容易获得更大的成就。一分耕耘一分收获，努力一定会有回报。

　　人最重要的是锻炼自己的能力。有了这些能力，哪怕有一天你走入非洲丛林，也能迅速找到生存法则。没有这些能力，即使把你放到社会的最上层，也会被别人一脚踹下来，摔得粉身碎骨。

如何在旅行中有所收获

> 旅行的意义跟穷游和富游没什么关系，重要的还是要走出去，要有准备地走出去，旅行的意义才能体现出来。

旅行对于人生的意义十分重大。当然，纯粹下车拍照、上车睡觉的旅行，我是完全不赞成的。这等同于一种无意义的行为。可惜有不少这样的游客，旅行只为了出去看一个从来没看过的地方，这个地方对他来说的意义就是看过了，照过相，然后可以向其他人炫耀一番。

今天的世界，"读万卷书，行万里路"变得愈加重要。这个时代信息量巨大，我们必须不断接受各种新思想，因此就必须读"万卷书"。"行万里路"也是这样，现在整个世界都可能是我们的舞台，了解世界是成功的前提条件。

不管有没有钱，旅行这件事情对我们来说都非常重要。没有足够的钱可以穷游。我们可以搭车、走路、骑自行车，乘便宜的交通工具；我们可以住青年旅社、住老百姓家里甚至可以住在帐篷里面。

　　我身边有一些朋友，他们其实没什么经济来源，但是用各种方式穷游，差不多走遍了全世界。如果经济条件相对宽裕，当然可以选择更高档的交通工具，坐商务舱、住五星宾馆，也不影响旅行的意义。并不是说有钱的旅行就为了享受，为了吃得好、睡得好，而是可以有更多的精力来了解旅行地的风俗民情、社会习俗。旅行的意义跟穷游和富游没什么关系，重要的还是要走出去，要有准备地走出去，旅行的意义才能体现出来。

　　我认为一次有意义的旅行要具备如下几个条件。第一，必须有目的。旅行之前需要想好为什么要去，这和凑热闹坐游轮或者到海岛度假是完全不一样的。我不反对度假，度假就是度假，不是旅行。假如我要去柬埔寨旅行，那么我就要想去柬埔寨看吴哥窟到底是为了看到、学到什么。比如我希望去学习古代东南亚一带的文化传统、历史和它的起因、内在的价值。那么我设定了一个旅行目标，很自然地就能够在旅行中学到东西。

　　第二，要做计划。要搞清楚这个地方想看哪几个重点，花多长时间，用什么的交通工具，住什么地方，和什么样的人交流。我到了一个地方以后通常有一个习惯，就是会采访当地人。如果是英语国家，我就可以直接对话；如果不是英语国家，我就需要有翻译，这些东西都要预先计划。如果没有计划，在旅途中往往困难重重，想学到东西也会面临各种阻碍。旅行计划要做得非常周密，假如我要去某一个地方旅行 10 天，我就会针对这 10 天到底干什么、每天做什么，跟业内人士和对当地熟悉的人进行反复探讨，制订出一个自己能有收获的计划。

第三，要做功课。要收集这个地方的大量资料，学习就变得必不可少。我去柬埔寨之前，整整一个礼拜都在研究各种有关吴哥窟和柬埔寨的视频、文字资料。做完功课后，再去旅行就可以对照着学习，收获会特别大，否则你什么都不懂，既没有历史感，又没有地理上的空间感，也没有对人文的了解，去了就纯粹是看热闹。我是一个特别喜欢旅行的人，喜欢在旅行中学习，每次旅行也都会有很大的收获，因为我预先会做好功课。

第四，学会在当地找朋友。朋友有两种，一种是对当地特别熟悉的朋友，尤其是对这个地区有研究的，当然这样的朋友不太容易遇到。你有时间，朋友不一定有时间。除非你用更多的钱请专家陪你去，但是一般也不容易实现。所以，更重要的就是以最快的速度认识当地的朋友，让当地朋友给你做向导、当老师。

我每到一个地方后，对导游有比较严格的要求。很多普通导游给我介绍的时候发现，自己对当地的了解还不如我。因为我做过功课，我要找有专家能力的导游。从我旅行到现在，我在各地也碰到了一些真正的好导游，最后都变成了好朋友。这些导游有学识、有眼界。还有一些当地的朋友，以前不认识，因为旅行途中一起探索、一起吃喝、一起聊天，最后也变成了朋友。你能从他们身上学到大量之前自己所不知道的东西。

第五，一定要思考，可以以文字的形式留存下来。我到任何一个地方旅行都会用照片和文字进行记录、整理，写出有自己感悟的文章。把自己生命中一小段经历用文字和图片的方式凝固下来，使自己回味时有所依据。在录入文字的过程中，又有一个对事情反思、思考、升华的过程。

　　如果能做到以上五点，这次旅行就一定很有意义，也会很充实，不辜负你花费的时光和旅途奔波的劳累。我强烈反对到一个地方照个相、睡个觉，最后作为一种炫耀结束旅行。旅行要有意义、有收获，让自己的眼界和胸怀越来越宽广，思想越来越完整，对世界的了解越来越深刻。

我阅读的经验与诀窍

> 我一直认为，以人的一生来说，"读无用的书"比"读有用的书"更有价值。

如何利用零碎时间读书

对于我来说，读书就像一日三餐。一日不读书，内心就会感觉如饥似渴，甚至空虚。每天必须要有些新的观点、新的思想和新的知识进入大脑，才会感觉到日子没有虚度。

那么，如何抽出时间读书？我工作确实非常繁忙，一年中可以用来阅读的完整时间最多只有几天。因此，我只能利用大部分零碎时间去读书。不管到什么地方，我手边总是有书。过去出差的时候，我会在箱子里装几本书。现在有了平板电脑，我就在平板电脑里下载几本喜欢的书，然后利用路上的时间阅读。

我的阅读地点主要是在车里。在北京，我平均每天有两三个小时的时间是在车里度过的。有的时候我也会在车上工作，但更多的时间会用来阅读。在旅途中，我也会用读书来打发琐碎时间。在上厕所时，我一般会带着一本书。睡觉之前，我通常也会阅读 15 分钟到半个小时。

一般来说，用零碎的时间进行工作思考是比较困难的；但利用零碎的时间阅读，汲取别人的思想来充实自己则是一个不错的选择。通过这样的方式，我每年能够读完近百本书。

世界上每天都会出版几万本书。在中国，每天上架的新书也有几百甚至几千本。知识是无限的，人的生命却是有限的。在有限的时间内读什么书，就变得非常重要。这时候，我们就需要对阅读的书进行预筛选。那么，如何能够选对好的书呢？我有以下几点建议。

第一，去网上查看书的相关评价。从别人的评价中，你更会明确哪些书值得阅读。一般来说，我不大会阅读青春和情感类的书，更多会挑选历史、哲学、社会科学、小说、诗歌、散文、经管、传记、科学等类型的图书去读。尽管每个人对读书的喜好不同，利用评价去选书也不能说百分之百可靠和准确，但是参考别人的观点会对筛选书籍有一定帮助。

第二，自己到书店去翻看。到目前为止，我依然比较喜欢逛书店。一排排的书放在那里，我会一本本翻过去。在这个过程中我会挑几本书阅读，通过阅读一本书中的几页，大概就能知道这本书的文笔、立意、布局，知道是不是值得继续阅读。当发现感兴趣的书籍时，我就会把它买下来。当然，如果你到图书馆或阅览室去查看，那里的书就更加丰富了。在那里，你既不用自己掏钱，还有成千上万本书摆在你眼前，可以挑选感兴趣的书籍来阅读。

第三，与周围的朋友讨论。你在读书的时候，朋友们也在读书。

假如每个朋友读一本书，然后互相交流思想和读书的感受。通过这样的分享，你大概能够明白哪本书值得读一读，读了以后不仅获得了与朋友交流的共同话题，还可以得到新的知识。

第四，交往一些也喜欢阅读的朋友。物以类聚，人以群分，如果你周围都是比较喜欢读书的朋友，那么你就会有意无意去读一些书，慢慢养成爱读书的习惯。这些习惯，会对你的人生和事业发展有一定的帮助。

我快速读书的诀窍

有不少人问我：你读书怎么能够读得这么快？

我把读书分为悟读、精读和泛读。所谓悟读，就是认真领悟，一句一句认真阅读和理解，最后甚至通过反复阅读背诵出来。需要悟读的书往往是顶级经典著作，或是给人类文明和智慧带来重大价值的著作。

这很像是古代学子把四书五经背得滚瓜烂熟一样。只不过对于那个时候的大部分人来说，背和悟是两张皮，很多人小时候还没有领悟能力的时候先死记硬背啃下来，等长大有了人生阅历，再像牛一样，把背过的东西慢慢反刍和领会。

今天，我们不一定非要把四书五经都背出来，但像《论语》《中庸》《孟子》这样的内容依然值得深度理解，并把极好的内容记下来。这一类著作有很多，像《老子》《庄子》《孙子兵法》，以及一些宗教经典，都可以列入这类。读这样的书，一天读一段就行，要反复朗读、反复咀嚼，直到有所领悟方可罢休。拿起这样的书，必须先凝神屏息，心态保持平和，不能有杂念和烦恼留在心里。

所谓精读，就是碰到你特别喜爱的书，在文笔、知识、思想、高度等方面都能给人启示的图书，就可以多读几遍。比如我把马尔克斯的《百年孤独》读了四五遍，书中魔幻现实主义的描写、文笔的流畅、关于人物命运的描述，都让我爱不释手。阿来的《尘埃落定》我也读了三遍，文笔铺陈上用了和《百年孤独》类似的手法。岳南的《南渡北归》，厚厚三本书近百万字，我也阅读了两遍，对于一代知识分子的命运心有戚戚焉，久久不能释怀，拿起了放下，放下了再拿起来。

一个人的一生中，总应该有些书是反复阅读的，通过深度阅读，提升自己的情感深度和智慧深度。

所谓泛读，就是泛泛阅读。我认为世界上大部分的书，泛泛阅读就可以了，主要是为了增加知识的广度和思维的宽度。在信息泛滥的时代，很多书中的内容是重复的，甚至是无效的。当我拿到一本新书，一般都会先随意翻开几页读一读，如果读出点感觉，就会从头往后按顺序翻阅。凡是觉得啰唆不值得花时间的地方，眼睛就扫过去；凡是需要认真阅读的段落，就放慢速度仔细阅读。读到好的地方，也会用笔做标注，这样读完了可以把重点再读一遍。这样的阅读，我的速度大概在每分钟一页，一本300页左右的书四个小时左右读完。这也是为什么我能够每天给大家介绍一本书的原因。但泛泛阅读不是读过就不管了，书中如果有带给你灵感和引发你思考的地方，依然要重点标注出来或者扫描存档，以备日后学习和引用。

从知识到能力

如果阅读速度不再是问题，那么如何能有效地将阅读带来的知识转化为自身的能力呢？

阅读分成两种："有用的阅读"和"无用的阅读"。

"有用的阅读"是指抱着某种目的性去学习的知识性阅读。你读一本管理学的书，这本书会教你一些知识，比如如何制定战略、如何进行营销、如何进行品牌管理等，这就叫"读有目的的书"或者是"读有用书"。面对这样的书，我们要做的就是看这本书能不能指导我们具体的生活、学习和工作。如果书中的内容没法应用到我们的日常生活、学习和工作中，那这本书读了就没有多少用处。

"无用的阅读"也叫"读无用的书"。大家可能会问："为什么无用的书还要去读？"所谓"无用的书"，有点像《庄子》里说的"无用的树"。"无用的树"长在那儿，之所以能够越长越大，不被人砍走，正是因为这棵树用来做家具也不行，当柴火烧也不经烧，反而变成了一道风景。

所谓"读无用的书"，就是读那些表面上没有直接功用，但是却能把我们整个人生提升一个级别，使我们变成自己生命中一道美丽风景的书。

比如读《诗经》，对我们来说其实没什么实际用处，除非你未来打算进入大学教《诗经》，或者当研究《诗经》的学者，否则读《诗经》的作用也就是增强我们的审美能力以及陶冶情操。

又比如读唐诗宋词，也没有什么特别实际的作用，但是如果我们真的熟读了唐诗宋词，你会觉得自己的气质在逐渐变化，眼界、胸怀和情感都会因此发生变化。

像这种潜移默化影响我们的书，包括哲学、历史、诗歌、文学等书籍，它们给我们带来的东西，表面上并不能直接服务于我们某些目的，但是如果我们多阅读这些书，有很大的概率能使自己变成一个更加完善、有品位、有眼光、有人文情怀和哲学思考能力的人。

我一直认为，以人的一生来说，"读无用的书"比"读有用的书"更有价值。但是，我们不可避免地必须"读有用的书"。我们从小学到中学，甚至到大学的过程中读过大量的书，很多只能归类为"有用的书"。这些书让我们吸收了知识，让我们对某个领域有所了解，并且为我们上好的大学，甚至为我们走向世界奠定了基础。当我们读这些"有用的书"的时候，尤其是我们已经进入了大学或者毕业以后，能够把读到的知识转化为自身的能力非常重要。

在读"有用的书"的过程当中，我是有一些体会的。凡是"有用的书"，你只读一遍是不管用的，因为读一遍往往只能留下一个很淡的印象。任何"有用的书"，其中的知识转化为我们人生的行动指南，或者变成我们行为和思想的一部分，都需要有一个前提条件，那就是你要反复地去运用读到的知识或方法。

举个简单例子，假如你读到了某本管理学的书，书中提到公司战略的制定部署有四点，那么你就必须在工作的时候按照这四点去反复地练习、实践，最后才能将它变成自己战略思维的一部分。

再举个例子，假如你学英语，你要学习一个句子，只是读一遍、弄懂什么意思之后就不管了，那么这句话其实你根本就没学会。如果这句话你反复地说，反复地用，到最后就变成了你语言的一部分。最后你不管在什么场合，凡是想要用到这句话的时候，都能够脱口而出，这个时候才等于把知识转化为了自身能力的一部分。

学习"有用"的知识，最重要的是转化，也就是中国俗语所说的"熟能生巧"，英语中叫作 Practice makes perfect。通过反复的训练，最后将某种思想体系、语言之类的东西内化成自己能力的一部分，随时随地可以应用，这就是我们所说的外在所学转化成了内在能力。

这个转化过程是必不可少的，它奠定了你生命和生活的基础。比如我因为认真地背诵了英语词典，所以现在读到英语单词，都能根据这个单词在上下文中所处的位置很快明白它的意思，这也是一种能力。这个能力一方面使我有口饭吃，另一方面让我能有足够的时间来读"无用的书"。

因此，要读"有用的书"并转化成自己的能力，读"无用的书"来提升气质和眼界。这样，我们的生命才能够变得更加完善。

如何打破思维的局限

> 一个人的生命和思想应该像一条河流一样，开始起步是小小的、窄窄的细流，后来逐渐走向开阔，生命也因此变得丰满。

如果我们从小到大都生活在同一种文化环境中，就容易将很多事情视作理所当然，但到了另外一个国家，或者另外一个环境，却发现完全是另一回事。传统思维和习惯会让人产生不自觉的行为和意识。

这些行为和意识有一定的好处，能够把人划定在某一种价值体系或者行为体系中，形成一种认同感。但也有坏处，它们会让一个人只看到自己愿意看到的，只思考自己认为对的，而对于其他的思想就很少会去接纳、思考和反思。

世界在不断变化，一个人思考问题应该更加广博和多角度，这样你所表达的结论和看法相对来说才会比较全面。所以，在现代社会我们不应该再受到思考框架的束缚，不应该为自己建立思维的围墙、以偏概全。完善思维的完整性，主要应该从以下四个方面来做。

第一，要多读书，尤其是要读有思想性或者表达了新的思想意识的书。

这样的书一点都不难找，任何国家出版的带有新思想的书，通常来说，会很快翻译成各种语言在世界上流通。如果你能够阅读英文原著，你就能更快接触到国外的新思想。同时，现在国内对于读书的讨论愈加火热，一本有思想性的书总是有人在不断推荐。你可以先看介绍再进行详细阅读。不断吸收你认为正确的新思想，让自己看问题的角度更加多元。需要注意的是，我所提及的多读书不是读那些没有营养的网络小说，而是读真正能够改变和充实思想的书籍。

第二，要多参与各种讨论，尤其是带有思想性的讨论，这非常有益。现在有很多社群，大家在里面讨论各种关于国家、世界、人生的思想观点和看法，每个人都可以自由发言。有些讨论会对你的思想起到改变、冲击作用，使你思考问题的能力更强大。

如果你是企业家，可以参与到思想家群体的讨论中；如果你是思想家，可以参与到企业家或社会活动家群体的讨论中。这样就能学会从不同的角度看问题，也能够学会站在对方的立场上来思考。

除了多讨论、多学习，还可以进一步学习自己喜欢或者认为重要的学科。比如工商管理、政治学、社会心理学等，也可以申请硕士甚至博士学位，通过深入学习不断开阔思想。

第三，要多行走。我曾经读到一篇文章，里面讲到要争取每年去一个自己从来没有去过的地方，通过不断地行走，更好地了解这个世界。疫情之前，我每年都会去几个没有去过的地方，尤其跟中国不太一样的地方。比如摩洛哥，去过之后就对这个非洲的国家有了非常深刻的看法和体会。去了南印度，对于印度的社会管理体系、老百姓的心态和他们对世界的看法就有了更多的了解。旅行让我学会了用原来不知道的新鲜视角来看待问题。

所以多行走，毫无疑问是一个让自己的思维和眼界更加开阔，甚至改变自己行为习惯的好方法。

第四，要尽可能多反思、多提问。在国外的教学中，专门有批判性思维的训练，就是让学生学会挑战权威，对那些看似"天经地义"的思想提出自己的看法。

苏格拉底曾经说过，人生中最难的事情就是"认识你自己"。大量的人被禁锢在自己的思想观点和意识行为中，完全无意识地用一种狭隘的方式度过自己的生活、经历自己的生命，却从来没有取得真正的进步。

任何吸纳新的思想、改变自己习惯的行为都会带给人一定的痛苦，我们的惰性导致我们不喜欢新的思想，不愿改变自己的行为习惯。改变往往是痛苦的，而享受现状是快乐的。从这个意义上来说，我们如果能够形成多反思、多提问的习惯，对于我们思想的进步、思维的拓展有着非常重要的作用。我们看问题的角度会更加多元，也能更加全面地分析和解决问题。

一个人的生命和思想应该像一条河流，开始起步是小小的、窄窄的细流，后来逐渐走向开阔，生命也因此变得丰满，最后像奔腾的大江一样活跃，像大海一样浩瀚，这样的人生和思想才是值得拥有的。

信息爆炸时代的思想成长

你碰到的不同观点越多，你越能打磨出自己独特的观点；碰到的观点越少，你越可能被某种观点带上邪路。

在互联网的环境下，由于信息多渠道、多方面的汇入，我们常常能够接收到大量信息，而这些信息很多是无效的，比如说各种未经证实的社会八卦和谣言。这些信息看似吸引人，实际上在议论的过程中却会浪费我们很多时间。

在这种情况下，我们应该如何来对待大量信息的涌入？我认为主要有两个要点。

学会主导信息的分类

一般来说，有几类信息我是会比较关注的。第一类是世界和国家正在发生的大事。因为充分了解世界和国家的发展动向，你才能够明确个体和团队前行的方向。

第二类是深度分析性的文章。这类文章有很多，也有些表面上看起来很有深度，其实没有什么内容的。这就需要你掌握快速阅读的能力，以便迅速分清有用和无用的内容。

第三类是日常社交中的有效信息。比如，我的手机中有很多群，大部分情况下我只是潜水。但是有些群里讨论的重要内容，我会积极地去参与讨论。

对信息的分类，能够保证我们从庞杂的信息中找到自己需要的，而不是被信息淹没。

在信息如此通畅的时代，我们需要学会如何辨别信息，辨别出哪些信息是对我们有用的，哪些信息是可以被过滤掉的。

那么，我们如何来辨别信息呢？首先，不要只关注非官方媒体。对于个人自媒体报道的各种传闻，一定要带有辨别能力和警惕性去看，因为很多信息可能是人为编造的。在当前自媒体如此发达的状况下，要编造一个表面看上去真实的信息非常容易。正因为如此，我们不能急于就网络信息表达自己的看法或情绪。在自己还没有搞清楚信息来源的情况下，这样的行为很可能导致我们被虚假信息所误导。

其次，要了解信息的来源渠道。任何单一的来源渠道，尤其是非正规媒体所带来的信息，都要谨慎辨别，要找更多的渠道去印证。

信息渠道一般有三种。第一种是官方媒体。官方媒体对有些信息可能是选择性地报道，虽然官方媒体的报道也有可能会失真，但是一旦官方媒体报道了某种信息，我们至少可以知道这件事情可能发生过，至于发生的具体情况，就需要进一步调查和研究了。

第二种是外埠媒体，也就是西方的媒体。有些媒体在报道某种信息的时候可能是有来源的，那么我们也可以进行参考。当然，西方媒体有的时候会对中国所发生的事情进行歪曲报道，这一点上我们需要注意。

第三种是通过事发当地的朋友去求证。如果你在事情发生地有认识的朋友能够进一步求证，那么我们就能对现有的信息到底是真是假做进一步的确认。在判断信息是否正确之后，我们就能够确立自己的某种看法。

在自媒体时代，发表观点的人非常的多，面对众说纷纭的观点，如何判断也是一个麻烦。现在几乎所有人都可以表达自己的观点和思想，但其中大量的观点和思想是相互矛盾的。那么我们到底该如何从这些复杂的观点和思想中，抽取值得借鉴的部分，使我们自己的看法更深邃、理解力更通透、眼光更高远呢？我认为最重要的是要修炼自己。我们要拥有自己的观点和看法，或者说要明确自己认为对的观点和看法是哪些，这些观点和看法有没有依据，到底是对还是错。

当然，任何观点都无法简单地用对和错来判断。但是，我们都知道正确和错误的观点大概是什么样的。善良的、真诚的、公正的观点，都是相对来说比较符合核心价值观和世界发展方向的观点。与之相反，偏激的、恐怖的、极端的观点就有可能是不正确的观点。

在众多观点中，如何吸纳正确的观点来丰富我们的头脑？这要基于我们对于观点的判断力。对于观点的判断力从何而来？就是多阅读，尤其是多读一些非常重要的历史哲学思想的著作，并且多与朋友讨论。在这个过程中，通过自己的思考以及和不同观点的碰撞，慢慢形成自己的观点。

你碰到的不同观点越多，你越能打磨出自己独特的观点；碰到的观点越少，你越可能被某种观点带上邪路。

这个道理有点像我们挑选水果，水果吃多了你就会知道哪种水果新鲜，哪种水果甜，哪种水果不好吃。而如果你从小到大只吃过一种水果，那么你只会觉得这种水果好，以至于你根本就不知道别的水果是什么味道，就可能一下子把别的水果都排除掉了。

所以，多读书、多思考是非常重要的。除此之外，我们还要对事件进行深入了解和思考，多走多看，慢慢形成自己的观点。

正确的观点都有相似的核心，就是为了人类社会更加美好，为了人们生活更加幸福，为了社会变得更公正透明，或者使每一个人都能够过上安定的生活。围绕这些核心发展出来的观点，相对来说都是比较正确的观点。

所以，基于我们自己的判断力，在众多的观点中进行筛选，获取有益的思想，使自己取得更大的进步，同时也用我们自己的观点来为这个社会的进步做出贡献，这是我们面对现在信息爆炸时代所应该采取的一种正确态度。

要时刻保持专注

在大量垃圾信息不断涌入的情况下，如何能够专注地做自己的事情变得至关重要。毫无疑问，专注能力是一个人成功的必备素质之一。

在信息不畅通的时代，有时反而会出现更多知识结构非常完备的人，他们的知识量巨大，甚至称得上是百科全书式的人物，比如亚里士多德、柏拉图、达·芬奇、歌德、莎士比亚等。在中国，我们也可以找到很多这样的人物，如民国时期的陈寅恪、傅斯年、胡适、梁启超等，他们不仅知识结构完备，而且知识维度也很丰富。

他们是如何达到这样的境界的？一个重要原因是他们处在一个信息量相对少而精的时代，所以他们不得不把能够汲取到的信息进行深度消化。

举个简单例子，在中国古代，很多知识分子能在18岁以前把四书五经全部背完。但是如果一辈子只背四书五经，那么大概率会是个书呆子。可当你背熟了四书五经，再接触大量的文化知识，你就很容易以四书五经为脉络，来扩展知识结构。这就是陈寅恪、傅斯年、胡适、梁启超、梁实秋等这样的人能够把现代知识和古文知识融会贯通，写出惊世文章的重要原因。

一个人的基本功常常来自小时候打下的基础，如果在小时候能够专注地学习某些东西，并钻研透彻，对人的一辈子会有巨大的帮助。

现在的孩子在成长的过程中，会面对各种分散注意力的事情，比如游戏、电子设备、各种各样的玩具、难以计数的图书等。孩子的身边充斥着大量信息，很多孩子看似什么都懂，但是却没有深入地研究、探索。我们本应从小培养的专注能力，变成了一种肤浅的、抓取各种信息的分散性能力，而这种分散能力很难给人带来创造力。

我认为主要应该从以下四个方面来培养专注力。第一，要发扬自律精神。我们既然已经明确了专注力的重要性，就应该每天拿出一定的时间来专注于做某件事情。比如说每天拿出几个小时来专注地背四书五经、唐诗宋词。要做到完全领会，最后让它们变成你的思想、语言和情怀的一部分。我计划把唐宋八大家优秀的文章认真读熟，这大概需要一两年的时间。如果真的能读熟，甚至能背出某些篇章，我的写作能力和汉语使用能力必定会有一个巨大的提升。但这件事需要专注才能做成，需要我下定决心，每天花费一定时间来认真阅读。

第二，坚持深入阅读和研究。当我们深入研究某一学科或者某本有价值的书籍时，所获得的深刻体会和泛读带来的体验是完全不一样的。深入研究会让你不断发现新的东西和含义，触发新的思想和见解，让你学到良好的阅读和研究方法，最后能在某个领域中深入探索，而这种深入探索的能力与人的气质密切关联。一个总是肤浅阅读的人，很难拥有深刻的思想和气质。

第三，要严格管理自己的时间。我们常常容易把时间分散掉，没有明确的规划，随心所欲地做事和社交。这样下去很容易会被别的事情牵绊，因此时间管理对我们来说是非常重要的事情。

每天最好留出两三个小时去专注地做事。无论是专注于做一个实验、读一本书，还是写作，只要深入进去都能够探索到更多的东西。时间管理能力是一个人成功的重大要素。

第四，敢于对别人说"不"。大多数脾气比较随和的人，当别人来寻求帮助或者邀请你做事情，都不太容易说"不"。本来不在规划中的某个活动，收到邀请你就去了；本来今天晚上准备阅读一本书，身边同学邀请你一起打牌，你就参与其中。如此一来，你会很容易失去对自己时间的掌控。

很多人认为这是一个面子问题，怕被同学认为不合群，因此无法随意说"不"。当然，这不是要求你不参加活动，而是说在你没有完成规定的事情前，说"不"是很正常的事情。

当你被朋友邀请去打牌，你可以表明刚好安排了别的事情，下次再去。如果你因为朋友的邀请每天都在打牌，那么你的时间就会由于缺乏说"不"的能力而被浪费掉。而且一旦你的时间变得零碎，你就不能深入阅读和研究，同时你也失去了自律精神。一个没有自律精神和自我控制能力的人，很难取得事业上真正的成功。专注力的培养极其重要，希望所有的朋友能够在专注力的培养上多下功夫。

避开"一万小时定律"的陷阱

没有层次上的提高，时间花得越多越浪费。

"一万小时定律"告诉我们，如果一个人在一件事情上花一万个小时，原则上就能成为专家或者达到熟能生巧的状态。但我一直认为，只花一万个小时是不够的。比如很多农民一辈子做农活的时间远远大于一万个小时，但他们也并没有取得任何突破性的进步。因为插秧、割稻、种庄稼这种简单的重复性工作，不需要花一万个小时就能达到熟练程度。

有的农民一辈子都是农民，是因为他们没有层次上的提升，没有在做农活之外进行其他的研究，比如研究农业科技、农业机械化、农产品的商品化等。

没有层次上的提高，时间花得越多越浪费。如果你在工作或学习上花一万个小时，但却只是简单重复，那么你是很难真正提升自己的。如果想真正取得进步，除了一万小时定律外，做到下面三件事情非常重要。

首先，任何花时间取得进步的事情一定要设定目标。设定目标会起到拉动作用，漫无目的地走路，也许走两公里你就不想走了；但如果设定的目标是 20 公里，那至少能够走十几公里，目标是拉动进步的一种力量。设定的目标一定不能是同一层次的平级目标，而是要向更高的层次发展。所谓向更高层次发展，就是你的下一个目标相比目前的状态有更大的进步。如果你练习钢琴，那么在现有难度上不断增加难度才能让你的技能更加熟练，对音乐的体会也更加深刻。

毫无疑问，有很多事情是可以往更高层次去发展的。比如你如果想学习古文或历史，可以先学习《古文观止》，再学习《史记》和《左传》，随着难度的提高，你对古文和历史的理解会越来越深刻。再比如在工作中，除了日常重复性的工作之外，你要设定带有层次感、创造性和难度更大的工作系数，这样一来你的工作能力才会不断提升。

其次，设定目标并不断努力的同时，要寻找方法和创意。人在生活、工作、学习能力上的变化，质的变化一定要大于量的变化。也就是说，如果只是积累了量，量变不一定会带来质变；只有当我们有意识地寻找更好的方法使自己有所进步时，量变才有可能带来质变。我们常常说有些人是书呆子，一辈子读了无数书，却依然没有智慧，就是因为他们在读书的过程中只有量变而没有质变。

很多人的生命充满了劳累和辛苦，却一辈子未曾拥有太多的成就和财富，其主要原因是他们在成长过程中只有量的发展而没有质的变化。质的变化是人类主观能动性参与带来的结果，需要我们不断从所从事的工作和学习中寻找新的方法和创意。

学习是有方法的，有的人学习英语几十年水平还是一般，有的人只要两三年就能够有所成就，这种差距往往是因为学习方法的不同。

我们在工作中也需要有方法，同样是八小时，有的人只做了一点工作，有的人却两个小时就把八小时的工作做完了，甚至做得更加出色，这也是因为他找到了正确的方法。

除了方法就是创意。创意有时可以改变世界，所以寻找新的思想、新的突破极其重要，这是从量变达到质变的首要条件。乔布斯的智能手机创意，让世界信息系统和信息传播方式发生了改变……乔布斯能实现这些，除了量的积累，还因为新的创意和思想。

最后，光靠自己琢磨是不够的，需要多求教。有句话说，闭门思考不如出门一看。原因非常简单，你在自己的思想、能力、领悟范围内去思考问题，相当于闭门造车，往往只能百思不得其解；但如果你出去走一走、看一看，尤其当你找到一位能引领你的工作和生活的人，那么你的进步就会飞快。前提是这个人的思想和能力远高于你，能够帮你找到非常具体的奋斗方向和方法。

俗话说："听君一席话，胜读十年书。"为什么我们从小要有父母引导，中小学要有老师引导，大学要有教授引导，工作中也要有领导或者同事来引导？就是因为这样的引导能够让人进步得更快。

一个人在自我发展中最大的不幸是碰到两种情况：一种是婚姻生活的悲惨，你的伴侣不能与你一同进步，甚至会拉慢你的步调；一种是工作事业中没有人引领的悲惨，你的家人、老师、同事都不如你，或是毫无思想，如果一个人处于这种境地，又没有强大的目标和进取心，将会进步缓慢。

人生是一个不断开悟的过程，这样才能使我们的能力更强、效率更高、思想更敏锐、行为更有力。

人生的"投资思维"

当我们收获是零的时候，就是纯粹地浪费时间、浪费生命。

每个人的一天都是 24 小时，但是利用效率却相差很多，这主要是由于每个人对时间的安排不同。那么如何合理地规划每天的 24 小时才能提升时间的利用效率呢？

首先，需要区分优先级，将最重要的事情安排清楚。例如，这个星期或是这个月最重要的事情是什么？完成该事情需要花多长时间？这些时间该如何安排？如果把这些事情分配到每一天，每天具体需要花费多长时间？如何保证效率？这些是非常重要的问题。

其次，有能力排除计划外被占用的时间，也就是尽可能避免时间被浪费。很多时间观念不是很强的人，很容易因为某些突发或计划外的事情就把时间浪费掉了。例如，原本打算读一本书，但是被朋友约出去喝酒，结果两三个小时浪费了；本来打算花一个小时锻炼身体，中途与同学吹牛聊天，时间就浪费掉了；原本打算学习，因为女朋友或男朋友说出去玩，学习计划就泡汤了。

我们的时间很容易被别的人或事左右，使得我们原本安排的计划被打乱，导致该做的事情没有做完。

此外，尽管我们需要将尽可能多的时间用在工作、学习与进步上，但有一个前提，那就是确保我们的身体是健康的，这一点尤为重要。

确保身体健康主要有两个要素。一是每天安排一定的时间进行锻炼。如果长时间缺乏锻炼，一个人的身体素质会越来越差，最后会大大影响工作和学习的效率。二是保证充足的睡眠。我特别主张大家不要拼命地熬夜，或者因为一些坏的生活习惯无法保证正常睡眠。一个人正常的睡眠时间至少六个小时，长一点至七八个小时也是可以的。睡眠质量是否良好，对我们的精神状态有重大影响。

说完了如何规划每天的时间，那么我们如何高效利用时间呢？大家常常会有一个错误概念：我们花出去的时间、耗费的精力、花费的金钱，就只是花掉了。事实上，我们的时间、精力、注意力，在某种意义上都是一种投资。

以公司举例，在算账的时候会有支出、成本与收益。我一直认为公司花出去的钱，并不是支出和成本，而是一种投资行为。投资行为最核心的特点就是需要取得回报，并且最好是成倍的回报。

当我们将某一个行为看作投资行为的时候，我们需要思考的就不是尽可能节约钱或者尽可能少花钱，而是去思考花这笔钱花得是否合算。我们主要关注的不是花了多少钱，而是要保证花出去的钱，最后得到的回报都是值得的。例如，我们投资了 100 元，钱花掉却什么都没有获得，那么这 100 元钱花得就不值得。如果花了 1000 元，最后获得了 10000 元的回报，那我们花这 1000 元就非常值得。如果没有回报，我们花 100 元都会觉得多。我们在计算任何一笔花费的时候，都需要计算它它的回报，以确定是否值得。

不论是花费金钱、精力，还是时间，本质上都是投资和回报。用 100 元钱吃东西，如果东西又不好吃，那么它的投资回报实际上比较小，最多只是填饱肚子而已。如果用 20 元钱买一个能让我们填饱肚子的东西，与原本花 100 元钱仅仅只是吃饱，在本质上没有太多不同，后者通过减少投入金钱的数量从而达到同样的目的。投资讲究的是在投入同样资源的情况下，如何能够获取最大回报。剩下的 80 元钱，我们可以去看一场电影、买一本书，或者给自己的女朋友买一朵玫瑰。我们在吃饱的同时又有了一本书，从书中获得知识，提升自己的能力；或者通过看电影让自己快乐；通过买玫瑰花提升我们的感情交流程度。这样我们的回报就是成倍的，甚至是几十倍的。所谓的回报不仅是金钱上的回报，感情上、知识上、能力上的回报都是回报。

我们有时会觉得自己似乎拥有很多时间，我们的精力也在睡了一觉之后能恢复。但是，我们需要将投入的时间和精力计算在回报体系内，因为时间和精力花出去后是回不来的。每投入一小时去做一件事情，我们都要思考这个时间投资是否合算。

当然，我并不是说这样计算后，我们就不再花时间同朋友吃饭、喝酒、聊天，也不再花时间去散步、旅游。就像此前讲的，回报是多方面的。与同学一起喝酒聊天，我们也能从同学身上有所收获，并且巩固同学之间的友谊，打开与大家交流、沟通的渠道，这种回报也是非常值得的。如果我在大学的时候没有和同学搞好关系，后来做新东方就不会有那么多同学可以合作。这其实是一个长久的回报体系，也是一种长久的投资。

但是，如果我们一天到晚都在和同学喝酒聊天，同样的话说了一万遍，同样的笑话听了几百遍，自己也不断重复讲同样的话，沉溺于这种循环往复中，收获就会越来越小，边际效应就会越来越低，直至等于零。这种情况等于将所有的时间、精力花进去，收获却是零。当我们收获是零的时候，就是纯粹地浪费时间、浪费生命。

从我个人来说，我会将一天24小时划分成几个板块。例如，如果我决定用两小时来读书，那么我首先会想好要读哪本书。在读书的时候我还会进行判断，如果我本来选定了一本书，读了半小时发现没有收获，那么我会迅速换一本书。如果读一本没有收获的书，仅仅是因为预先决定必须要读这本书，没有收获也要读下去，那么实际上就等于犯了一个错误后，还坚持走在这个错误的道路上。

所以，我这两个小时读书的时间，可能是认真地读一段文章，可能是大致浏览两本书，也可能是把一本书很认真地读了一大半，总之我认为这两个小时的阅读时光必须是要有回报的。这种回报包括三个方面：通过读书，我从书中真正学到了东西；通过读书，我丰富了自己的思想；通过读书，我的某方面能力得到了提升。

投资必须有回报，而且回报一定是越大越好。同时，回报也有短期和长期之分。花时间与同学建立友好的关系是一种长期回报。花时间进行体育锻炼，表面上好像花了时间没有得到什么回报，但从长远来说，我们进行体育锻炼，可以使身体更健康，使生命长度拉长，我们未来能够做更多事情。

人生苦短，如果想要活得更充实，精力和时间应该用投资与回报的概念来计算。这种理性的计算，表面上显得很功利，但实际上是让我们的生命能够在同样的时间之内焕发更多的光彩，获得更多、更大的收获。同时，我们还需要考虑我们投入到哪个方面边际效应会最高、回报会最大。这样一来，我们就会知道哪些事情是真正重要的。重要的事情，我们就要尽可能花时间去做。

当我们养成这种思维习惯后，生命就会逐渐变得越来越精彩，走向事业成功的可能性也就越来越大。

第四章　用心

做人像水，做事像山

所谓"做人像水",

就是做人尽可能向低处走,

对别人谦虚,向别人学习,不耻下问。

"做事像山",

就是做任何一件事情,

只要确定了目标,

就必须像爬山一样爬上去,

要有山一样坚定的意志和不可动摇的决心。

为人的九大素质和四不糊涂

我对自己的要求是要做一个有个性的人，但又是一个圆润的人。

我在北大当过几年老师，出来以后一直把自己当成一个知识分子。我下面要讲的是一个知识分子应该具备的素质，但实际上也可以推而广之，看作是任何人都应该具备的素质。

第一个素质是有个性，但是却能圆润地表达出来。个性，不是指脾气好坏，是你作为一个独立的人能被世界认识，不是窝囊废、不是摇摆者，有自己的主见、对生活有看法、对朋友有选择标准，并且能坚持，这叫个性。当一个人变得成熟，个性才有施展的余地。不然，你走到哪里都有可能与人发生摩擦，因为你有个性别人也有，你乱发挥个性别人就会把你顶回来。

任何人的自由都是以限制自己的某些行为为前提的，当你自由到想杀人放火的时候，你的自由很快就会消失。

我对自己的要求是做一个有个性的人，但又是一个圆润的人。有个性并不是脸上刺青、鼻上戴环，而是有自己的主见、自己的价值观、自己的主张。我也知道，要把新东方做长久，就必须要"圆润"。我在清华大学跟学生座谈时说："清华、北大的学生什么都不缺，唯一缺的就是谦虚，怎么谦虚都不过分。你们提问题的眼神和语言都是特别过分的，对我这样的人都过分的话，你们对社会上其他人的过分可想而知。所以，不要做一个有知识但却无知的人。"人最怕的就是有知识但却无知，知识和有知、无知完全是不同的概念。

第二个素质是思想可以敏锐，甚至可以尖锐，但是不能极端。在网络上对什么事情都骂骂咧咧的人就是极端的人。做愤青没有问题，但是做一个无厘头的愤青，一个没有价值观的愤青，就是一个严重问题。

我的思想有时候也是很敏锐的，我在微博上发的言论是很尖锐的。有时候领导给我打电话："俞老师，你说话要稍微缓和一点。"尽管我有自己的思想，甚至是对社会尖锐的批评，但我是有底线的，我抱着对社会的希望，认为不管当前处于怎样的状态，中国的社会总会走向更美好的明天。

人不能没有自己的思想，不能没有对于各种事情的看法，你可以明确地表达自己的价值观和思想，但是不能走极端。有极端思想的人到最后都会出问题，有极端行为的人大部分都在监狱里。理由非常简单，这个社会需要思想，但不需要极端的思想和行为。

第三个素质是在专业领域要拔尖，但同时要博学通识。我的专业领域最初是英语，但是英语还是太宽泛了，听、说、读、写到底专攻哪个？听、说、写都不是我的专长，读还可以。后来我觉得既然那么多的学生需要背单词，那我就搞词汇研究，让词汇成为我的专长。现在培训教育的管理成了我的专长。如果要找中国培训教育管理的专家，我应该是其中一个。

人的一辈子总要有一个专业、一个领域能让你作为自己的依靠，不管在什么时候都能拿它来当饭吃。

博学通识指的是各个领域都要懂一点。民国时期的很多知识分子在某个领域都是大家，但实际上他们又通达很多其他领域。陈寅恪是搞历史研究的，同时对物理、化学、地理、人文、考古也非常精通。只有博学通识，你才能用更加全面的眼光来看问题，也才能让自己触类旁通。那怎么才能做到博学通识呢？最重要的还是要多读书。我对新东方老师的要求非常简单，每年要读30本书，而对员工的要求是每年读20本书。

另外，我建议大家一定要精读几本书。有的书是用来翻阅的，有的书是需要一页页读过去的；有的书是读过一遍后一辈子就不再碰的，有的书是可以连续读几遍甚至几十遍的。

第四个素质是要保持人格尊严，但是要以"仁"达天下。有些老师教育孩子是以摧毁孩子人格的方式，有些家长教育孩子也是用摧毁孩子个性、人格和独立思想的方式，这样做的恶果之一就是以后孩子们一旦碰上事情就可能会没有底线。

我希望所有人都能够发自内心地尊重身边的人，从平等的角度来看待人与人的关系。

除了尊重人格，我们还要发扬中国文化中最核心的一个点，即"仁"。所谓的"仁"就是同情心、慈悲心、悲悯心。作为一个人，应该做到"穷则独善其身，达则兼济天下"，能做一点好事就做一点好事，不能做好事就把自己做好了。

在我还没有真正弄清楚"仁"的概念的时候，新东方有人贪污，我最多让他把贪污的钱吐出来，然后就放他走。后来我发现这样不对，实际上我是在纵容他，让他以为原来做了坏事不会被惩罚，以后他还会去做坏事。所以后来新东方内部凡是出现触犯法律的员工，我就把他送进监狱。

一个社会能够扬善，一定是因为它有惩恶的能力，比如对特权的惩罚、对贪官的惩罚、对奸商的惩罚、对坏人的惩罚。胡适曾经说过："一个肮脏的国家，如果人人讲规则而不是空谈道德，最终会变成一个有人味儿的正常国家，道德自然会逐渐回归。反之，一个干净的国家，如果人人都不讲规则却大谈道德，谈高尚，天天没事儿就谈道德规范，人人大公无私，最终这个国家会堕落成为一个伪君子遍布的肮脏国家。"

第五个素质是追求财富和名声的同时要安于清贫，从清贫中发现清贫的好处。

我曾经有过在八平方米的地下室跟我老婆住两年的经历，我知道那种生活贫穷且艰苦，但是某种意义上还有点幸福。

八平方米的地下室没有窗户，空气非常污浊，因为当时我们在北京没有房子，只能住在那个地方。现在有了房子，家庭幸福指数可能真的还不如那个时候。人一无所有的时候会感觉很幸福，拥有很多东西的时候反而感觉不到幸福，这是人的欲望在作怪。

我做得还算不错，我的生活有一个标准，就是生活中绝对不拥有任何丢了会让我心疼的物质，也不拥有任何会给我带来累赘的物质。

我喜欢骑马，但没买过一匹马。我去了草原，看到哪匹马好就骑上一圈，骑完了，马一放，我就不再牵挂它了。如果我养一匹马，马生病了我牵挂，马年纪变大了我跟它一起痛苦。

我身上所有的穿戴都是扔了不可惜的。很多有钱人热衷于收集各种各样的名表，但我觉得手表唯一的作用就是报时。我手上这块表50美元，带了十多年，换了三根表带，到现在为止它还"进步"了，每过几天就增加一分钟，对我来说恰到好处，我就希望表跑得快一点，这样我参加各种活动就准时一点。

人要安于清贫。假如现在要我过一种清贫的生活，给我10平方米的房子，每个月2000元的工资，我想我还是会幸福生活的，只要满足两件事情就行：这个10平方米的房子里有一面墙全是书，这样我就有了精神食粮；给我一辆自行车，我可以没事的时候在蓝天白云之下骑行。这辈子没有汽车没关系，但至少要有一辆自行车。实在不行，如果我想周游世界，徒步走还不行吗？

既然安于清贫，那么人生要不要有追求财富和名声的梦想呢？当然要了。个人生活品质和需求不断提升，当然和钱密切相关，但更重要的是心态。既要追求财富、名声，也要安于清贫。

小时候，母亲跟我讲过一句话，叫作"穷有穷的活法，富有富的活法"。我之所以到今天为止还有非常好的心态，是因为我是一个安于清贫的人，在这个前提下去追求财富和地位。我从不跟别人比较财富、地位和名声，这些东西都是来如风、去无影的东西。如果我变成一个穷光蛋，我不会有太多的悲伤，也不会有太多的痛苦。

第六个素质是在热闹时要懂得热闹，在寂寞时要懂得升华。人的生活分成两部分，热闹的时候和孤独的时候。通常热闹的时候少，孤独的时候多。反过来的人，通常是没思想的人。一个人的时候，要让自己勤于思考，可以读书、打坐。打坐在英文中叫meditation，实际上是"思考、默想"的意思，思考怎样让自己在孤独中得到升华。孤独的时候可以写诗，可以写文章，可以阅读喜欢的著作。

我是喜欢热闹又享受孤独的人。我非常忙，但是每个月都会有两到三天尽可能与世隔绝。所谓与世隔绝，就是从早上到晚上，不回一条微信，不发一封电子邮件，手机和电脑都放在一边，自己坐在那儿想事情，或者一个人在山里徒步。这样可以让心静下来，让自己慢下来。

我曾经一个人从初十的月亮一直看到二十的月亮，从半个月亮开始，到慢慢变圆，洒下满地光辉，再慢慢变成半个月亮。从天还没黑的时候，半个月亮已经在天空中，到后来晚上 12 点，半个月亮才从东方升起来。你会发现，满月的时候，真是"月明星稀，乌鹊南飞"的感觉；但当月亮慢慢变淡的时候，星星就会一颗一颗出现，天空开始布满繁星。只有让自己的心静下来才会有这样的发现。

第七个素质是要善于表达和陈述，但不要口出狂言。不是雄辩，也不是滔滔不绝，而是善于表达，善于沟通，但是严禁信口雌黄，说话不能太夸张，不能大而无边，不能自我吹嘘，不能不讲道理，不能把幽默变成低俗。当一个人善于表达和陈述，又不信口雌黄，给人的是一种踏实又能干的个人魅力。

我看到的成功人士，尤其是社会成功人士，大部分是善于表达和沟通的。我个人成功的重要因素之一是我有不错的表达和沟通能力。在各种场合要讲话、要表达的时候，我都能代表新东方。很多人从我的讲话中感觉我人不错，愿意和我交朋友。所以，口才好是一种资源。

常常有人问我："俞老师，我什么资源都没有，怎么在社会上混啊？"我说："你自己本身就是资源，你如果不把自己当资源，你就不可能把资源聚拢过来。你必须把自己变成一个吸铁石，才能把周围的东西都吸过来。"

第八个素质是气度要大，做事要细。一个人首先要有气度，其次是做事情要细心、细致。如果从《三国演义》中找个典型的话，我觉得曹操符合这个标准。曹操能写出"东临碣石，以观沧海"这样的诗句，再加上他"挟天子以令诸侯"的气势，你就可以感觉到他的雄心，相信他绝对是一个气度很大的人，否则不会在关公过五关斩六将之后，还对关公充满欣赏。

此外，曹操布局做事的时候都非常细心，他临死时还交代自己的老婆和小妾："吾死之后，汝等须勤习女工，多造丝履，卖之可以得钱自给。"

所以，我觉得一个人如果没有气度，光有细心，是顶级糟糕的人；一个人有气度但是不细心，很容易变成一个做不成事情的人。有些人觉得生活这么难，其实很多的难处是自己制造出来的。

第九个素质是喜欢日常生活要大于羡慕浮华。喜欢日常生活，就是从日常的点点滴滴中找到自己的幸福。我们常常在寻找幸福的时候舍近求远，一朵花、一片树叶、一杯清茶、一本喜欢的书、一个喜欢的朋友，这些都是眼前的幸福。但很多人不关注眼前的幸福，关注的是怎样发财、怎样买车买房。

当然，买车买房很好，但是有些人变成了车奴、房奴，用贷款买车买房，每天恨不得 24 小时拼命挣钱还车贷、房贷。有些人把车贷、房贷还上后，车也旧了，房也漏了。有这个能力就买，暂时没有能力就先生活，买辆自行车也会幸福。关注眼前的生活，一定要大于对浮华的追求。

以上是关于一个人发展的九大素质，除此以外，人生还有四件大事不能糊涂。

第一，嫁娶之事不能糊涂。不是说嫁进富庶之家，就不糊涂了；也不是说娶一个貌美之人，就不糊涂了。其实，这恰恰是糊涂的表现。嫁娶之事糊不糊涂最重要的一个标准是，这个男人或女人是不是你一辈子都能够爱下去的。嫁娶前一定要让自己从情感中走出来，冷静一下，思考一下。

从生活角度来说，嫁娶和恋爱是两个概念。只要不结婚，你恋爱谈得怎么样都没有关系。所以，我建议大家恋爱谈得长一点，最后大家冷静思考后，如果发现这个人真的是自己想要共度一生的人，才不会有遗憾。

第二，欲望之事不能糊涂。欲望之事是什么呢？就是好钱、好吃、好喝、好色。欲望之事一定要控制。一个人要寻求欢乐，但是又要控制，这是很不容易的事情。我到现在还控制不住自己喝酒，我每次和朋友们聚会，都会告诫自己千万不要喝多。我说的不要喝多指的是不超过一斤白酒。我是个豪爽之人，也自认为是大气之人，所以一喝酒就喝醉。我喝醉了不会胡来，不会胡言乱语，不会撒酒疯，但我没有做到控制自己不醉。一个优秀的人能控制自己的情绪，控制自己的喜怒哀乐（当然这个境界是非常高的），即使控制不住自己的喜怒哀乐，在关键时刻你要知道哪些事情可以做，哪些事情不可以做。如果在贪欲上能够把控得住自己，生命的安全就有了保障。

第三，学业之事不能糊涂。你的专业、你读的书、你人生的发展方向、你的事业目标，这些全叫学业。你的学业方向糊涂了，你这辈子就稀里糊涂过去了。从我在北大学英语开始，到在北大教英语，再到出来开办新东方做英语培训，我在这个方面的思路一直没有变过。有很多人鼓动我做房地产，但是我从来没想过做这个事情，理由很简单，我做的是新东方，做的是教育，既然做教育，我就用纯粹的心来做教育。尽管做房地产能多赚一些钱，但对我来说，无非是赚了钱干什么的问题。钱少有钱少的干法，钱多有钱多的干法，赚钱是没有尽头的，放一屋子是钱，放一箱子也是钱。而学＿＿命的一部分，所以在学业上不能糊涂。

第四，＿＿之事不能糊涂。交朋友一定要慎重，酒肉朋友没有问题＿＿的朋友也没有问题，但是人生中一定要有几个朋友是＿话都可以说的。心理压力可以和他们讲，家庭矛盾可以和他们讲，这些朋友能够让你感受到这个世界上还存在幸福。因为，你总有些事情不能和老婆讲，不能和子女讲，不能和领导讲，不能和下属讲，只能和朋友们讲。

我非常庆幸有这样一些朋友。要交到永远不背叛你的朋友，我在这一点上做得还算不错，生活中有很多人都认为我是他们永远不会背叛的朋友。有很多朋友愿意把心事告诉我，我也能把心事告诉他们。

总之，嫁娶之事不能糊涂，欲望之事不能糊涂，学业之事不能糊涂，朋友之事不能糊涂。把这四点做好了，人生的幸福就触手可及。

做人与做事

做人像水，做事像山。

这个世界上永远是先做人后做事。人做不好，事就做不好。

我做人做事遵循这么几条原则：专心致志，尽善尽美；学习榜样，提高境界；建立标准，就高避低；善待生命，珍惜时光。

我跟学生反复强调，学英语从来不是如何学的问题，而是用什么样的心态来学的问题。一旦下定决心做事情，就一定要专心致志，尽可能做到尽善尽美。我从小就有一个优点，一件事到了我手里，我一般都会认认真真地做完，不做完很少去做另外一件事情。这种做事情的方法我一直保持到今天，从中受益良多。新东方的很多事，我就是用这种方法做完的。做一件事情如果能做到魂牵梦绕的程度，几乎没有做不好的。对待任何一件事情，都要有认真的态度。

俗话说，榜样的力量是无穷的。所以我们要学习榜样，提高境界。学习榜样，可以从现实生活中学，也可以从历史中学。在现实生活中，每一个人都有可能成为我们的榜样。孔子说："三人行，必有我师。"

每一个人身上都有你可以学习的地方。即使从失败的人身上，我们也可以吸取教训。像新东方的很多人虽然性格迥异，但都是我学习的好榜样。大家只要接触过新东方的高层领导，就会发现他们的性格太不一样了，优点是如此明显，缺点也是如此明显，但我从他们身上看到了我可以学习和借鉴的东西。

从历史的角度看，我们的榜样就太多了，有太多伟大的人物可以成为我们的榜样。例如苏格拉底、孔子等先贤名人。

从这些榜样身上我们可以吸取力量和智慧。马丁·路德·金可以是我们的榜样。他的演讲名篇《我有一个梦想》（*I Have a Dream*）使我们在体会英文之美的同时，也体会到了一个人如海一样的胸怀，如山一样的勇气。他为黑人社会地位平等所进行的呐喊，已经变成了全世界被压迫人民共同的声音。雷锋、孔繁森这样的优秀人物也是我们的学习榜样。他们的无私、博爱、助人为乐，为我们树立了做人做事很高的道德标准。

做事情一定要建立标准，就高避低。建立标准包括建立一个人的道德标准和行为标准。如果你建立了一条行为标准，比如决不随地扔纸、随地吐痰，那你就必须遵守这一行为标准，不能因为别人在教室里随地扔纸、随地吐痰，你就随地扔纸、随地吐痰。标准一旦建立起来，就不要去破坏，哪怕你周围所有的人都在破坏它，你都不能变，否则你就会出问题。你身边总会出现道德标准和行为标准比你低的人，你要是向他们学习，就会越学越坏。

在做人做事方面我有一句口号：做人像水，做事像山。所谓"做人像水"，就是做人尽可能向低处走，对别人谦虚，向别人学习，不耻下问。从长远来说，在把握人格尊严的前提下，为了事业和未来，哪怕低三下四也无所谓，这并不损害你的形象。很多事情都是求人求出来的。低头做人，抬头做事，韩信能忍受胯下之辱，是因为他对自己的未来有信心，小不忍则乱大谋。"做事像山"，就是做任何一件事情，只要确定了目标，就必须像爬山一样爬上去，要有山一样坚定的意志和不可动摇的决心。人不能有傲气，但必须要有傲骨。傲气流于表面，不可一世，一眼就能被人看出来，是肤浅的表现；而傲骨是精神上的，是内在的一种气质，很多有傲骨的人待人接物都很随和，心静如水，但内心有很明确的使命感和责任感，对完成自己的使命有着钢铁一样不可动摇的意志。

所谓"善待生命，珍惜时光"，就是认识到生命的珍贵，时光的美好。我们永远也不可能知道死后还有没有第二次生命，我们也没法知道灵魂是不是永远不灭。我们唯一知道的是，生命只有一次，肉体和灵魂紧密相连。我们的生命不仅仅属于自己，还属于我们的父母，我们的家人和我们的朋友。只要设想一下有多少父母因为孩子的不幸悲痛欲绝、精神失常，你就会明白，你活在世界上不仅仅为了自己。

我的生命遇到过几次艰难险阻，几次生死反复，在我从死亡线上挣扎回来之后，我倍感生命的亲切和可爱。凡是经过生死考验的人，肯定都会有我这样的感受。

有一次，我被送到医院里，抢救了两天才醒过来。当我看到窗户外面的一缕阳光射进病房时，我感动得热泪盈眶，觉得太阳就是在为我而重新升起。从此，生命对我来说拥有了完全不同的意义。我开始善待生命，尽可能去做自己真心想做的事情，去做给自己带来欢乐和幸福的事情。我开始更多地懂得如何去享受生活的情趣，懂得珍惜家庭生活，懂得珍惜友情，懂得珍惜自然。但这并不意味着我不努力工作，我工作起来依然是全身心地投入，每天工作十几个小时。但在工作之余，我开始走进大自然，走进自己的心灵深处，体验自然的乐趣和精神的感悟。

学习滑雪后，我一下子就迷上了这一运动，现在已经滑得很好了。其实，生命中很多事情都能给我们带来启迪和智慧。比如我在学习滑雪的过程中，深深体会到了"停止与速度"的关系，你只有首先学会如何停止，才有可能提高滑雪的速度，否则，你将会因为停不下来而把自己摔死。

我还到草原上学骑马，现在已经骑得很好了，草原上的牧民说我都可以参加骑马比赛了。在学习骑马的过程中，我又体会到了管理的奥妙。一匹马你骑上去，它立刻就能感觉到你是不是会骑马。如果它觉得你会骑，它就会比较老实地听你的话；如果它感觉到你不会骑，就一定不会听你的话，你让它向左它一定向右。我刚开始学骑马时，哪匹马也不听我的，后来我会骑以后，哪匹马都会随着我的心意奔驰。

在管理中也一样，一个好的管理者既能在员工中有威望，又能和员工打成一片。员工也在评估管理者的能力，一旦员工认为管理者不合格，他们就没有理由服从你。从以上两个例子我们能够看出来，生活和工作是相通的。

除了以上几点做人做事的原则外，我还想分享五句对我影响至深的话，这几句话在我的生活和工作中有着十分重要的指导意义。

第一句话是：优秀是一种习惯。这句话是古希腊哲学家亚里士多德说的。把优秀变成一种习惯，使优秀行为习以为常，变成我们的第二天性。让我们习惯性地去创造性思考，习惯性地去认真做事，习惯性地对别人友好，习惯性地欣赏大自然。

第二句话是：生命是一种过程。事业的结果尽管重要，但是做事情的过程更加重要，因为我们是在每一天的过程中生活，每一天都不幸福，就等于整个生命不幸福。

曾国藩一生谨遵的座右铭是："莫问收获，但问耕耘。"他并不是说我们不要收获。这句话的意思很简单，把种子撒进地里，种子自然会成长，长到最后自然会有收获，但是在维护庄稼成长的过程中，给它浇水和施肥更为重要。因为只有这样，种子才会长得健壮，收获才会更多。

第三句话是：两点之间最短的距离并不一定是直线。特别是在人与人相处以及做事情的过程中，我们很难一步到位就把关系处理好、把事情做好。我们有时需要等待，有时需要合作，有时需要技巧。也许理论上飞机能够在两点之间直飞，但实际上如果前面有个大气流，通常飞机只能绕着飞，必须转一个弯，绕过那个大气流飞行。我们做事情会碰到很多困难和障碍，有时候我们并不一定要硬挺、硬冲，我们可以选择绕过困难，也许这样做事情会更加顺利。在人与人的相处中，我们和别人说话还得想想哪句话更好听呢。尤其在我们这个比较复杂的人情社会中，很多时候要学会想办法谅解别人，要让人觉得你这个人很成熟、很不错，你才能把事情做成。

第四句话是：只有知道如何停止的人才知道如何加快速度。汽车的质量越高，开得就越快。比如一些非常好的车，它们的高质量不仅体现在发动机上，还体现在刹车系统上。你开这些车的时候，就敢于高速行驶，因为你知道，只要你踩刹车，车就能稳稳地停下来，不至于翻车或跑到马路外面去。但当我们开不太好的车的时候，我们一定不会开得和好车一样快，因为我们知道如果让它跑得太快，就很难刹车了，说不定就会撞栏杆或者翻车。所以说，不知道如何停下来的人是跑不快的人。

最后一句话是：有时候，放弃是一种智慧，缺点是一种恩惠。有一次我在一本书上读到这句话，开始不理解，后来逐渐明白其中的意义。我们最愚蠢的行为是太执着于自己的东西，不愿意放弃。结果呢？你捏着不放，别人就不会把他的东西和你一起分享。没有放弃就没有得到，这是再明白不过的道理。

那什么叫缺点是一种恩惠呢？如果我们是完美的，我们就没有了发展的空间。一生下来就什么都有了，这人还有什么活头？做人最大的乐趣在于通过奋斗去获得我们想要的东西。所以有缺点意味着我们可以进一步完美，有匮乏之处意味着我们可以进一步努力。

我看过一部电视剧，讲的是一位富翁给后代留下了用不尽的遗产，结果他的后代全都变成了吸毒的、自杀的、进监狱的，或者精神病患者。

为什么会这样呢？因为这位富翁给自己的后代留下的钱太多了，以至于他们不需要劳动就可以继承一大笔财产。钱的作用在于能买到物质世界里你所需要的东西，却买不到心灵的充实、真诚的友情以及真挚的爱情。因为买不到，所以很多人越有钱，心灵就越空虚，心灵越空虚，就会极力用钱来填补空虚，最后没有办法了就只能以吸毒来使自己进入虚幻的世界。

当一个人什么都不缺的时候，他的发展空间就被剥夺掉了。如果我们每天早上醒过来，感到自己今天缺点儿什么，感到自己还需要更加完美，感到自己还有追求，这是一件多么值得高兴的事情啊！

人的核心能力是被人信任

被人信任的能力会帮助你聚集大量的资源。

有人问我："俞老师，在一个人的成长过程中，最重要的能力是什么？"

想回答这个问题，我们要寻找一个人的核心，以及核心之外的东西。我们假定一个人有两个圈，像鸡蛋一样，里面的蛋黄是最重要的，是奠定我们一生的价值体系、方向体系和指南针；外面的蛋白就是第二圈，是人的行为体系。行为体系绕着价值体系，就像行星绕着恒星一样，地球怎么绕都绕不出太阳，可以近一点或远一点，但不管是近还是远，就是不能离开这个核心圈。一旦离开核心圈，你就会乱来，就像天空中乱飞的陨石，不是你把别人撞倒就是别人把你撞倒。

这个核心圈是一个人一辈子最重要的本领或能力。

那么，一个人一辈子最重要的本领是什么？当你面对别人和社会，最重要的能力又是什么？

我认为，人最重要的核心能力就是被人信任的能力。当然，你信任自己是毫无疑问的，你不信任自己，别人怎么信任你？比如你因为自己漂亮而觉得自信，脸上就会散发光彩，变得更加迷人。人是有气场的，你的气场就是内心的想法。

另一个就是别人的信任，比如别人觉得你很有安全感，在他生命垂危的那一刻，他愿意把所有的身家性命和后面的事情委托给你；当你向别人借钱，别人都不用你写借条就借给你了；当你去争取某个资源，别人超级信任你，不会担心你把他的资源抢占了；当你赚了一笔钱的时候，别人相信你只会拿自己应得的那一部分，不会把别人的钱都给吞了……以上这些都说明你有被人信任的能力。

被人信任的能力包含多少要素？一个人做到怎样才能被人信任？你需要什么样的特点和特征才能被人信任？

被人信任的能力包含了人类的一切美德，比如善良、包容、大度、有道德底线、诚以待人等。保持你所拥有的最优秀的品德，才能拥有被人信任的能力，让人相信你的过程就是你展示魅力的过程。

被人信任的能力会帮助你聚集大量的资源。1996年，我去美国找我的大学同学，这些同学都愿意回来和我一起干事业。我在北大的时候什么职位都没有，既不是有钱人家的孩子，也没有政府背景，成绩一塌糊涂，没当过班干部，就是一个普通学生。毕业以后大家就分开了，10年以后我去美国把大家请回来，他们为什么会跟我回来呢？凭我的能力，他们不会回来，因为他们不相信我是个有能力的人。当然他们的判断也可能是错误的，因为一个人的能力是可以提升的。他们之所以回来，是因为他们知道，我这个人可以骗自己，但是不会骗别人。他们相信：如果我们跟着俞敏洪回去，俞敏洪不会昧着良心骗我们。

当你被人信任的时候，未来你想要做事情或者遇到危难需要帮助的时候，调动资源就会极其容易。但是这件事情有时不是那么容易做到的。比如你看到一个机会在那儿，你怎么让同事感觉到你没有威胁性，而且你还能得到这个机会？这就是很大的本领。

一个人看到好东西就想要，这是很正常的。更有本领的人是现在看到好东西不要，相信未来有更好的东西等着他。这是个很厉害的本领，但是还有更厉害的，那就是我既不要眼前的好东西，也不计较未来有没有更好的东西，我只是觉得我放弃是正常的，只要对别人好就行。当然，为了做事你不能所有的事都放弃，该竞争的还是要竞争。我做新东方，在市场上该竞争的时候毫不手软。但即使在市场竞争中，很多其他培训机构的老大也把我当大哥，因为竞争的时候我也保持着很好的道德底线。在新东方的竞争对手中，没有人认为俞敏洪是不能被信任的。

当一个人能被自己的敌人所信任，这是最高级的信任。

难得糊涂，吃亏是福

生命只有在自我滋养的过程中，不断丰茂起来，才会有美丽的风景。我们每一天细微的努力，都证明了我们拥有向上的力量，有着不放弃的精神。

很多人都在问：俞老师，你这个年龄段怎么保持充沛的精力以及积极向上的心态？

这实际是习惯的养成。我的睡眠不是特别好，一周能有一天睡得很香就了不起了，剩下的时候睡眠都比较浅。有的时候睡不着干脆会吃片安眠药，有的时候直播比较晚，大脑比较兴奋，也会影响睡眠。

因此，对我来说，保持充沛的精力主要靠锻炼身体。我每天大概走 15,000 步左右，要坚持下去也需要一点毅力。这 15,000 步既包括我在户外的行走，也包括我在办公室内的原地跑步。我住的小区有一个小篮球场，我每天早上一次、晚上一次，抱着篮球到球场玩 20 分钟左右，让整个身体舒展开来。有时每周游泳一两次。

当一个人身体好了之后，就比较容易拥有积极向上的心态，否则身体都萎靡不振，灵魂也会萎靡不振。

我一直认为身心是一体的，不管是哲学意义上，还是医学意义上，把人的身体和心灵分开的做法是不对的，身心合一才是一个人最健康的状态。心理健康、精神健康，身体才会健康。身体不健康，又会影响心理，所以我们需要身体和心理的同时健康。身体依靠适当的运动保持健康，心灵是依靠积极乐观向上的心态保持健康，这是一个互惠的关系。

我有一个习惯，每天晚上半夜十一二点的时候，喜欢到外面的树下或者小区里的水塘边上坐一坐，让自己回顾一下一天做了什么，再想一想明天应该做什么，把心理垃圾清理一下，让心静一静。

当人面对星辰大海、浩瀚天空，看着闪烁的星星和皎洁的月亮、听着远处夜鸟的鸣叫，内心会迅速安静下来。每天清洗一下自己，这件事情非常重要。大家也可以试一试，如果睡不着觉，到户外找个没人的地方，面对大自然，哪怕面对一棵树，静一静心，深呼吸二三十下，会让心情好很多。

唐朝诗人王昌龄在《宿裴氏山庄》这首诗中写道："静坐山斋月，清溪闻远流。"意思是静坐在山上的房子前看月亮，能够听到山脚下的清溪往远方流去的清脆声音。这是一种美好的感觉。尽管现在大部分人很难有这样的环境，我们都处在都市红尘中，但我们依然可以创造出悠闲的环境，让自己的内心更加干净和清静一点，正所谓"心静自然凉""大隐隐于市"。

想要开创出新的局面，除了内心的清净与专注，在做事情上，还要注意平时的积累，不管是工作经验也好、学习也好，积累到一定程度，机会可能就突然来临了。我生活中大量的事情都是这样的，比如说我的高考，第一、第二年都没考上，但是我没放弃，第三年总分和英语单项分都超过了北京大学的录取分数线。后来我们转型做农业，努力了很长时间都没有起色，直到东方甄选的爆红。我和大家说，这有点像火山爆发。火山爆发往往会带来两个结果：一个是破坏性的，甚至是毁灭性的；另一个是建设性的。火山爆发后在火山灰所覆盖的地方，种植出来的庄稼和粮食都会蓬勃生长，种出来的水果都特别好吃，因为火山灰充满养分。这就是为什么在火山爆发的地方依然有人住，尽管大家知道火山爆发有一定的危险性。

正因为爆发的这种两面性，我们才更要往好的方面去努力。老百姓给了我们这么多信任，我们就全力以赴给老百姓更好的服务。我给新东方人提出的要求很简单，第一是坚持做好人，并且做善事。如果你愿意做好人、做善事，即使遇到困难也会逢凶化吉。如果遇到赚钱的机会，就抹掉良心，去干没有底线的事情，受害的最终还是你自己。不管是在教育领域，还是东方甄选农产品领域，我希望大家一直做好事、善事。

当然，做好事、善事并不意味着不犯错误，但只要像王阳明所说的"此心光明，亦复何言"，只要心地光明，内心没有邪念，没有坏点子、恶点子，就算做错了事情，也有改正的机会。

新东方在发展的过程中遇到过各种困难，但我们的精气神从来没有失去过。哪怕在面临转型的生死存亡之际，我们想的都是怎么自救，怎么开辟新的赛道，怎么利用现有资源去做能够做的事情。所以并不存在倒下再翻身，摧毁又雄起的逆转。

什么是新东方的精气神？我把我 20 年前写的一句话引用在这里："新东方一直致力于弘扬一种朝气蓬勃、奋发向上的精神，从绝望中义无反顾地寻找希望的精神。当世界上的一切都成为如烟往事，唯一能够珍藏心中的是我们在今天的奋斗中所得到的精神力量和精神启示。我们的心灵将引导我们，使我们能够潇洒地对待生活中的成功与失败，并在成功与失败时更奋发地努力，取得最终的辉煌。"

做一件事情成败其实并不重要，人生最终都会归于尘土。放远来看，人生一辈子是悲剧，因为没有人能够永生，死亡就是悲剧。但正因为人生是悲剧，我们才应该把每一天过得更加快乐、更加合算、更加有意义、更加充实。

我们每个人都需要思考：在死亡来临之前，我们穷尽一生，到底应该做什么？

埃及神庙中的方尖碑是由几百吨重的花岗岩制成的，方尖碑上刻着各种各样的象形文字。一块碑要花几十年的时间凿出来，再把它竖起来，常常要经过几代人的努力。我在埃及看到了山上没有加工完的方尖碑，觉得真是一个了不起的奇迹。我读过一篇专门写方尖碑的文章，这篇文章的结尾说了一句话："What's the rush if we are building something for eternity?"翻译过来就是：如果我们在为永恒建造点什么，我们有必要匆忙吗？

人的一生尽管很短，但我们也有永恒。你可以穷尽一生写一本书，像曹雪芹的《红楼梦》；你可以穷尽一生培育一种水果，像褚时健的"褚橙"。我们这一生总要去寻找一点值得自己做的事情，并且坚忍不拔地把它做完。

岁月总会流逝，生命定会老去，但是人的精神是可以不老的，人的梦想也是可以永存的。精神不老，梦想永存，这是我对自己的要求。

我一直希望未来几年我能够实现重走徐霞客之路的愿望。《徐霞客游记》我通篇读过，现在又开始重读，为重走徐霞客之路做准备。当然，我现在可以开着汽车，不用骑驴，也不用骑马。徐霞客则是走路、骑马、骑驴，在50多岁的时候把自己的双脚走废了。现在交通工具比较方便，我打算开着车把徐霞客在全国各地走过的地方走一遍，拍一两百个徐霞客之路的视频，写一二百篇重走徐霞客之路的文字，也算是对我敬仰的徐霞客的一种纪念。

我从小就是一个多愁善感的人。中国有两首曲子我听了以后常会流泪，尤其是遇到艰难困苦甚至走投无路的时候。一首是《二泉映月》，另一首是《梁山伯与祝英台》小提琴协奏曲，这两首曲子我自己都能哼哼，尤其是阿炳的《二泉映月》，我小时候听这首曲子会听哭。

我来讲一讲阿炳。阿炳身世特别苦，他是1893年出生的，他的身世颇不为当时的人们所接受。他的妈妈是一个寡妇，爸爸是个道士。当地人知道了阿炳的身世，对他妈妈施加了很多压力，最后他妈妈受不了，自尽了。

阿炳没人养，就被送回到了道士身边，阿炳就在道观里长大。道士叫华清和，擅长各种乐器，阿炳并不知道这是他的父亲。阿炳从小在道观里玩乐器。道观里有各种各样的乐器演奏，阿炳虽然没有学习音乐理论知识，也没有经过专门培训，但跟着父亲，依然学会了多种乐器的演奏。所以，从小学习一样东西特别能给孩子带来一生的寄托。

我有次回到故乡江阴，参观了一个鲥鱼养殖场。养殖场的爷爷养鱼的时候把小孙女带在身边。因为孩子的爸爸在做公司，对养鱼完全不感兴趣。孙女没人带，就每天跟着爷爷去养鱼，在水塘边上玩，没想到对鱼的感情就植入到了孩子内心。后来这个孙女长大了，从国外留学回来，居然成了养鱼专业户。可见小时候某种事或某个习惯给人带来的影响，往往是一辈子的。

阿炳就是在道观的乐器中浸泡自己，并在父亲的指导下，最后学得一手好二胡。他父亲去世的时候，告诉他真相，阿炳很震惊。后来没有父亲管了，阿炳变成了一个浪荡子，吸鸦片、逛青楼，最后得了病，眼睛也瞎了。作为一个底层人，他在生活中挣扎，找了一个底层的女人做老婆，为了谋生就在马路边上拉各种各样的曲子。

《二泉映月》是一个偶然的发现。他有一个弟子，叫黎松寿，黎松寿跟着阿炳拉二胡，其中阿炳教他的一首曲子就是《二泉映月》。这首曲子是阿炳拉的上百首二胡曲中的一首而已，但黎松寿在演奏这首曲子的时候被中央音乐学院的一名叫杨荫浏的教授听到了，他非常震惊。1950 年，杨荫浏跑到无锡去找阿炳，问阿炳拉的这首曲子叫什么名字？阿炳说没名字，想了想说就叫《二泉印月》吧，原来是印刷的印，因为已经有一首曲子叫《印月》，所以就改成了《二泉映月》。《二泉映月》就是这么来的。

现在无锡的天下第二泉，据说便是《二泉映月》中的那个"泉"。漫步在那里，我曾想象过，一百多年前，那位流落街头的音乐奇才，怀着何等的心境，创作出了如此如泣如诉的天籁。

我去无锡时，除了天下第二泉，还去了寄畅园，寄畅园边上就是惠山，惠山是无锡最高峰。说到惠山，宋代的著名词人、苏门六学士之一、苏轼的弟子秦观，他的墓就在惠山上面。寄畅园是中国四大名园之一，跟苏州的拙政园齐名，该园就是秦观的后人建造的，建造的时间是 1520 年。1952 年，秦氏后人把寄畅园捐赠给国家，寄畅园到现在也是无锡最著名的风景名胜之一。

到寄畅园去，我发现这里有很多乾隆的诗，有一些诗刻在石碑上。乾隆皇帝一生去过七次寄畅园，留下了不少诗词。乾隆一辈子写了四万多首诗，几乎没有一首出名。大概是因为乾隆久居高位，内心少了对人间疾苦的感受，也没有任何权力压迫的悲苦。他很难写出像苏东坡的"大江东去，浪淘尽，千古风流人物"，或者"十年生死两茫茫"那种让人读了流泪或者豪放壮观的诗歌。我看他在寄畅园写的一首诗，原文如下："轻棹沿寻曲水湾，秦园寄畅暂偷闲。无多台榭乔柯古，不尽烟霞飞瀑潺。近族九人年六百，耆英高会胜香山。松风水月垂宸藻，昔日卷阿想像间。"大概意思就是：我乘着轻快的小船，沿着弯弯曲曲的水流来到了寄畅园，在寄畅园里偷得浮生半日闲。这里没有多少楼阁台榭，但古木参天，还有飞瀑烟霞笼罩园林。来接待我的九位秦氏家族的老人的年龄加起来接近 600 岁，与这么多高寿之人聚在美好的山林中间更胜香山的盛会，我写下诗文歌颂这松风水月，想想即使是《诗经》中描述的景色也不如我这里美好。

你看，他的诗是没有灵魂的。当一首诗、一篇文章没有灵魂，不管你文辞多么优美都不可能打动人心，也不可能千古留名。几乎所有流传至今且出名的诗词，都是有灵魂的诗词。一个人的苦难或者一个人的不幸，某种意义上也是老天对人的奖励。

苏东坡能写出那么多美好的诗文，跟他不如意的人生状态有着紧密的关联。"国家不幸诗家幸，赋到沧桑句便工"，一个诗人的不幸往往会给他带来非常有深度的作品，这种作品对于国家和老百姓来说，就是宝贵的文化财富。苏东坡在乌台诗案后写的文字，无奈中带着潇洒，最后走向人生的豁达。

我们一生中总会遇到一些苦难与悲愁，在苦难和悲愁间走出心胸豁达，让思维升级、能力升级、眼光升级，才能带来好的结果。所以，我们不用太在意人生的各种困苦，最怕的是陷在困苦中不能自拔。只要奋发努力，不断升级，也许就上了另外一个境界。这叫作历尽艰难，方得始终，就像苏东坡所写的那样："回首向来萧瑟处，归去，也无风雨也无晴。"

苏东坡在人生经历千难万险后，终于发现原来有些事情不值得计较，后来便寄情山水，正所谓"惟江上之清风，与山间之明月，耳得之而为声，目遇之而成色，取之无禁，用之不竭，是造物者之无尽藏也"。苦难失意时，不妨看看大自然，这是老天送我们的无价之宝。

我有一次去拜访陈佩斯，在他的工作室，看到那里挂着一幅他自己写的字画。他写的字是介于甲骨文和篆书之间的一种字体，古朴苍劲。这幅字画是他抄录了郑板桥的一首词——《沁园春·恨》。

陈佩斯是喜剧演员，但他的文化功底相当深厚，李白、苏东坡的诗词张口就来。郑板桥是清朝画家和书法家，"扬州八怪"之一，也是个性特别张扬、不愿意被束缚的一个人。陈佩斯录写郑板桥的《沁园春·恨》，就是表达自己不愿意受束缚，打破一切规矩的心态。

　　这首词的原文是："花亦无知，月亦无聊，酒亦无灵。把夭桃斫断，煞他风景；鹦哥煮熟，佐我杯羹。焚砚烧书，椎琴裂画，毁尽文章抹尽名。荥阳郑，有慕歌家世，乞食风情。单寒骨相难更，笑席帽青衫太瘦生。看蓬门秋草，年年破巷，疏窗细雨，夜夜孤灯。难道天公，还箝恨口，不许长吁一两声？癫狂甚，取乌丝百幅，细写凄清。"

　　大概意思就是：花也是无知的，月也很无聊，酒喝下去也根本没法消愁。我要把长得非常茂盛的桃树砍断，要煞人间的风景，把漂亮的鹦鹉也煮熟做下酒菜。我要把砚台书籍焚烧掉，把琴棋书画都砸烂撕掉，销毁所有的文章，所有的世间功名都不要了，我要学习荥阳郑家。

　　"荥阳郑"是一个什么故事呢？讲的是一个名叫郑元和、出身于官宦家庭的公子，他看上了一个妓女，叫李娃。两个人恋爱，身上的钱却被老鸨骗光，最后在路上沦为乞丐，靠唱山歌糊口。后来李娃不忘郑元和旧情，给他钱，郑元和最后考取了功名。这是中国古代传统戏曲中的故事，郑板桥就将主角引为知己，表示宁可像荥阳郑这样天天去要饭，也要自由自在地活着。

　　这首词下阕的意思是：我天生就是单寒骨相，天生就是个穷命，没法改变，头戴青帽，身穿青衫，一幅寒酸样，我穿着衣服，衣服都罩不住我，都漏风。长期住在破街陋巷中，蓬门秋草内，窗户也挡不住风雨，夜夜伴随孤灯渡过。到这时候你老天爷还要封住我的口，不让我叹一口气吗？所以我疯癫了，取出乌黑的布，在上面写出自己心中的凄凉之恨。

　　这是表达一个人想要挣脱束缚的感觉，一种天当被、地当床，一切荣华富贵都没有意义，"忍把浮名，换了浅斟低唱"的感觉。在清贫之间长存某种气概、某种骨气。陈佩斯也是一个有铁骨的人，所以他喜欢郑板桥这首词也就不足为怪了。

说到郑板桥，我比较喜欢他写的"难得糊涂"。我小时候农村的家里，我父母挂在墙上的一幅字就是郑板桥的"难得糊涂"。这个很有意思，我父母都是不认字的农民，他们怎么会挂郑板桥的这幅字呢？后来我想想，这背后其实包含了农民的生活哲学。

郑板桥有两幅字很有名，一幅字叫"难得糊涂"，另一幅字叫"吃亏是福"，表达了农民典型的生存状态。农民往往没有能力跟其他人计较。所以被人欺负也好，被人不公平对待也好，或者被老天爷欺负，自然灾害来临，一场暴雨、一场冰雹就把庄稼全部冲毁砸掉，你只能忍。农民找的心理支撑就是"难得糊涂"和"吃亏是福"。

没关系，我糊涂一点，不精明，你爱怎样怎样，你爱欺负我欺负我，吃亏是福，我吃亏活着挺好。我后来就明白为什么我父母在自己不认字的情况下，会把"难得糊涂"挂在墙上。

生命如流水，无声无息，流过万物，这是不可阻止的自然规律。有水的地方就会有丰茂，生命只有在自我滋养的过程中不断丰茂起来，才会有美丽的风景。我们每一天细微的努力，都证明了我们拥有向上的力量，有着不放弃的精神。唯有如此，我们的生命才能源远流长，滔滔不绝，或者走向"潮平两岸阔，风正一帆悬"的壮阔。

拥有美好生命的三个要素

人与人之间思想的不同，或是领悟的不同，会带来人生更大的不同。

人通常会分成三种。第一种人，不管遇到什么情况，都会看到未来的美好。你说他是乐观主义者也好，还是说他对未来充满信心也好，这种人通常都会在世界上有一席之地，因为他们从来不会向命运低头。

还有一种人，明明困难不是那么大，他非要把困难放大到仿佛全世界的苦难都压在他身上一样，这种人就是悲观主义者。

除了乐观主义者和悲观主义者以外，更多的人群处于中间状态，不知道自己有什么样的未来，也不知道自己的痛苦在什么地方，就像朽木一样在大江中漂流，不知道前方是哪儿，没有发动机，也没有指南针。

我认为，拥有美好生命的第一个要素是选择。人生是来经历精彩的，也是来经历痛苦的。有极少数人忍受不了痛苦自杀了，也有极少数人忍受不了压力精神崩溃了。我们的生命中没有什么救世主，我们想变成这三种人当中的哪一种人，是由自己选择的。

　　我选择的是不管遇到多少荣辱和委屈，始终对人生充满期待的阳光心态，同时对周围的人充满善意。做出正确的人生选择，这是走向阳光生命的唯一道路。

　　第二个要素是执著。我们要分清楚什么应该执著，什么不应该执著。我之所以直到今天依然还显得很有活力，也是因为我的执著。我执著于每个学生、每个家庭的健康成长，我执著于新东方每个老师、每个员工的进步，我执著于从书本上孜孜不倦地汲取营养和知识，我执著于朋友之间的真挚友情，希望能够以最大的力量去帮助他们，这是我的执著。

　　我从来不执著于对金钱的追求，不执著于表面的光鲜，不执著于社会地位，不执著于穿什么样的名牌。我的很多衣服都非常普通，虽然便宜但也不难看。我执著于自己的钱应该怎么花，我执著于把钱花在买书上，我执著于把钱用于建立一所又一所的希望小学上，我执著于新东方每年要为两千多名农村地区的大学生发奖学金，我执著于每年花钱培训农村地区三千到四千名老师。

　　我从来不执著于权力，但执著于选择自由自在的生活。当你知道了什么该执著什么不该执著的时候，人生就有了一定的明确方向，有了这样明确的方向，即使你没有具体的目标也会往那个方向走。我们其实不容易想清楚这辈子到底想干什么，我到今天为止也不知道我这辈子最后会落脚在什么地方，到底是身败名裂还是永垂不朽，但是我知道路就在我的脚下，脚就在我的身上。当我还没有失去自由的时候，我至少有选择把脚步迈出去的权利；当我的眼光还能看到地平线之外的时候，我至少有选择走向远方的权利。

我小时候有幸生长在长江边上，每天听着江涛声入睡，那种"江流天地外"的感觉，是长江从小赋予我的。

当时的长江还是一片一望无际的芦苇荡，芦苇荡外面常常有大轮船开过，几千吨到上万吨的船一直可以上溯到武汉。当时的江水还很清澈，当时我印象中的夕阳比今天更美，朝霞比今天更加灿烂。

那时我几乎每天都会在江边待一会，听到轮船从江里开过的时候，我的心就会不由自主地飞过去。一行行大雁在长江边上飞过，到现在我闭上眼睛还能体会到那种感觉。

很多年前，我刚好在10月大雁南飞的时候到了加拿大。加拿大有一条河叫弗雷泽河，我坐在河边的芦苇荡旁看着夕阳，突然看到很多很多大雁飞过去，让我动情地想到了自己小时候。

《鸿雁》是我最喜欢的一首歌。小时候的生长环境，让我明白人应该心向远方，让我知道一辈子当农民不是我想要的生活。因为我小时候的那么一点志向，后来我终于走出了农村。

人和人有很大不同。我小时候的伙伴，他们也是跟我一起每天看长江，但他们就没有感觉，到现在他们在长江边上依然没有感觉。为什么我一看到长江就会心潮澎湃？今天的长江早已没了往日的风采，江边房屋林立也缺失了浩荡之气，但是我毫无疑问是长江培养出来的儿子。

人与人之间思想的不同，或是领悟的不同，会带来人生更大的不同。我是一个愚钝的领悟者，但是我至少领悟到长江给我的启示，我永远也不可能达到智者的境界，但不管怎样我领悟到了人生就是要不断地往前走。

坦率地说，我知道自己人生的磨难远远没有经历完毕。如果说人一辈子要像唐僧取经一样经历九九八十一难的话，我把我经历的或多或少的难都算上，现在可能连一半都不到，所以我必须不断鼓起勇气去面对不管是找上门来的，还是我自找的各种各样的痛苦、困惑、苦难，甚至不幸。

第三个要素就是爱，这个非常重要。爱自己的事业、爱自己的家人、爱周围的朋友，甚至爱得罪你的人，给你造成过痛苦的人，我觉得这是胸怀。爱和胸怀是连在一起的。没有胸怀的人要不就是溺爱自己的孩子，要不就是偏爱，要不就是乱爱，要不就是只爱自己。有胸怀的爱是对于人类责任的爱，对于社会使命的爱。

作为一个教育工作者，我拥有着对于学生的爱，对于学生背后家长们的爱。我拥有对于学生前途的深刻关切，希望每一个学生不管是成绩还是个性、人品，以及人格都健全成长，希望我们的孩子能够经受住打击，经受住考验，经受住挫折，能够傲然挺立在地平线上大声呼喊"我是一个真正的人"。这就是教育工作者的使命。

每个教育工作者都承担着让中国社会变得更好的使命，相信中国多一个读书人就少一份动乱，多一个理性的人就多一份发展。

中华民族长久的延续和繁荣靠的不是政治、不是经济，不是人与人之间的人情，不是互联网和高科技，靠的是我们每一个人都能把自己的力量、智慧、善良贡献给这个社会，贡献给你周围能接触到的、不能接触到的人。

我们应该做于国于民有利的事情，或大或小，或多或少。只有我们带着使命感和责任感一起努力，才能让中国的发展更加繁荣，才能让我们的人民更加受到世界人民的尊重，才能让中国真正带着尊严融入世界。这是我们的责任，也是我们对中华民族的爱。

让我们拥有激情，勇于选择自己的道路，让我们拥有正确的执著，让我们用爱和胸怀、责任和使命，一起把这个世界打造得更好。我们不需要做太多的事情，只要我们每一个人都能做得更好，这个世界就会更好。

实现目标的两条原则

任何一个大目标都可以通过分解成许多小目标来实现。

如果你想去哈佛大学读书，但你只是一个中国普通高校的学生，而且学习成绩不是很好，TOEFL 和 GRE 成绩也不是很高，那么在这种情况下你还能去哈佛大学读书吗？

答案是肯定的，你可以分成几步走。第一步，毕业后先不要急于留学，找一个好单位或者一个优秀的科研机构工作，选定一个专业领域拼命地努力，这样一两年下来，你很可能就有了成果。有了成果，你就有了一定背景，也许这时你还是没有哈佛大学的入学资格，这时候你可以走第二步。先申请到美国一所排名没那么靠前的大学去留学。假如你到这所大学去读硕士，毕业后在美国的另外一家科研机构工作一段时间，这时你再申请去哈佛大学读博士，也许就具备了去哈佛的资格，从而实现自己的梦想。

在做事的过程中，要实现一个比较大的目标并不难，只要能做到以下两点。

第一是你每天要努力比别人多做一点儿事情。比如别人一天学习 10 个小时，你就一天学习 11 个小时。这样一年下来，你就比别人多学习了 365 个小时。别人一天背 100 个单词，你一天背 110 个。这样一年下来，你就比别人多背了 3650 个单词，最后别人的词汇量是无法和你相比的。

你定下了目标，要做的不是天天看着这个目标兴叹，而是要脚踏实地地去做，而且要比别人多做一点儿。

第二是任何一个大目标都可以通过分解成许多小目标来实现。如果你不能一下子实现最大目标，只要一步步踏实地向前走，实现一个个小目标，最终就能实现最大目标。每一个小目标的实现都是为你下一个更大的目标做准备的。

在这里我想举一个朋友的例子。他只是一个中专毕业生，但是最后去了哈佛大学肯尼迪政治学院读书。他中专毕业后分配到河南一个小县城的县政府工作。工作两年以后，他觉得工作平淡无奇，周围的人不思上进，而他是个有上进心的人，想要生活得更好。于是他辞了工作，背着个破书包来到北京，在北大旁边租了个小平房，开始自学高自考（高等教育自学考试）的课程。

在北京学习了三四年后，他终于通过了考试，拿到了高自考大专的文凭。在学习过程中，他认识了一些北大的老师和同学，这些人就鼓励他考北大政治系的研究生。于是，他拿到自考大专文凭后就开始准备北大政治系研究生的入学考试。经过两年艰苦的努力，他考上了北大政治系的研究生。

在北大读了三年研究生后，他想毕业后留在北京工作，并没有想到去国外留学，但是他看到周围的很多同学好像都有留学的打算。一个偶然的机会，他认识了新东方的老师。新东方老师给他分析后，觉得他出国留学很有希望，唯一要准备的就是通过 TOEFL 和 GRE 的考试。于是他一边工作，一边努力备考 TOEFL 和 GRE。因为英语基础不是很好，他准备了两年多，终于考到了不错的分数。有了 TOEFL 和 GRE 的分数，就有了留学最基本的条件，他就开始联系国外的大学。开始的时候，他只是想联系美国一般的大学，但是在朋友们的鼓励下，他有了联系更加优秀的大学的想法。

他抱着试试看的想法开始联系哈佛大学、耶鲁大学等名校，最后被哈佛大学录取了。但是哈佛大学没有给他奖学金，他又到处借钱做自我担保。在签证面试时，签证官一看他是去哈佛大学读书，只例行公事般地问了他几个简单的问题，就给了他签证。

因为没有奖学金，他带着方便面去了哈佛大学，到了哈佛大学后过得很艰苦。第一年他拼命地学习，取得了优异的成绩，第二年哈佛大学就给了他奖学金。1999 年 7 月，他以优异成绩从哈佛大学毕业，后来在世界银行工作，年薪很可观。2002 年他回到中国，寻找发展的机会，后来在某省的财政厅任职。

他的奋斗过程很艰苦，也很令人佩服。从一个中专生奋斗到哈佛大学毕业生，他用了十几年的时间。开始的时候，他也没有想到自己能去哈佛大学读书，他只是想取得大专文凭。但第一个目标达到了，肯定会有更高的第二个目标；第二个目标实现了，肯定会有更高的下一个目标。

榜样的力量是无穷的。他有一个同学听说他去了哈佛大学，就想既然他能去哈佛大学，我又不比他笨，我凭什么不能去。这位同学是一位记者，而且在国内小有名气，觉得自己一定行。他辞去了自己的工作，来到新东方学习 TOEFL 和 GRE，学习一年多后，TOEFL 和 GRE 都取得了极为优异的成绩。后来，他被哈佛大学肯尼迪政治学院录取了，学习公共管理专业，并且获得了全额奖学金。

有时你并没有意识到自己的潜力，而另外一个很普通的人给你做了榜样，这时你就会产生足够的信心和力量。一旦有了信心和力量，事情就比较容易做成了。

认真的事情可以玩出来

"一个会生活、会工作的人，是能够把严肃的工作和放松的玩乐结合在一起的。**"**

有一句话叫作"Work hard, play hard"，就是"拼命工作，拼命玩"。这句话的意思是，工作的时候要认真把工作做好，放松的时候要尽情地玩，让自己放松下来。

一个会生活、会工作的人，是能够把严肃的工作和放松的玩乐结合在一起的。所谓"认真的事情可以玩出来"其实还有着另外一层含义。"玩"实际上是指一个人应该用玩乐时的轻松心态来做生命中很严肃的事情。主要包含以下几个方面。

平常心

千万不要把任何事情看得太严肃，把结果看得过重。我们的人生本身就是一出大戏、一场游戏，最后结局都一样，都会离开世界走向死亡，没有人是永生的。我们到底能够活到多少岁、什么时候离开人世，也没有人可以预料。因此，活着的时候，尽可能过得愉快、放松和充实，就变得非常重要。

从这个意义上说，我们一开始就要有一种愉快、放松的心情，不去管太多的成功或失败，用这样一种心境来生活，生命才真正值得。

得失心

不要过分在乎输赢。无论是学习考试还是创业工作，你都会面临无数的对手，在竞争中会有各种情况。比如，有些人在学校时成绩很差，但在毕业后事业却做得比其他人好；有些人学习成绩一直非常不错，但毕业以后却处处不得志。每个人的人生都是输赢参半的。

人生没有永久的失败，不管我们做什么事情，都是有赢有输的。你如果把输赢看得太重，让人生成为悲剧，就是跟自己过不去。就像你参加一场球赛，你不会因为输了就不活了，无非是重新再来一场，下一场尽力去取得胜利。

对于心态极好的人来说，能参与球赛这件事情本身就已经是一件幸福的事情，输赢完全不在思考的范围内，这也是为什么英文中所有球类运动前面的动词都用的是 play，就是因为它们本质上都是玩乐。如果有这样的心态，做任何事情就无所谓成败，只享受参与的过程，这就是另外一种高级玩法。

归零心

做任何事情，给自己一个重新开始的机会。有些人在生命中玩到一半玩不下去了，就选择自杀；有些人失去了自己的恋人，觉得这辈子再也不可能有人爱自己了；有些人失去了事业，觉得再也不能从头开始。这些都是对人生持有过于严肃的、钻牛角尖儿的心态。

一个人非常重要的一种能力就是清理能力。过去发生的事情，那就让它过去。我们要有从头开始的心态，能够放弃一切从头开始。当你做一件事情不成功，可以从头开始，尝试的次数越多，经验越多，最后成功的概率就会越高。

以兴趣为核心

玩乐的心态一定要以喜欢和爱好为核心。当你喜欢一件事，无论成败都会很开心。比如，你喜欢数学，不一定非要成为某个顶级大学著名的数学教授，可能做一道小学的数学题你就很开心。为什么小孩子玩什么东西都特别开心？因为他们没有功利目的，也不追求输赢。一个小小的玩具能玩一天，一首诗歌可以背诵几百遍，孩子们大多追求自我开心。

我们长大后完全不会认为泥巴有什么好玩的，但是小时候我们把泥巴弄成各种形状，互相抹在身上觉得很有意思，这就是因为纯粹的喜欢。把喜欢作为做事情的核心，就已经带有了非常深刻的"玩乐"概念，如此一来外在的评价和结果输赢就变得不那么重要了。

如果能做到以上四点，你就有了对于一个人的成功非常重要的玩乐心态。但是纯粹拿自己的人生闹着玩，既没有人生目标，也没有事业热情，并不是我所提倡的。这种瞎玩、混日子是没有任何意义的。真正会玩的人是能够把自己的人生玩到一定境界的人，而不是把自己的人生越玩越低级。

如何培养人格魅力

> 坚定不移地走向目标，同时还拥有人性的温暖，这两点实际上构成了人格魅力的重要特征。

人格魅力是特别抽象的概念，我们很难一句话解释人格魅力是什么，但任何一个概括的东西都可以分解出其组成部分，就像我们能品尝出一锅菜里都放了哪些食材。

在一定程度上，我们能还原人格魅力的组成，或许不够完整，但至少能够发现一些端倪。

第一，广博的知识结构。我曾有过这样的经历，某个人给我的第一印象是其貌不扬，但当你和他进行 10 分钟的交流后，对他的钦佩就会油然而生。原因很简单，他在讲话中体现了非常宏大的知识结构和独到的见解。

一个不学无术的人，无论他外表多么漂亮、英俊，一旦开口说话你就知道他是个草包；而一个其貌不扬的人，在开口之后体现了广博的知识结构和对事物独到的见解，你就会对这个人产生钦佩，他也会对你产生吸引力，人格魅力开始产生。

即使亚历山大再让人生畏，他也会倾听亚里士多德的声音；柏拉图和亚里士多德再有智慧，他们也会去聆听苏格拉底的教诲；颜回等人再能干，他们还是会坐在孔子的旁边一起探讨知识和哲学。这些都是个人的知识和智慧带来的气场。所以，一个人知识的深浅和广博程度，构成了一个人在人群中能否被人看重的一个重要特征。

第二，积极的心态和做事的雄心。有些人没有广博的知识结构，但依然会有人格魅力。比如，刘邦承认自己是个不学无术的人，也没有读过太多的书，但他有一种面对人生的积极心态，他的内心是大度而广阔的。他能够冒着生命危险，释放手下奴隶，自己的人格魅力也由此体现。他和战士一起唱"大风起兮云飞扬，威加海内兮归故乡"，这也表明了他的积极心态和内心豪情，以及作为领袖的雄心，体现出一种身为大丈夫，拥有鸿鹄之志，希望在世界上闯出一片天地的心态。

积极的心态，小到对自己的生活、家庭、事业充满信心，大到对整个世界有征服、改变之心。当一个人怀有积极心态、勇往直前，他自然能产生一种吸引力和气场，会不自觉地把愿意追寻他的人吸引过去。

第三，理想吸引。有的人拥有一种坚定的理想志向，从而产生一种人格魅力，吸引大家一起勇往直前。

毫无疑问，任何事业的创造只有描述出一种理想状态，才能够吸引人不断向前。理想吸引实际上是把大家团结在一起。一旦你为了理想而行动，就变成了战士，遇到再多的艰难困苦，你都必须和战友共同前进。这种引领大家共同前行，甚至是冒着枪林弹雨、不顾生死为理想的实现而奋斗的精神就变成了一种人格魅力。当你有这样的能力，让所有的人跟你共同前行，你就拥有了一种领袖的魅力。

第四，共同的信念和利益。当我们有共同的信念时，即使不会带来任何现实中的利益也是非常有用的。信念的力量有时和利益没有关系，但能在精神上产生巨大的推动力。

利益也是一种力量。对于公司、事业，尤其是营利性事业来说，能够让大家共同分担艰苦、最后利益共享，也是领导人的重要人格魅力。

第五，坚毅和坚定不移的品格。一个有着坚毅和坚定不移品格的人，往往会让人感到敬畏并且愿意追随。因为你知道这个人是不可动摇、百折不挠的，任何困难都不能阻止他，这样的人会给人一种信念感和安全感。与坚定不移相配合的是这个人依然要有人性的温暖，知道关注他人的利益和情感，这会使他赢得更多人的追随。

坚定不移地走向目标，同时还拥有人性的温暖，这两点实际上构成了人格魅力的重要特征。有了这样的特征后，一个人就能够聚集一群人不断向着目标努力。

以上这些是我认为人格魅力最重要的特质，包括广博的知识结构、积极的心态、理想的吸引，共同的信念和利益，还有坚定不移的品格以及人性的温暖。当一个人拥有这些特质，并且能够引领大家前行，事业成功的前景就展现在了眼前。

五步打造你的人脉圈

最强大的人脉基础实际上来自共同的价值观和信念。

人脉，对于个人发展非常重要。人是社会动物，人脉是一个人让自己过上好日子的重要因素之一。一个有人脉的人，在需要帮助的时候，总能找到愿意帮助自己或者志同道合的人

那么如何积累人脉呢？ 最重要的是要把自己变成一个有用的人。只有这样，别人才能用到你，也就是有所谓的利用价值。比如，你有某种专业知识，其他人为了请教你这方面的专业知识，就会对你比较敬重，并且愿意和你建立友谊，给予回报。把自己变成一个真正有用的人，才能够积累人脉。不要总是想着去利用别人，要先成为一个有价值的存在，先对别人有用。

从现实角度来说，人脉关系确实存在互相利用的状态，而且也只有在这种状态下才能够持久。

人与人之间其实就是互相补充、利用的关系，即使夫妻之间也是如此。在婚姻中，如果一个人进步，另外一个人停滞不前，一个人有

用，另一个人一无是处，这样的婚姻往往会走向分裂。

作为普通人，我们需要明白，人与人之间的利用是很正常的事情，没有褒贬之论。所谓的人脉是一种健康的相互利用。我用你，你也用我，遵循简单明了、互惠互利的交换原则。我今天帮了你一个忙，未来某些时候你能帮我另外一个忙。任何单向利用的人脉关系都是不能长久的，只想利用别人的人是自私而无耻的。

建立人脉关系的大忌是你总想利用别人，却没有给别人回报。别人可以被你利用一次，但是一般来说不太容易让你利用多次。就像你向一个人借钱，如果不还的话，第二次再去借钱就会很困难。

如果你想要拥有特别坚实的人脉基础，比如跟某个人有非常好的交情，最重要的一点是在过去的某个时间，曾经无条件地帮助过别人。这件事情的重要性在于，人们不太会看重功利性的互相利用的帮助，但如果你曾经无条件地帮助过别人，那别人也很可能会在你需要时无条件地帮助你。

比如，某个人在河里差点被淹死，你勇敢地跳下去把他救了上来，并且不计任何报酬，最后你们变成了好朋友。由于你无条件地救过他，所以未来你求他帮忙，只要在他能力范围内一般都会答应，这就是无条件帮助的力量。

在现实生活中，越是不斤斤计较、无条件地去帮助别人，那么未来别人也会无条件地来帮助你，而不会过多计较。这是人脉关系最好的状态之一。

如果人与人之间有过共同的战斗友谊，也会构成坚实的人脉基础。大学同学之间互相请求办事会比较容易，只要不是违法乱纪的事情,同学之间往往能帮就帮。这是因为大学四年建立了非功利性的战斗友谊。

这一点在部队战士身上更加明显。在一个部队中,一个班、一个排、一个连待过的战士,即使复员离开部队很久,聚在一起依然有深厚的战友之情,彼此之间的帮助几乎是无条件的。在我身边工作过的几个人都是部队出来的,他们之间的战友情在我看来比大学四年同窗的友谊还要坚固。

从这个意义上来说,战斗环境中形成的友谊和人脉会更加牢靠。现在各个商学院经常跑到戈壁去徒步四五天,实际上就是为了在最艰苦的条件下创造一种人与人之间互相帮助和互相信赖的氛围。通过这种氛围建立起强纽带型的关系,构成人脉。

最强大的人脉基础实际上来自共同的价值观和信念。例如抗日战争和解放战争的时候,共产党党员们互相掩护、互相帮助,甚至为对方牺牲,像这样的情况只有在共同的信仰、信念下才能够发生。

所以,如果你想要建立一个更加坚固的人脉关系,与价值观和信念一致的人交往,往往是最有效的。

如何建立人生的正向循环

把生命的紧张和生命的放松结合起来，人生就会循序渐进。

我这一生遇到了太多需要咬牙坚持的事情，最后都坚持下来了。但光是坚持还不行，还得不断进步。

到今天为止，我对自己的要求是每年至少读 100 本书，听 20 门左右的网络课程，就是希望自己始终保持思想的敏锐性。我还努力写书，每年出版自己撰写的英语书、游记、散文等。这些书每年会给我带来一些稿费，我把稿费捐给农村地区的学生，又是另外一种成就感。

那具体怎么做才能在坚持中不断进步，建立人生的正向循环呢？

首先，要把外部环境变好，就是改善你跟周围人的关系。所谓的幸福，就是把你周围能够接触到的人和社会中的人际关系弄到最好。当然，这不是说你天天请人吃饭、拍人马屁，而是要让周围的人觉得你是一个无害的人，不要动不动做个事情就伤害别人，斤斤计较，各种利益拼命地争取，动不动脾气暴躁甚至把人打一顿。这意味着你把自己周围的环境弄糟糕了。

我这辈子得益最大的，就是对人好，对人善。自己吃亏没关系，只要不是原则性问题，吃亏就吃亏，无所谓。周围的朋友跟你关系特别好，你就自由自在了。你要做到不伤害别人，让人感觉到你是无害的人，最好是有益的人。如果别人觉得你是个骗子，时时刻刻警惕你，你就没有机会和别人搞好关系了。尤其未来你想找人帮忙的时候，人家觉得失败了责任我来承担，成功了所有好处都是你的，我为什么要帮你？

我当初选朋友跟我合作的原则特别简单，凡是我认为小气、斤斤计较、脾气不对的人宁可不选，我选的合作者要么是知识结构特别好的人，要么是特别正直、特别大方的人。

把自己的外部环境弄好特别简单，就是不要斤斤计较，对别人能好点就好点，能给人打水就打一打，能给人买饭就买一买，没关系，你不会少一块肉。

其次，打造好内部环境。保持心情平和，遇到任何艰难困苦都不要太在意。此外，最重要的是要有理想，没有理想、没有目标难以一直前行。只要有了理想，你就会付出努力，最后哪怕不成功也会有收获。我开办新东方时，所有的课程都是我当年出国留学考试的课程，因为我考过，所以我驾轻就熟，就是这些课程为新东方后来的发展奠定了基础。请记住这一点，生命中所有的努力都不会浪费。

内心有理想、有追求，同时保持平静、平和的心态，外部关系又弄好了，不计较生命中得失，生命就能够顺利向前发展了，但前提是要对自己严格要求。

我一直是一个比较自律的人，因为自律，会有更多的时间、更多的精力留给自己干重要的事情。我从大学开始到现在都是每天早上 6

点半起床。我很少熬夜，因为熬夜第二天 6 点半就起不来了。我特别善于利用时间，我每年听 20 多门课，都是每天散步的时候或者在去机场、坐火车的路上听的。

当你做一件事情的时候，不仅要考虑把这件事情做完，还要考虑有没有更好的办法把这件事情做好，这件事情值不值得做，做了之后的好处是什么。你把这些东西想清楚以后，做事情的方法论就有了，系统就有了，高效率就产生了。

比如背单词，最初背 50 个单词需要 45 分钟。如果忘了，过一个月再去背还得花 45 分钟，但是你第二天再重复只要 10 分钟，再后来 5 分钟 50 个单词就背完了。所以做事情一定要有方法论。

一个人实现成长，一个是往深度走，让思想更加深邃；另一个是向宽度发展，知识面越来越广。

如果你从来没有往深度走，你的思想就是浅薄的。思想浅薄就意味着没有形成系统，没有形成系统未来就很难有成就。

如果你必须读一本书，一本对你的专业特别重要的书，比如说地球物理这个领域，全世界最经典的书是哪一本？如果你想学好这门专业，这本书里面所有思想、知识体系都必须变成你的思想结构。变成你的思想结构以后，等你达到了一定学术水平就可以对它进行反驳，可以对它进行修正，但是如果你没有底层框架的话，你是没法修正的。

除了往深度走，还要往宽度走。这个世界上重大的发明和思想几乎都是由那些综合型人才提出来的。现在的学科越来越细化，导致不少人的思想反而变得狭窄。怎么弥补呢？就靠我们读大量的书。不管你学什么专业，人文、历史、哲学、科普方面的书都要去读。

读完以后你就会发现思想像是网络系统，当这张网络系统形成以后，一个想法没能解决问题，另外一个想法能来帮你的忙。所以我们要多读多学，保证大脑的灵活性，这样未来在任何一个领域，都会发现更多别人发现不了的机会。

有一个有意思的现象，你越读书越发现自己无知，当一个人认识到自己很无知的时候，就意味着在进步。

此外，要把困难当作你人生中最大的机遇。我大学时生病住院的时候很失落，但后来我想明白了，我可以去研究和学习我喜欢的东西，不用再被大学考试所累。所以大三大四我读了大量哲学和社会科学方面的著作，奠定了我在北大当老师的基础。

最后，保持适度的开心和幸福感。每个人的快乐源泉是不一样的。有的人可能坐在那儿思考就快乐了，有的人打一场篮球才快乐，有的人跑完马拉松之后身心很愉快，还有人喜欢登山。

我喜欢做两件事情：夏天骑马，冬天滑雪。年轻的时候我单双板都会，现在腰椎不好了，就只滑双板了。

很多时候压力是内在的，负面情绪越积越多，所以你要学会释放自己的负面情绪。跟朋友聊聊天、一起散散步，大学生在晚上熄灯以后参与卧谈会，这些都是释放自己负面情绪、让自己产生多巴胺的好方法。实在不行喝杯咖啡、吃块巧克力，都能让你在一定程度上放松身心。

把生命的紧张和生命的放松结合起来，人生就会循序渐进。20岁不成功30岁成功，30岁不成功40岁成功。所谓成功不一定是获得地位和财富，你可以追求生命的快乐，追求生命的质量。

不管怎样，生命中彩虹般的日子，是我们自己可以创造出来的。

"自律"这件事，用对方向就不再难

想要过好一生，那就要尽量少用自律，要多用爱好，多用天赋。

自律，英文叫作 self-discipline，就是自我管理。自律其实是一件非常痛苦的事情，因为它跟我们人性中的一些基本特征相违背。比如说，跟我们的欲望、我们的愿望、我们希望得到的东西相违背。跟人性的舒适度相违背的东西，当你要去做的时候，往往会感觉到困难、痛苦，因为需要调动你的决心、你的意志力。而调动决心和意志力是会消耗能量的，能量消耗得多了，你就会感到疲惫，你就很难坚持下去了。

这就是为什么大多数人制订了很多发展计划，哪怕这些计划再理性，回过头来看的时候，其中的一些可能还是没完成。

如果你制订的是月计划，为了保证完成计划，你需要在这个月内不参加朋友聚会、不看电影、不听音乐、不刷短视频、不打游戏，需要通过自律来完成计划。到最后，你会发现大部分人很难完成全部计划。

为什么完不成？因为你的能量消耗完了。因为你要动用意志力，动用耐力，动用决心，它一定是能量消耗型的。持续消耗能量会让你最后筋疲力尽，导致坚持不下去。

人在面向未来时，首先会为自己做出长久且有利的判断，才会付诸行动。经济学有这样一个理论，人的一切决策包括投资、买东西都是由理性决定的。但是，当"双11"到来的时候，当你看到价格便宜一半的时候，尽管你可能并不需要这个东西，但还是会忍不住买买买，这个时候人的决策往往又是感性的。

正是因为自律是不容易的，是痛苦的，所以一个人一生如果总是用自律来要求自己，那么有两个可能性：一是这个人根本就不自律，因为自律的人不会天天喊要自律，自律已经变成了他本身行动的一部分，不需要强调；另外一个可能性是，如果你一直在要求自己自律，那么表明你做的那件事情可能并不是你喜欢做的事，也有可能是你做这件事情的方法有问题。当然，有时候尽管你不喜欢，在这个时间段里你依然要去努力，这是没有问题的；但是，如果你一生都在为一件你并不喜欢的事情去自律和奋斗，这毫无疑问就是在浪费生命。

例如，备战高考的时候，我们是可以用一段时间全力以赴，哪怕不喜欢学习也要努力。我当初高考到第三年的时候，用了整整一年时间，每天早上6点起来，晚上12点睡觉，这种自律给我带来了一个良好的结果，那就是考进了北京大学。这种自律的状态维持一段时间是可以的，一般人都可以做到。但如果是关乎一辈子的事，比如说我在北大或新东方当了老师，如果我真的不喜欢当老师，那么我每天都要告诉自己自律，因为当老师有好处，不管多么讨厌当老师都要当老师，如果是这样的话，我很难坚持到今天。事实上，当初我并不喜欢当老师，好在后来当老师变成了我喜欢的事情，我就不需要依靠自律了，会心甘情愿地去努力。

因此，想要过好一生，就要尽量少用自律，要多用爱好，多用天赋。

自律是消耗能量的东西，但如果你去做自己爱好的东西、喜欢的东西、有天赋且擅长的东西，就会增加你身体中多巴胺、催产素的分泌，会使你的内心产生愉悦感，这种愉悦感就能增加能量。这就是为什么我们常常会发现做一件自己喜欢的事情，能做十几个小时不觉得疲劳。不喜欢的事情，做了半个小时、一个小时你就想放弃。

比如说读书这件事情，我读过科学史方面的著作，读过世界观方面的著作，也读过黑格尔的讲演录，读过伯特兰·罗素的《西方哲学史》。我读这些书最多坚持一个小时，为什么？因为它在消耗我的能量，我在做一件让我痛苦但又不得不做的事情。我要说这些书都没读过，会觉得自己没文化，但是去读了这些书后，又觉得特别消耗自己的能量，其实只能叫勉强读完。

但是当我读喜欢的书，比如读一本很有意思的历史书、人文书、旅游书，当然还包括小说、诗歌、散文，凡是写得好的，我坐下来一读，可以读五到十个小时。除了间歇性地起来动动身体，让血液流动一下，其余时间都在埋首读书。为什么？就是因为喜欢的东西让人觉得不累，觉得时光如飞。

所以给大家一个重要的建议是，一定要选择喜欢的事情去做，这样才能长久地做下去。

现在我 60 岁了，还在思考人生如何从头开始。新东方要做农业平台，我为什么不去选另外一件事情做？毕竟凭着我的人生经验，还有积累的资源，我是可以选很多更赚钱的事情去做的。

理由非常简单，我喜欢农业。我在农村长大，所有的农业产品只要在我家乡能种的，我基本全种过。我从小就喜欢看着庄稼，比如说麦苗，从地里露出来，慢慢变得绿油油，经过霜打以后蓬勃生长，结出金黄的麦穗，那种与大地的亲近感给我带来无比的幸福。做喜欢的事情能给人带来能量，带来能量后你就会做得越来越长久，做得越来越好。

所以我给大家的建议是，在开始职业生涯之前，要想好你的天赋在什么地方，你的爱好在什么地方，你最想做的事情是什么。把这些想清楚了，再来选择你的职业。

当然，有的时候不一定在工作之前就能想清楚。以我当老师为例，其实我当老师的时候并不知道自己喜欢什么，我的个性是偏内向的。在大学的时候，全班同学一起聚会、开会、讨论，宿舍里卧谈，我都是在一边听，难得会说一两句话。所以我从来没有想到我能当老师。

当初我选择当老师，是因为我觉得自己自律能力比较差。我特别不喜欢朝九晚五的生活，每天早上上班晚上回来，不能迟到不能早退。

选择留在北大，就是因为比较自由，不用朝九晚五地工作，每个礼拜只要上八小时的课，剩下的时间就可以躺在床上看书，不但有周末，还有寒暑假。寒暑假加起来有三个月的休息时间。我喜欢到处去旅游，我可以用这三个月到全国各地去旅游。我喜欢这种自由自在、悠闲的生活状态。

喜欢当老师这件事情，是我在北大当了三年老师以后才发生的。

最初，我根本不知道怎么面对学生，但我不得不面对学生讲课。光照着课本讲非常枯燥，我就加入了一些故事。除了加入故事以外，我开始总结一些讲课的经验和当老师的技巧，加入一些幽默元素等，最后越来越受学生欢迎，我也因此喜欢上了当老师。

所以你是否喜欢做一件事情，往往也要坚持一段时间才知道，在工作过程中可能会慢慢喜欢上正在做的事。我们的人生一般有两条道路：一个是一开始就做了自己喜欢做的事情，一个是学会了去喜欢正在做的事情，只有这样我们的内心才能放松。我们不需要非得锻炼自律能力。相比于如何更好地自律，我更愿意告诉大家如何放松，让自律变成你的助手，而不是变成你的催命鬼。

其实，缺乏自律并不一定是一件坏事。有研究表明，不修边幅、不那么有条不紊、不那么整洁的人，常常会在创造力、想象力、创新能力上超出一般人。这也是很有意思的一种现象。当然，不包括那些因为懒散而把自己变得不修边幅的人。这是两种完全不同的人。我们常常发现很多艺术家、科学家不修边幅，甚至有的时候披头散发，但是他们创造了很多优秀的作品，突破了很多科学的瓶颈。

很多时候，你不一定要把自律用在让自己变得有条不紊上，有的人看到一个瓶子放错了地方都很难受，其实完全没有必要。只要过得去就行，把精力用在你最喜欢做的事情上，去探索、去研究，这比你通过自律把东西收拾得整整齐齐要更加合算。

如何消除内心的焦虑

> 当一个社会贫富悬殊过大，必然会给年轻人带来焦虑。

中国真正的发展是从 1978 年改革开放开始的，40 多年来，我们国家完成了别的国家可能要用上百年才能完成的事情。

我们从一个不流动的农业国家变成了一个非常接近西方发达国家的、开放先进的、人民生活水平迅速提高的国家。从这个意义上说，中国的发展和进步是巨大的。巨大的进步对人们生活产生的影响是生活不断地改变，包括社会的发展、社会关系的改变。有的人变得更好，也有的人变得更差。

变革给人们心里带来了焦虑。这些焦虑可以总结为以下六种。

第一种焦虑，是自己能否跟得上时代变化。大部分人是有惰性的，喜欢相对安逸的生活，这是人的本性之一。随着社会的不断变革，人们在心理上自然会产生某种焦虑，觉得自己已经跟不上时代了。

第二种焦虑，是自己能否跟得上周围人的改变。在固定的社会中，社会角色是很少改变的，所以大家安于现状，但是随着社会的变革，我们发现每个人的角色都开始产生变化。有人昨天还是一个你看不起的农民，今天就变成了一个农民企业家；有人昨天还是一个你看不起的普通技术人员，今天就成了一个发明家。所以，我们除了会面对自身能否跟得上社会变革的焦虑，还要面对能否跟得上周围人改变的焦虑。这种焦虑，很大程度上来自我们中国的改革开放和巨大进步。随着这样一个高速发展的社会的到来，我们的焦虑也一并而来。

第三种焦虑，体现在社会变革带来的物质财富增加，物价随之迅速提高。面对物质财富的不可企及（尤其是房子这种生存必需品），年轻人产生焦虑是必然的。这很像我当初想要去留学，国外大学不给我奖学金，要求我自己提供学费。经过计算，根据我当时的收入，我需要100年不吃不喝才能够攒够。这两者产生的焦虑、恐惧、绝望的感觉是一样的。

第四种焦虑，来自周围的伙伴。在一个平稳发展的社会中，伙伴之间的关系是平稳发展的，大家都是齐头并进，慢慢进步。但在一个变动的时代，人与人的能力是不一样的。有的人能迅速抓住机会，有的人却抓不住；有的人能够在某个领域迅速发展，有的人却走入了一条死路。在这种情况下，人与人之间的差距有的时候会变得非常大，巨大的差距必然带来内心的焦虑。

第五种焦虑，是婚姻上的焦虑。在过去，家庭成员的相处相对来说是比较固定的。比如说，娶一个老婆，嫁了个丈夫，原则上就是一生的伴侣。但现在，即使你娶了一个你认为真心爱你的老婆，或者嫁了一个你认为真心爱你的丈夫，你依然会没有安全感。因为你不知道他或她哪天会碰上一个比你更加有吸引力的人。

第六种焦虑，是资源分配不平均带来的焦虑。社会的贫富悬殊越来越大，虽然富人有富的道理，穷人也有穷的道理，但是归根结底，这跟社会体制、社会结构、社会管理有直接的关系。当一个社会贫富悬殊过大，必然会给年轻人带来焦虑。大部分年轻人白手起家，看到社会资源被人占有，富人家的孩子什么都不用干就已经拥有了很多很好的机会，那么内心自然会产生焦虑。

那么，面对如此之多的焦虑我们应该如何应对？

首先，我们的社会分配机制必须朝着尽可能均等的方向发展。要使社会的各种福利保障制度不断完善，这样就会有一个最底线的保障，从而免除年轻人的部分担忧。

其次，不要太过关注外在世界。特别要避免通过比较后，发现自己赶不上周围伙伴的变化、发展所带来的焦虑。我们要更多地关注自己的成长、自己的发展、自己的身心健康。只有这样，才能使自己的焦虑逐渐消失。我们要相信自己，充分发挥和发展自己的潜能和才能。

同时，我们要认识到在现实社会中只是焦虑是没有用的，需要通过自己敏锐的思考，获得抓取机会的能力。在一个变动的世界中，尽管有的资源已经被人占用了，但是仍有新的资源在源源不断地产生。例如，互联网的出现让一大批年轻人找到了更多的发展机会。在一个不断变动的世界中，机会总是有的，并且会不断涌现。年轻人懂得如何抓住机会比较重要。

最后要调整心态。对于年轻人来说，成功不是一天两天的事情，也不是一年两年的事情，而是需要循序渐进、数十年如一日的努力。

当你处在"还不行"的状态时，摆脱焦虑最重要的就是脚踏实地、付出努力。

这种努力表面上看上去好像并不显眼，但是人生总会有一个从量变到质变的过程。通过不断的积累和探寻后，最后我们依然能够走向辉煌灿烂的人生。

如何增强安全感

最根本的安全感不在于钱和房子，而是在于我们的才能，我们和朋友、家庭的关系，以及我们做的事情是否正义。

寻求安全感是人的本性。在原始社会，当人们面对非常凶猛的野兽威胁时，只能爬到树上，或是待在远处不敢熟睡，这是人类怕被动物攻击受到伤害而缺乏安全感的表现。后来，人们为了增加安全感，能够更加踏实地睡觉，于是创造了房子。

除了环境上的安全感以外，人们其实还在追求另一种安全感，那就是心理上的安全感。例如，中国人喜欢存钱，会把钱存在银行，放在家里，甚至埋在地下。

古代的时候，由于没有任何社会福利保障体系，于是人们就养成了一种心理习惯——有了多余的粮食一定要存起来。如果遇到荒年，多余的粮食可以让自己不至于饿死。有了多余的钱，就把钱存起来或者去买自己需要的粮食和衣服。人们存粮食也好，存钱也罢，都是为了给自己安全感，这是人的本性。

现代社会，买房不易，存钱也不易，即使我们存再多的钱也可能会迅速贬值。甚至可以说，在某种程度上，现代人比古代人更加缺乏安全感。

那么，对于身处现代社会的我们，真正的安全感到底是什么样的？

安全感是基于内心的自信。我们如果想从年轻开始就得到安全感，最重要的不是去买房子、买汽车，因为这些东西会随着经济的波动而贬值。当你把所有的积蓄都用来买房子、买汽车，却没有赚钱的能力，你在空房子里面没有任何用处。有了汽车，如果你连汽油钱都付不起，也没有任何用处。

那么怎样才能拥有安全感？例如，一个优秀的画家可能不需要存太多钱，因为他的一张画可能会值 5 万、10 万，甚至 100 万。他在需要钱的时候只要画一幅画，就可以有钱。所以，如果一个人能凭借自己的才华随时换取想要得到的生活资源和生活费用，那么这个人的安全感就油然而生了。

所以，一个人如果想要拥有安全感，最重要的是重视自己才能的培养。才能可以换取财富，并且别人也愿意用金钱来交换你的才能。只要成为社会所需要的人，你就可以换取资源。所以，我认为最重要的安全感就是不管走到什么地方，凭借自己一身本领就能够换取衣食住行。

要想获得安全感，首先要加强对自己能力的培养。为了获得安身立命的才能，需要给自己安排各种各样的学习计划，不断巩固自己的专业能力。在获得广泛的知识后，寻找自己在社会上的定位，确保自己的才能过了几十年依然是不过时的。

其次，身边有可以帮助你的人。比如一批能够团结合作的好朋友或者家庭成员。当你有了一批非常好的朋友，大家心无芥蒂，每个人都各有才能，你们可以互相合作并克服生活中的困难，那么你的能力就会迅速提升，也会有更多的机会。这就像八仙过海，各显神通。如果你作为其中的一仙，没有得到其他七仙帮助的话，你过海的难度就会增大。

一个美好的家庭也能给你带来很多安全感。你在外面遇到风风雨雨、艰难困苦后，回到家里仍然有一个温暖的人等着你，这能给你带来巨大的安全感。再比如，当你失业时，家庭中的其他人可以让你不必为暂时挣不到钱而感到焦虑和不安。

想要获得安全感，还要不做亏心事，也就是"人正不怕鬼敲门"。我们做任何事情都不要亏心，做了亏心事你会睡不着，会焦虑不安，甚至影响身体健康。贪官贪污以后，晚上有人敲门都会心惊胆战。商人做违法乱纪的事情以后，尽管口袋里都是钱，但是每天都会担心检察院的人把自己带走。

如果我们能够有房子住，有一定的余钱存在银行里，随着社会福利保障的不断加强，确实会带给我们更多的安全感。但是，最根本的安全感不在于钱和房子，而是在于我们的才能，我们和朋友、家庭的关系，以及我们做的事情是否正义，是否敢放在朗朗乾坤之下让所有人见证你是一个堂堂正正的人。如果一个人能做到以上这几点，就一定会拥有最珍贵的安全感。

有人爱，有事做，有所期待

我们是在期待中成长的，期待给了我们更加努力的动力。

在一本书上读到过三句话，让我颇有共鸣，从此就成了我的格言，这三句话就是："有人爱，有事做，有所期待。"语言很简单，但是要做到，其实不容易。

所谓"有人爱"，就是说能够享受到爱的幸福。父母爱我们，因为家的温馨，我们会感到温暖；恋人爱我们，因为爱情迷人，我们会感到沉醉；朋友爱我们，因为友谊总能带给我们力量和欢愉，我们会很欣慰。所有这些都是爱的表现。然而，我却更加愿意把"有人爱"理解为"有人被你爱"，也就是说，你能够积极主动地爱人。没有人愿意把冰块放在手里太久，因为它太寒冷。有时候，我们会抱怨这个世界太冷漠，没人给予我们足够的关心，其实我们并没有意识到，也许正因为我们自己是冷漠的，这个世界才会显得如此冷漠。我始终相信，你是什么样的，你眼中看到的世界就是什么样的。就算你是个火炉，如果在冬天不生火，也没有人围着你转，因为你不能给人以温暖。所以，如果我们想影响周围的人，就应该像冬天熊熊燃烧的火炉那样，把自己的热情散发出来，把我们的爱和乐于帮助别人的意愿传达出来，这样才能够让周围的人感觉到世上的爱和温暖。人是有能量的，这个能量你看不见，但却一直在无形中不断地散发出来，有人会散发负面能量，有人会散发正面能量。一个散发正面能量的人一定是非常积极的人，这样的人不仅能以更加积极的态度面对人生和社会，还能以这样的态度影响周围的人，让他们感受到"有人爱"的幸福。

第二句话叫作"有事做"。什么叫"有事做"？每天早上起来背背单词、读读英语、练练听力或者写篇作文，这都叫"有事做"。你的生命不是由你一辈子的理想构成的，尽管理想很美好，但在你为之付诸行动之前，只不过是虚幻的意念，与你每天实际度过的生命无关。我们这一辈子会走到哪棵树前面停下来，会在哪座山脚下看风景，是无法事先预知的。生命会有很多的改变，但是有一点我们是可以做到的：每一天到底干什么，主动权在我们自己手中。你可以出去玩，可以读书学习，也可以和朋友一起喝酒聊天，这完全是由你来决定的。每一天做的事情看似琐碎，却非常重要。若能把每一天过好，这一辈子就过好了。我非常庆幸自己即使在大学最迷茫的时候也坚持每天学习，当时并不完全清楚是为什么，但我知道，所有这些东西积累起来，总有一天，我会得到一个满意的答案。有的时候，这个答案就在你每天的艰苦学习当中。也许在这个过程中你体会不到其中的意义，但只要坚持"做事"，假以时日，答案自然会慢慢浮出水面。这就是"有事做"。"有事做"是一种很幸福的状态。

第三句话是"有所期待"。大家都知道，人和动物的区别是动物只是自然地生长，而人却能够设想明天如何度过。今天可以想明天，今年可以想明年，20岁的人可以设想40岁时能不能拥有不同的生活，并为此付出努力。

我们是在期待中成长的，期待给了我们更加努力的动力。我们期待未来更加睿智和富有，期待未来有更多的朋友，期待未来有更好的生活，甚至期待未来能够成为杰出的科学家、思想家、政治家或企业领袖。我们都在期待中生活，也许从每一天的生活中看不出变化，但是人生的确会因为我们的期待而最终有所不同。我们不仅期待自己过上更好的生活，也期待并祈祷家人幸福平安，父母体康身健，因为只有这样，我们才能没有后顾之忧，才能背上行囊闯荡世界。

我们也期待祖国更加繁荣富强，一个繁荣富强的国家才能给予我们闯荡世界的力量和信心。20多年前我去美国大使馆办签证的时候，去一次被拒签一次，我问签证官"Why"（为什么），他说"No reason"（不为什么）。而今天，任何一个中国公民，不管是去旅游还是留学，只要你给出合理的理由，都会给你签证。这意味着什么？意味着国家的强大使我们的生命之路更加开阔，我们也就有了更大的世界舞台去奋斗。

所以，"有所期待"是获得美好生活的前提之一。就让我们一起期待，期待未来更加美好，期待家人健康平安，期待祖国繁荣昌盛！

第五章 从心

阅读、行走与思考

我只是听从心的指引向前，

追寻生命的宝藏。

也许走向远方再无归途，

也许回到原点云淡风轻。

一个平凡的人如何抓住机会

任何僵化的思想和固化的行为都是成功的大敌。

拿到山姆·沃尔顿（Sam Walton）的自传《促销的本质》（*Made in America*）后，我用两天的时间一口气读完。

山姆是目前世界最大的零售连锁集团沃尔玛的创始人。该书是他在去世前一年完成的，当时他已经得了骨癌。整部自传充满了他对事业的热爱，也充满了乐观主义精神。

现在无数的人想要成功、急于成功，付出一分努力恨不得明天就有十分回报。整个社会都处在浮躁之中，没有人停下来认真想想做事情到底应该拥有什么心态，要采取什么步骤。

如何把一件事情从小做大？有些人认为要靠运气和机缘，有些人认为是靠人脉和资源，还有些人认为得靠家庭和背景，然而这些都是外在因素。

阅读山姆的传记，我们可以看到一个人把事情做大需要一些内在要素。

第一个要素是从微不足道的小事做起。刚开始的时候，做事情不会有轰轰烈烈的仪式，不会有英雄式的人物上场，都是看上去极其普通的人做着极其普通的事。

当山姆在美国阿肯色州纽波特镇接手一家亏损的小型日常用品商店的时候，他自己也不会想到未来能够做得那么大。当他因为这家店的生意太好而被嫉妒的房东赶走的时候，他不得不一切从零开始，在阿肯色州一个更小的小镇本顿维尔重新创业。

在山姆创业之时，小镇上只有 3000 人。你很难想象在这样一个小地方能够诞生全世界最大的连锁集团，而且该连锁集团还一度成为世界 500 强的第一名。

第二个要素是热爱所做的事情。"热爱成就一切"，这应该是任何做事业的人应该牢记的一句话。

山姆是如此热爱他的工作，热爱零售业，热爱卖东西，热爱把东西以更加便宜的价格卖给顾客。他一辈子就在做这么一件事情，沉溺于其中不能自拔。

他的一生几乎没有周末和假期，他总开着他的那架小飞机，从一个商店飞到另一个商店，看他的下属在用什么样的好方法把东西卖给顾客。很多人看来不值得投入的一件事情，他却投入了毕生的精力，也因此得到了丰厚的回报。

第三个要素是一定要具备无可替代的核心竞争力。为什么你能够比别人做得更好？为什么你有别人不能超越的地方？

在山姆开连锁店的时候，美国已经遍地都是商店了。刚开始他也不可能给顾客提供舒适的购物环境，所以山姆只抓住了核心的一点：只要东西足够便宜，人们就会来购买。

为了让自己商店的东西足够便宜，山姆想办法越过中间商直接和供应商打交道；出差的时候住汽车旅馆，而且是和几个人挤一个房间；坐飞机永远选择经济舱，即使后来成了世界首富也是如此；办公室又小又窄，像储物间一样。他做的这一切都是为了省钱，节约运营费用，最终让顾客买到最便宜的商品，同时还要让公司有利可图。

第四个要素是要具有不断探索的精神。任何僵化的思想和固化的行为都是成功的大敌。山姆从一开始就没有停止过对促销的探索，任何一线员工提出新的促销思路，他都欣喜若狂。

因为公司的经营吸纳了无数人的智慧，所以任何其他零售连锁集团都赶不上沃尔玛的发展步伐。在被那些城市大佬讽刺为乡巴佬的时候，山姆已经不声不响地把沃尔玛做成了占据美国小镇的第一连锁店品牌。山姆从来就没有脱离过业务一线。他总是在自己的门店转悠，也到别人的门店转悠，通过对一线的了解激发新的经营理念和管理思路。

第五个要素是具备良好的心态。在山姆看来，良好的心态包含两个方面的内容。一方面，不管公司做到多大，山姆一直把自己看作创业者而不是成功者。成为首富之后，他每天思考的依然是如何让公司健康发展，而不是靠着已有的巨大财富坐享其成。

另一方面，山姆一直把自己看作一个勤劳、努力的普通人，他从来不认为自己有多聪明，也不认为自己高人一等。在他去世前一天，他还在和一个小小的店面经理聊天。在公司成功上市并收获巨额财富之后，他依然安静地住在小镇的老房子里，开着旧汽车，驾驶着旧飞机。很多成功人士不管自己的财富和社会地位如何，都会保持本色。

山姆·沃尔顿让我们看到，一个平凡的人如何抓住机会，靠着自己的勤奋和努力取得了商业上的巨大成功。

他也让我们看到一件小事是如何做成大事的。"人生为一件大事而来"，每个人的一生都有一件大事，这件大事是自己做出来的，是从微不足道的小事开始做起来的，而不是老天送给你的。

想一想：我们一生的大事在哪里呢？

为梦想出发，追寻生命的宝藏

每个人的一生中都会有独属于自己的"个人神话"去追寻。

儿子买回了英文版的《牧羊少年奇幻之旅》（*The Alchemist*），他看完放到一边，我随手捡起来翻阅，结果一下子被序言中的故事吸引住了。

这本书的作者是巴西著名作家保罗·科埃略（Paulo Coelho），书的引子讲述了一则动人的故事。

美少年那喀索斯（Narcissus）因为爱上了自己，所以天天到湖边看自己美丽的倒影。他对自己的容貌如痴如醉，竟然有一天掉进湖里，溺水身亡。在他落水的地方，长出一株鲜花，人们称之为水仙花。这就是为什么水仙花在英文中叫作 narcissus。

但故事到这里并没有结束，森林女神们来到湖边，发现湖水已经从淡水变成了咸水——这是湖哭泣时流下的眼泪。

女神问："你为什么哭泣？"

湖回答："为了那喀索斯。"

女神说："不奇怪，他那么美，又天天在你身边。"

湖说："但是……但是……那喀索斯美吗？"

女神说："你应该比我们知道得更清楚，他天天跪在你的岸边欣赏自己。"

湖沉默了一会儿说："我为那喀索斯哭泣，但我从来没有注意到他的美丽。我哭泣是因为每次他跪在我的岸边，我就看到了他眼睛深处映出来的我自己的美丽。"

这是一个如此迷人的故事，真有点让人欲究深意已忘言。也许，我们确实只能通过别人的眼睛才能看到自己的美丽。或者说，当别人眼中有我们的时候，我们才是美丽的。

《牧羊少年奇幻之旅》讲述的是一个西班牙少年圣地亚哥追梦的故事。

圣地亚哥因为喜欢四处游荡做了牧羊人。他两次做了同样的梦，梦见在金字塔附近找到埋藏的宝藏。于是，他在撒冷之王的指导下，从西班牙南端的台里发渡海去非洲，开始了追梦之旅。在北非的丹吉尔，他被小偷掠走钱财没法远行，只能在水晶店打工一年，挣到钱后加入了横穿撒哈拉的商队。

在住着炼金术士的法尤姆绿洲，圣地亚哥遇见了少女法蒂玛，两人一见钟情，坠入情网的圣地亚哥几乎忘了自己寻梦的初衷。后来，炼金术士敦促他重新踏上追梦旅途。

途中他们被军队所掳，后来，圣地亚哥在与沙漠、风以及太阳的对话中接触了世界之魂，两人才如愿脱身。历经千辛万苦，圣地亚哥终于到了吉萨，见识了金字塔的壮美。

　　然而，在挖掘宝藏的过程中，他身上带的一块金子被当地躲避战乱的难民夺去了。为了躲避这些难民的殴打，圣地亚哥把自己梦见宝藏的故事告诉了他们。难民中头领模样的人说自己也反复做过一个梦，梦见宝藏在西班牙一座废弃的教堂里。

　　而此人描述的教堂，正是当初圣地亚哥睡在其间梦见金字塔的地方。于是，圣地亚哥回到西班牙，找到了宝藏。

　　这是一个简单的故事，并用简单的语言叙述了出来。

　　小说中反复提到一句话："When a person really desires something, all the universe conspires to help that person to realize his dream."（当一个人真的渴望某种东西的时候，整个宇宙都会合力助他实现梦想。）整个故事也是围绕这句话展开的。

　　故事的主题很简单：每个人的一生中都会有独属于自己的"个人神话"（personal legend）去追寻，但很多人在尘世的忙乱和自己设定的种种借口中慢慢忘掉了自己的"个人神话"，迷失在了平凡的岁月中不能自拔，最后失去动力，抱憾终身。

　　圣地亚哥要寻找的宝藏其实就在他出发时的那座教堂底下，但如果他不出发去探险一圈，也就不会得到这个宝藏。

　　在寻梦的路上，当拥有足够的金钱时，当遇到心爱的女孩时，他都想过要放弃自己的追求，但最终还是坚持到底，完成了追寻梦想的完整循环。

　　故事寓意带有很浓厚的东方色彩，一切从"一"开始，又回归到"一"，但开始的"一"和回归的"一"已经不在同一个层次。

　　从牧羊少年圣地亚哥身上，我好像看到了自己的影子：一个农村少年怀着追梦的心出发，日夜兼程，一路遇到了很多意想不到的挫折和痛苦，也得到了很多超越期待的收获和喜悦。

冥冥之中我似乎触摸到了我的"个人神话"，但认真想想，依然一片模糊。

也许这是因为我只走了一半的路。后面一半的路会遇到什么？最终会有什么样的结局？我不知道，也不希望知道。我只是听从心的指引向前，追寻生命的宝藏。也许走向远方再无归途，也许回到原点云淡风轻。

我唯一知道的是，路会一直在脚下延伸。只要生命在，路就没有尽头。

且乐生前一杯酒，人间有味是清欢

> 如果人生没有美食和美酒，没有朋友一起饕餮大嚼，那事业做得再大也味同嚼蜡。

我对陈晓卿不熟悉，知道他是因为《舌尖上的中国》。

他结集出版了关于美食的文集《至味在人间》，我在旅行的路上带着，读了垂涎三尺，同时也被打动了。

之所以被打动，不仅因为他在书中描述的各种美食现场感十足，也不仅因为他文笔优美自然、轻松幽默，更因为从他的文字和经历中看得出他是个真性情的人。

何为真性情的人？就是不装的人，就是爱吃什么吃什么、爱说什么说什么的人。真实、自然、舒坦，不高高在上，不低三下四，浑身散发着那种豪爽劲儿，那种天地之间唯我自在的气质。

我们都有过这样的经历：有些人，不管你见过多少次，都像是陌生人，总感觉有隔阂，水泼不进，油炸不透，近在眼前，远在天边；另外一些人，即使没有见过面，也感觉好像是久违的亲密朋友，他们把温暖、舒适、细致、大气带给你，他们让人浑身舒坦，又丰富得回味无穷，他们是远在天边、近在眼前的人。

在我见到大冰（《乖，摸摸头》《我不》等作品的作者）前，读他的书，就感觉他是一个至情至性的人，见面定成朋友。后来和大冰见面，一见如故，无话不谈，喝酒唱歌，不醉不休，果然如预料一般。读陈晓卿的《至味在人间》，根据他在书中描述的饮食爱好和喝酒姿态，我觉得自己应该也能和他一见如故、一醉方休。

陈晓卿出生于安徽，当地的饮食习惯和我的家乡基本相同。他在书中描绘的很多菜肴，包括路边小店的美味，也都是我的挚爱。出生在南方的我对米饭反而不热衷，而是钟爱各种面条——江南的阳春面、四川的担担面、重庆的小面、西安的臊子面、山西的刀削面、河南的烩面、新疆的拉条子、兰州的拉面……一年四季奔波路上，面条是我必不可少的主食。陈晓卿在书中多次提及面条，看来他也是个面条的忠实爱好者。

尤其是他提到的螺蛳，更是我从小的最爱。小时候我家房子后面是一条小河，每年春天来临我都下河摸螺蛳，一直摸到秋天为止。螺蛳吸附在岸边水中的石板上，或者茭白的茎干上，一捋就是一大把。给螺蛳滴上几滴香油，在盆里养一到两天，直到螺蛳把肚子里的泥沙吐干净。接着，把螺蛳的尾部剪掉，用清水淘洗一遍，放入锅中加姜葱爆炒，加入料酒、酱油煮开，一盘美味的螺蛳就做成了。

南方人吃螺蛳，从来不用牙签，用牙签被看作是外行。只要用嘴轻轻一吸，螺肉就滑到嘴里了，同时吸进去的还有在螺壳里的鲜美汤汁。儿时关于美食的记忆是终生的回味，始终无法忘怀。

　　农村人的生活没有大鱼大肉，但是离自然最近，最能够吃到新鲜的食材，做法简单但保持了原汁原味。现在我们去农家乐，尤其是南方的农家乐，也会觉得食物美味至鲜、真实自然。

　　我走南闯北几十年，现在住宾馆常常是五星级，但在大饭店吃饭就是吃不惯，从来没有觉得好吃过。每到一个地方，早餐我通常要找路边小吃店（在福建为了找到正宗的沙县小吃，我从酒店出来走了半小时）。午餐和晚餐因为工作忙，通常就盒饭打发。但到了晚上和朋友们吃夜宵，必须是路边店。如果城市有江河，就一定要到江河边上的路边店，要上几瓶酒，叫上几个当地特色土菜，和朋友吆五喝六，把酒临风，一醉方休。

　　如果人生没有美食和美酒，没有朋友一起饕餮大嚼，那事业做得再大也味同嚼蜡。我在饮食方面不是个挑剔的人，只要不是贵得离谱，菜做得明快大气，我都能够吃得好、咽得下。但我对吃饭的朋友是挑剔的，一群为利而来、各怀鬼胎的人在一起，那不是聚会是受罪。我对环境也是挑剔的，在高档酒楼金碧辉煌的环境中，我很少吃得尽兴；而在蒙古大营、山林深处或者江河岸边，我逢喝必醉，觉得人生如此，不也快哉？

关系的纯度决定了生命的意义

关系离利益越远, 离生命的本质就越近。

在阅读《当呼吸化为空气》一书时, 读到这样一句话: "生命是否有意义, 某种程度上要看我们建立关系的深度, 就是人类的关联性加强了生命的意义。"

提到关系, 我们心中常常浮现的是各种各样的人际关系, 以及"有关系, 好办事"的人情世故。在社会中, 人与人之间充斥着各种各样的关系。医生和病人之间的医患关系也是一种关系。你交钱我看病, 在这种情况下, 即使医生在救命, 也和生命的意义没有本质联系。但如果一个医生能够像《当呼吸化为空气》的作者保罗·卡拉尼什一样, 把医生这一职业当作保卫生命的使者来看待, 那医生和病人的关系就和生命意义紧密相连了。

保罗说: "我没有哪一天哪一秒质疑过自己为什么选择这份工作, 或者问自己到底值不值得。那是一种召唤, 保卫生命的召唤, 不仅仅是保卫生命, 也是保卫别人的个性, 甚至说保卫灵魂也不为过。这种召唤的神圣之处，是显而易见的。"

病人遇到这样的医生是幸运的，因为这样的医生已经超越了谋生的界限，把工作和人生的终极哲学意义联系在了一起。

由此，我们可以得出一个结论：如果关系要和生命意义相连接，如果要在关系中体现生命的深度，那么，关系必须和利益切割开来。也就是说，关系离利益越远，离生命的本质就越近。

没有利益纠缠的关系，常常能够直击我们的内心，让我们心动、感动、激动，给生命带来丰富的感受，给灵魂带来震颤的丰盈。在电影《血战钢锯岭》中，道斯不顾生命危险从战场上抢救出几十个战友，这是没有利益纠结的战友之情，是基于信仰的坚定意志，这种战友情谊和关系连天神都会感动。

同理，当一个老师教学生只是为了拿工资、为了完成任务，对学生身心的健康成长不用心、不关心，这样的老师和学生建立的关系是很淡薄的。学生长大成人后一般不会再想起这样的老师，也不愿去看望这样的老师。只有基于真正关爱、超越利益、带来生命喜悦的师生关系才是真正有温度、有意义的关系。

在人海中，我们认识的人有千千万万，但大部分人都是以利相交或交往浅显，只有那些与我们一起相濡以沫的人、一起出生入死的人、一起为了理想和事业奋斗的人、一起为了纯粹的爱相守的人，才让生命充盈着依恋和温馨。

对于人的一生来说，为了利益而保留一些功利关系无可厚非，但让生命感动并且富有意义的一定是非功利的关系。这些关系让我们有血有肉、有情有义、有爱有恨。同学关系、父母子女关系、战友关系之所以深刻，正是因为它们凸显了非功利的特征。

　　如果我们具备追求更高境界的灵性，也可以把功利关系转化为非功利关系。那些真正把人民放在心上的公务员，那些把病人当亲人的医生，那些把学生当自己孩子的老师，都能够为生命创造别样的意义和深度。

　　如今，越来越多的人在追求各种连接和关系，甚至有些人以微信好友有几千人为荣，但我们更需要做的不是去认识更多的人，而是让凉风吹一下自己，清理一下自己的关系。看看哪些关系为我们拓展了生命的意义和深度，带来了生命的感动和难忘，哪些是无关紧要浪费生命的肤浅关系。

　　清除一些肤浅的功利关系，也许会让你活得更加纯粹和灵动一些。

时空交错的瞬间与永恒

一样的城市，一样的血色夕阳，但演绎的是截然不同的故事。

在意大利旅行，走过威尼斯，走过维罗纳，于是重读了莎士比亚的《威尼斯商人》和《罗密欧与朱丽叶》。因为剧情发生的场景一个在威尼斯，一个在维罗纳。

大学时读过莎士比亚的英文原著，也读过朱生豪的译本。记得那时老师讲莎士比亚，能够整段背诵，让我们钦佩不已，但现在一点也回忆不起来老师讲了什么。要是这次不重读，故事情节几乎都忘记了。不过忘记就忘记了，我的理论是阅读就是为了忘记，但读过和没有读过对人的影响是不一样的。

再次读这两个剧本，依然发现朱生豪的翻译是没法超越的：文笔流畅、用词优美、忠实原著、语言精练。我对朱生豪一直敬佩有加，他从 1936 年开始翻译莎士比亚的作品，一直到 1944 年因贫病交加去世，几乎把莎士比亚全集翻译完毕，为中国和世界留下了一份极其珍贵的遗产。他去世时年仅 32 岁。可惜他没有看到抗日战争胜利，也没有等到能够治疗肺结核的药物问世，所以留下了太多遗憾。

莎士比亚是无与伦比的伟大人物，对戏剧语言的把握，对人物心理的描述，对场景的铺设，以及语言之优美，到今天还没有出其右者。但用今天的眼光来看他的作品，我们发现人类社会还是取得了巨大进步。《威尼斯商人》毫无疑问体现了当时欧洲对犹太人的歧视，而《罗密欧与朱丽叶》的悲剧在今天原则上已经不太容易发生。

几百年来，人类在平等、尊严、公平、宽容、开放等方面进步飞快，尽管依然有偏见、歧视、极端狭隘存在，但我们可以相信，人类在人性层面一定还会取得更大的进步。

今天的威尼斯，已经不再像中世纪时那样是一个世界性的商业中心，更像是一个纯粹的旅游城市。威尼斯本地居民只剩下五万多人，而每年来这里的游客多达千万，几乎要把这座城市踩沉。一样的城市，一样的血色夕阳，但演绎的是截然不同的故事。

维罗纳是一座美丽的城市，坐落在威尼斯和米兰之间的必经之路上。城市里的古罗马圆形剧场，在经历了两千多年的风雨之后，今天还在使用。人们来到这里不是为了参观圆形剧场，而是为了去看一眼罗密欧爬过的墙和朱丽叶待过的阳台。据说那个阳台是真实存在的，很多游人都到上面照相。

不知道游客们有没有想过，这里是爱情的开始，也是悲剧的开始。

院子里有一座朱丽叶的铜像，不管男女都去摸她的右胸（据说会带来好运气），结果铜像的右胸被摸得锃光瓦亮。要是朱丽叶再世，也会羞得无地自容吧。

最美丽的是在维罗纳边上的加尔达湖，从阿尔卑斯山流淌下来的雪水和泉水源源不断，让加尔达湖变成了意大利第一大湖，浩浩荡荡，横无际涯，朝晖夕阴，气象万千。

在湖边散步，心旷神怡，宠辱偕忘，千年罗马帝国的辉煌已成烟云，儿女情长的纠结也恍如隔世，唯独壮丽的大自然，千万年之后依然风景如画。

在吴哥窟的日出日落里回望千年历史

> "一个人也许必须面对日落时的苍凉，但更多的，应该拥有日出时面对千年历史，能够轻松走向未来的心情。"

我在不同的地方，看过很多次日出日落。面对晚霞缤纷或者朝霞喷薄，内心总会产生各种涌动。

来到吴哥，到巴肯山 10 世纪建造的神庙废墟上看日落，和到吴哥窟前去等待日出，是所有游人必做的功课。我当然也没能免俗。真正体验之后，才明白千万游人的选择，是符合人内心深处某个触点的。

巴肯山是吴哥王城周围一座 60 多米高的自然山，是附近唯一的制高点。10 世纪左右，吴哥的国王在山顶建造了敬拜印度教湿婆神的寺庙，现在大部分已经倒塌，除了几座残缺的玉米穗状的宝塔外，遍地废墟。

我特意来到巴肯山，就是为了看落日。听说巴肯山山顶同期只允许 300 人上去，于是我特意提前了一点，下午 4 点顶着艳阳就来了，结果发现上面已经有了 300 人，下面还排着 200 人，下一个人才能上一个人，严格控制，没有贵宾票，不允许任何人加塞。在上面的人都是等落日的，很少有人下来。只要有人下来，轮到的人都会兴奋地尖叫一声。

我随着队伍像蚂蚁一样往前挪，眼看着快到 6 点了，太阳在树丛后面快下山了，前面还有 20 个人，我心想今天的队伍是白排了。结果这时候上面居然下来了 20 多人，终于在最关键的时刻拿到了通行证。本来也想学其他人尖叫一下，最终还是没能喊出口。

沿着木梯一路爬到山顶的废墟上，刚好看到半个太阳沉入远方的大地，满天晚霞染红天空，周围的几片云彩，也被染成了灿烂的金色，山顶的几座残塔，在夕阳中显得巍峨神秘，披上了某种神圣的色彩。

10 分钟不到，太阳全部沉了下去，天空的云逐渐失去了颜色，大地开始笼罩在黄昏的朦胧中。转身看到黑黝黝的古庙废墟，内心瞬间一阵悲凉，觉得世间一切都不过如此，在辉煌之后必有萧条，热闹之后总是苍凉，眼泪不自觉流出眼眶，滴在沉寂千年的古庙基座之上。下山的路已经完全黑暗，把手机上的手电筒打开，一路跌跌撞撞下山，收敛魂魄，努力走向万家灯火的人间闹市。

除了在巴肯山神庙废墟上看落日，到吴哥窟前面去等待日出，也是必做的功课。只要上网搜吴哥窟，出来最多的图片，就是太阳在吴哥窟后升起，把整个吴哥窟包围在金光里的照片。加上吴哥窟在水中的倒影，天地合一、天人合一的感觉在一瞬间无比完美地体现出来。在经历了巴肯山落日的沉重之后，看一次千年古寺前的日出也许会另有触动。

为此，我早上 4 点半起床，5 点出发，到达吴哥窟停车场时天还漆黑，星光在天空中依然像钻石一样闪烁。通向吴哥窟的古道很长，被千万双脚从古到今踩得坑坑洼洼，而且没有路灯。大家摸黑走向千年古庙，内心产生别样敬畏。我一路摸黑走了 2000 多步，顶着星光到达吴哥窟前的池塘时，内心产生了清净和安宁的感觉。

池塘在吴哥窟前面，古代应该是修行者净身的大水池。很多人已经在岸边等待吴哥窟的日出。我好不容易挤到一个地方，耐心等待天空从黑暗中一点点亮起来。

终于，在微曦中看到了吴哥窟的影子，慢慢地，又看到了池塘中的倒影。

半个小时后，东方天空有了一点色彩，吴哥窟在亮起的天空中显出越来越清晰的剪影，水中的倒影也美丽起来。天空的云彩越来越鲜艳，吴哥窟的五座宝塔在升起的太阳中显得端庄肃静，最后笼罩在了一片光明之中。

在吴哥窟看日出，没有巴肯山血色夕阳那般凄美，升起的太阳，很快就让本来处于黑暗中的吴哥窟显得明快而轻松。好像千年的历史被阳光轻轻一笑，所有的烦恼和积郁就被一扫而光。尽管吴哥窟的每一块石头上都刻满了沧桑，但游人在朝阳下轻松的心情，绝对没有办法从巴肯山上的落日中找到。

同样面对千年废墟，同样面对地平线上的太阳，日出和日落带给人的心情如此不同。这种不同，不是来自外界的某种客观存在，而是来自人类内心的感受。这一感受千古未变，就是面对绝望和希望、无可奈何和双燕归来、王朝没落和朝代更替、生命衰老和迎接新生的不同感受。

　　人类命中注定要在辉煌和落寞中去创造历史，留下痕迹，而那些缅怀历史壮举的人，同样会重复着辉煌和落寞的历史，让以后的人凭吊纪念。当年的繁华已去，除了留下一地废墟，还有那夕阳下的苍凉，似乎空空如也；但同一批古人，也留下了日出照耀的金色宝塔，让人看到了上千年文明的延续，几万年人类生命的生生不息。

　　是的，一个人也许必须面对日落时的苍凉，但更多的，应该拥有日出时面对千年历史，能够轻松走向未来的心情。也许人类创造的一切，在千万年后都会变成废墟，但日落之后必有日出，这是人类的希望，也是文明的希望。

摩洛哥的老城

保护好历史，民族才会有根基，有厚重，有继承，有继承之上的创新。

　　摩洛哥尽管是个小国家，但大小城市也有几十个，不少城市都有自己的特色，从城市的历史到城市的颜色，都有自己的故事。

　　在摩洛哥旅行，就是从一个城市走向另一个城市，在不同城市体会不同味道。

　　走了很多摩洛哥的城市后发现，不管城市的颜色和历史多么不同，有一点是相同的，就是基本上每个城市都分为老城和新城。这一做法使得摩洛哥所有老城的历史风貌得以完整保存，今天再现于世人面前，形成强大的文化和历史魅力，让全世界的游客在各个城市的大街小巷转悠，在古色古香的寺院和民居里品味光阴。

　　新城基本都造在老城边上，现代化的公寓楼、巨大的商场、宽阔的马路一应俱全。大多数居民都在新城生活，在老城区从事旅游工作，形成了良好的互补和呼应。不知道当初是谁的决定，老城没有拆除，只是进行得体的维修。这一明智选择，给今天的摩洛哥留下了宝贵的文化遗产。

整体来说，摩洛哥是一个温和的国家，历史上尽管有过变革，但从来没有出现过革命或者激进运动，人们能够心平气和地对待过去的历史，潜移默化地接受新的理念，不动声色地走向未来。因此，在摩洛哥这样一个小国家，我们居然能够感受到一种沉静和大气。想象一下，如果中国的那些古城还在，中国在世界面前，将会是怎样一个兼具古意和新锐魅力的国家啊！

随着现代化发展，全世界面临的共同问题是，城市居住的人口越来越多，老城会明显不够用，大部分国家会选择在老城边上建设新城。那些不管不顾推倒老城，彻底重建的做法并不是很多。因为一旦推倒老城，就等于把城市的历史和文化一起推倒。现在世界上许多城市城市，要找到老城区已经难上加难，离开家乡 10 年再回去寻找自己小时候生活过的街道，几乎都踪影难觅。

在失去老城的同时，几代人失去了童年的回忆和对于故乡的眷恋。现在很多人住在现代化的公寓楼里，生活条件得到了改善，灵魂却常常无所归依，只能在虚空中叹息不止。我家乡的小镇，美丽的青石板街道和街道两边木门青砖的瓦房都被夷为平地，让位于一栋栋没有品位、长相难看的水泥楼。从此以后，那种江南水乡烟雨朦胧的感觉，只能时时在梦中出现，醒来时就变成了怀念。

到了近几年，我们突然从经济角度发现，古城可以变成挣钱的工具。但是除了周庄、丽江、乌镇等地外，古城几乎已经都被拆除。于是在全国各地，一座座假古城拔地而起，各种仿古建筑遍及南北。部分建筑东施效颦，质量拙劣，犹如暴发户穿上了不得体的皇家大袍。

在摩洛哥，每个古城的保护都如此完整，几乎所有的古城都不允许汽车进入。在菲斯、丹吉尔这样的地方，古城街道保持着最原始的状态，狭窄的街道和小巷只允许人们徒步在里面徜徉，每一道门和每一堵墙都显示出时间的沧桑和深刻的内涵。不少名人住过的房子也都做出标记，透露出某种有底气的骄傲。

在街道两边小商店里劳作的人们，不管是卖皮革的、铜器的、地毯的，还是卖古玩的，都一副悠闲自得的神气。你从门前走过时，他们会叫卖几声，常常是用日语和我们打招呼，也许日本人来这里比中国人要多一些。当我们告诉他们自己来自中国，不少人会改成"你好"来问候，可见这几年中国人也来得比较多了。如果你露出想买的样子，他们就会热情倍增，你要是真心砍价，一般砍下开价的三分之二没有问题。也许这种做买卖的方式，千年之前就是这样的吧。

有些古城游客众多，比如马拉喀什、菲斯，那里的小商贩明显狡猾很多；到了更加安静一点的古城，比如舍夫沙万和丹吉尔，小商贩就比较实诚。任何一个古城，都有老百姓居住在里面，生活也许不方便，但祖祖辈辈就是放不下这片地方，是家族的根基所在。在菲斯，驴子变成了日常运送物资的工具，被称为古城里的UPS（美国一家知名包裹运送服务公司）。

政府也在不破坏结构的前提下为古城做了一些改造工作，家家户户基本都通了电，也有不少人家安装了自来水。但依然有不少人家没有水源，每过几段街道，就会有一个贴着漂亮马赛克瓷砖的水池出现，居民可以拧开水龙头取水，不用交费。据说这种供水系统自古就有，只不过过去是引山上的泉水，现在变成了自来水龙头。

走在摩洛哥古城的小街窄巷中，会有一种时空的穿越感，有时感到自己行走在中古时期的阿拉伯市场，有时感到自己回到了儿童时的家乡小镇。在古城独步，远离现代社会的喧嚣和匆忙，多一份清净，多一份悠闲，真是难得的生命享受。

保护好历史，民族才会有根基，有厚重，有继承，有继承之上的创新。

人类的历史，就是这样一点点叠加而成的。推翻过去并不能使我们变得更加伟大，反而使我们失去了依靠和根基。我不反对建设现代化的大楼，但与此同时，如果能真心实意地保护一下祖宗留下来的东西，或许会得到世界人民更多的尊敬。在这方面，万里之外的摩洛哥，是我们学习的榜样。

奥斯维辛，生命的毁灭与尊严

> 离开集中营的路上，我看到一对新人在路边的教堂举行婚礼，人类对于幸福的渴望和追求，分分钟都在进行。

这个地方，既不是一个城市，也不是一个景点，要不是因为希特勒在这里建集中营迫害犹太人，到今天为止这里也应该是一个默默无闻的小地方。但现在这个地方几乎每个人都听说过，几乎每个听到这个名称的人都会有点不寒而栗。从 1940 年到 1944 年，有 110 万到 150 万的犹太人、波兰人还有苏联战俘，在这里被迫害致死。这个地方叫奥斯维辛。

在去奥斯维辛的路上，一路下雨。从布拉格驱车 500 公里，从宽阔美丽的高速公路，驶入狭窄不平的波兰乡村公路，即使在今天也能够感到这个地方的闭塞和隐蔽，要是没有 GPS，想要找到都是一件很困难的事情。

当初德国的党卫军，就是因为这里的隐蔽性，选择在这里建造了集中营。最初是为了关押波兰政治犯和苏联战俘，很快就变成了屠杀犹太人的地点。火车源源不断把人运过来，一个集中营明显不够使用，德军在三公里外的比尔科瑙又建了一个集中营，这个集中营的规模比第一个至少大五倍，铁路直接铺设到集中营里面。犹太人被运来后，德国人从中挑出一些身强力壮的人留作劳动力，其他的人不管是妇女还是孩子，直接送进毒气室。据说，当时被送进毒气室的人达到了总人数的 75% 左右。

现在的毒气室和焚化炉，已经是一片废墟。德军撤退的时候，为了毁灭罪证，用炸药把毒气室和焚化炉全部炸毁。我到达废墟现场的时候，天空下着飘飘扬扬的小雨，我没有打伞，伫立雨中，任由雨水打湿我的头发和衣服。面对这片看上去并不是很大的废墟，你很难想象这里曾经用毒气毒死过 100 多万人，焚烧过 100 多万具尸体。你也很难想象人类能够心狠手辣到这种地步，不管儿童、妇女，都能够心安理得地把他们统统处死。

然而，这就是事实。德国的旅游者到这里来，常常为他们前人所犯的罪行痛哭流涕，甚至长跪不起。但这样灭绝人性的罪行，人类确保不会再犯吗？只要人类互相还有仇恨，只要有人为了权力和利益不择手段，杀戮其实离我们并不遥远。世界上不同民族之间的冲突和残杀，甚至同一民族之间的冲突和残杀，依然每天都在世界上不同的地方上演。一个民族不为自己犯过的错误和罪行真诚检讨，这个民族就不会进步，一旦有合适的土壤，历史一定会重演。

现在的集中营遗址，依然被当初德军竖立的铁丝电网包围着。一号集中营的营房，由于建造得比较结实，都原样保留了下来，开辟成了博物馆。博物馆的墙上，挂着成千上万在这里关押和遇难的人的照片。照片中有老人有年轻人，有男有女，大部分人的脸上充满惊恐，但有些人脸上却带着微笑，不知道是面对死神的无畏，还是向往新生的勇气。在博物馆，我看到了被关押的人画的壁画，读到了被关押的人写的诗歌，即使在这种环境下，生命也没有失去尊严。

在比尔科瑙的二号集中营，由于很多是临时建起来的棚屋，不少已经倒塌，只留下了少数的棚屋供游人参观凭吊。在令人不寒而栗的营房周围，大片大片开放着各色野花，黄色的、紫色的、红色的、白色的，从营房延伸开去，几乎一望无际。是不是那些已经消逝的生命，以另外一种方式重回世界，宣示着生命的尊严？万恶的集中营，尽管到处被野花覆盖，依然是人类身上不可磨灭的伤疤，时时警示我们防止历史的重演。离开集中营的路上，我看到一对新人在路边的教堂举行婚礼，人类对于幸福的渴望和追求，分分钟都在进行。

我每到达一个地方，都会买一张明信片，作为对生命旅程的一种纪念。但是在奥斯维辛，我买不到明信片，这是一个没有明信片的地方。确实，在这里，人们没法寄出代表着欢快和轻松的明信片。

孟买的贫民窟，地狱和天堂的交汇处

> 这里是地狱和天堂的交汇处，是人类堕落和奋发的角斗场。

印度孟买，号称印度的上海，是印度南部最大的城市。这里，最有名的地方不是印度门，也不是遭受过恐怖袭击的泰姬陵酒店，而是贫民窟——塔拉维贫民窟。

塔拉维贫民窟位于孟买市中心地带，总面积约两平方公里，生活着 100 万人左右。2008 年轰动一时的电影《贫民窟的百万富翁》，让这个地方一举成为全世界关注的焦点。

电影讲述了来自贫民窟的街头少年贾马勒的一段经历。他参加电视节目《谁想成为百万富翁》，并答对了所有问题。但当他即将获取高额奖金时，却被人揭发有作弊嫌疑，被警方逮捕。通过追踪他回答的每个问题，电影娓娓道出他不可思议的经历及这些经历如何帮他成功闯关。电影中对于贫民窟可怕的一面——犯罪、械斗、黑帮有着浓墨重彩的展示。

因为这部电影，后来很多人去探访这个贫民窟，探访后的记录都用"冒死探访"之类的标题，让人一看就有不寒而栗的感觉。这些描述反而引发了我的好奇心，既然到了孟买，就特别想去看看这个著名的地方。同行的女儿也对这个地方非常感兴趣，于是我们就和导游商量。导游为难半天，怕万一整出什么么蛾子。

当天带领我们的这个导游，他自己都从来没有去过塔拉维。在我的一再恳求下，最后他要求我们责任自负，才让司机开着汽车带我们进入塔拉维地区。我们把钱包、相机都留在车上，换上最不起眼的衣服，手机放在裤子口袋里紧紧攥着，一副视死如归的神情，进入了贫民窟。

这天阳光很好，混乱的小街上摩肩接踵，当地人在商店买卖东西，或者在路上闲逛。我们走过时，有人投来好奇的目光，但大部分人都是我行我素。我们穿街走巷半小时，电影和文字中描绘的犯罪场景一件也没有发生（电影和小说将这里描述为充斥着帮派厮杀、性交易和无休止绝望感的人间地狱）。我们带着恐惧心理进入，三分钟后就完全放松心情。

尽管街道巷子很窄，有的仅能容一人过去，而且曲里拐弯，一不小心就会迷路，街巷中也有不少垃圾，但老百姓的脸色都很明快轻松。家庭主妇在门口择菜洗衣，面容安详；下课后的学生穿着校服，成群结队地背着书包走过，看到我们，惊奇而友好地指指点点。我们想象中污水横流的场景没有出现，因为街巷下面已经铺设了下水道。上面挂着的蜘蛛网般的电线我们也不陌生，中国的很多小镇也是同样的景象。

进入贫民窟，让我感到好像进入了中国的某个小镇。表面的混乱下，熙熙攘攘的拥挤中，是充满活力、自成一体的生活方式。这里的房子都是违章建筑，没有房产证，但依然可以互相交易。因为塔拉维太大，政府没法清理这些建筑，所以就默认其存在并参与管理。当然，我们没有深入到最恶劣的地方，但据说这里的贫民窟实际上犯罪率并不高，这一说法也算是对我观察到的现象的一个佐证。

2003 年英国查尔斯王子访问塔拉维后表示："这种居住方式是自然环境和社会环境的平衡，聚居地的建筑使用当地原料（铁皮、旧箱子、土坯等），公共空间布局便于行走，区内劳动力雇佣方式很灵活。尽管他们在物质方面十分贫穷，但他们在生活和构建社区方面却遥遥领先，西方国家有许多方面需要向他们学习。"

他的这种八卦言论一出，一时舆论哗然，谩骂抗议者波涛汹涌。但实际上有一点他说对了，就是这里的社区构建确实很有自己的特色，而且自成体系。

在这里，习惯了贫民窟生活的人们，勤奋工作，自力更生，虽然环境破败，但却成了他们生活多年并充满感情的家。很多人从这里起步开始自己的事业，变成百万富翁的据说不止一个。

这里的人们，互助互爱，互帮互学，小孩子受到很好的呵护。因为邻里关系很好，很少有人感到孤单寂寞，反而显得无忧无虑，生活压力好像也不是特别大。政府对贫民窟的孩子实施免费义务教育，为孩子的未来打开了一片天空。

一方面，塔拉维脏乱差挤，像地狱一样；另一方面，这里的人们又拥有着一些大城市里号称体面的人们所不拥有的美好情感和关系，像天堂一样。这里是地狱和天堂的交汇处，是人类堕落和奋发的角斗场。看完塔拉维贫民窟，我的思绪拉回到了中国。

　　在中国，很多大城市表面的繁荣下，不少城市的角落或多或少都有像贫民窟一样的区域存在，我们称这些地方为城中村、农民工居住区或者临建区，一样的脏乱差挤，一样的没有合法地位，里面的人们一样相依为命，互相照应，背后也一样有犯罪、混乱和黑暗。

　　这些人一直被忽视、被歧视、被利用，可他们在中国城市建设和经济发展中起到了重大作用。然而，他们的孩子连在当地接受义务教育的权利都没有，成人在卫生、安全、医疗方面也没有太多的保障。在中国高速发展的过程中，如果我们真把这些底层的人们遗忘了，我们就忘记了自己是从哪里走来，我们也必将不可能走到很远的未来。

悉尼港湾大桥上的创业故事

> 这样美丽的景致，加上这样一个有意思的创业故事，让我觉得人生总会遇到令人意想不到的美好。

悉尼有两个地标性建筑，一个是悉尼歌剧院，一个是悉尼港湾大桥。这两个地标性建筑，几乎人尽皆知。凡是去悉尼者，大部分人都会以这两个建筑为背景留影纪念。

悉尼港湾大桥，开始建设于 1923 年，完工于 1932 年。完美的钢架结构大桥，已经支撑了近百年的交通。这座大桥除了结实和美观外，更加重要的是其前瞻性。

在 1923 年开始建设这座大桥的时候，据说整个悉尼只有五辆汽车，但大桥居然建了双向八车道，外加两条铁路线和两条人行道。1932 年通车后，好长一段时间都有人说桥造得太宽了。今天回头看，我们才钦佩大桥建设者的远大眼光。

关于这座大桥，有一个旅游项目可能很多去过悉尼的人都不知道，叫作"攀爬悉尼港湾大桥"（BridgeClimb Sydney）。你可以从大桥底部，沿着钢架结构蜿蜒而上，一直爬到大桥顶端，俯瞰整个悉尼港湾美丽的全貌。如果在黄昏时分爬上去，还能够看到海湾壮丽的落日。

这个项目听上去好像是一个特别高风险的项目，但实际体验后，你会发现其安全系数甚至超过了在平地上走路。该项目的爬行路线进行了精心设计，两边全部有栏杆扶手，从一开始就有安全带，从第一步安全扣滑入安全钢索开始，只有在回到出发点后，才能解除安全扣。爬上去的路程并不险峻，这样一路紧扣安全带一是为了安全，第二可能防范了另外一个问题，那就是任何人都不可能从大桥顶上跳下去。旧金山的金门大桥，每年都有人跳桥自杀。

这个项目 1998 年开始之后，有不少名人都去体验，带动了普通老百姓参与。迄今为止，已经有约 400 万人参加过这个项目。

值得一提的是，这个攀爬项目的成立，是一个特别典型的创业故事。

项目最初的灵感诞生于 1989 年，创始人叫保罗·凯夫。那一年，他在悉尼主导了世界青年领袖大会，安排的项目之一就是攀爬悉尼港湾大桥。这在当时被认为是一个危险的项目，需要种种特批。但凯夫从大家攀爬时的兴奋中看出来，这个项目很有吸引力，便决心把它变成一个常规项目。

然而，他从一开始就遇到了太多的障碍，例如和各级政府及民间团队协商谈判的问题，攀爬大桥人员的安全问题，攀爬行为对大桥可能造成的影响，对作为文化遗产的大桥的保护问题，等等。这些问题，凯夫用了 10 年时间才得以解决，但他一直坚持。终于，在 1998 年 10 月 1 日，项目开张了。到这个时候，凯夫已经为项目花费了成百上千万的钞票。

很多人认为这是一个不靠谱的项目，不可能把钱挣回来。事实证明，这个项目实实在在抓住了游客的心。到悉尼的人，谁不想爬到桥顶一览悉尼的全貌呢？尽管收费高达每人 300 澳元（1500 元人民币左右），参与者还是蜂拥而至，络绎不绝。

为了吸引更多的游客，项目又进行了客户细分，分成了全程攀爬、体验式攀爬、捷速攀爬等。2012 年还有了专门的中文导游，可见去攀爬大桥的中国人一定很多。所有的攀爬都有导游和教练全程跟踪讲解，并且会监督游客的行为，以免出现安全隐患。

攀爬全程需要三小时左右。其实按照正常爬行速度，整个行程一个小时也就够了，但通常前面的人走走停停，任何人都不允许超越，这样全程就变成了慢悠悠的三个小时。我们爬到桥顶后，觉得一路也没有什么惊险刺激，挺平淡的一个活动，不能称之为冒险。但如果不爬，总觉得是一种失落。就像到了巴黎你不看埃菲尔铁塔一样，会留下遗憾。这个项目，正是利用了游客的这种心理。

刚开始的时候，悉尼政府一直反对这个项目。当这个项目火了之后，政府突然发现这成了悉尼的一张名牌，就开始对项目各种支持，每年主动花大量的钱帮这个项目做广告。项目本身实际上是私营的，凯夫后面这十几年真是赚得盆满钵满。

如果把这个项目当作一个创业项目，它满足了创业成功的几大要素：一个好的创业点子；一个对这个点子极其热爱的人；这个点子直接击中了客户痛点；着力解决这个点子可能带来的其他问题；用名人给项目带来爆款效应；赢得政府的支持；创始人不管遇到什么困难都要坚持；持续优化的运营和围绕项目核心的扩展。

满足这些要素，创业几乎不会不成功。

我攀爬上大桥顶部的时候，刚好夕阳西下，金黄色的阳光洒在海湾对面的悉尼歌剧院上，歌剧院像五瓣莲花一样绽放，呈现出迷人的姿态。这样美丽的景致，加上这样一个有意思的创业故事，让我觉得人生总会遇到令人意想不到的美好。

人生的地图

> **人生不仅仅是为了一个结果，同样重要的是走向结果的路径选择。**

从中学开始，我就对地理很感兴趣，其中最感兴趣的就是地图。

面对一张地图，我能够好几小时一动不动地测算从一个地点到另一个地点的距离，想象着一路上的山山水水和风光无限。

直到今天，收藏地图依然是我的癖好。上学时，我最骄傲的就是能够把中国地图和世界地图用飞快的速度画出来，把一个个国家名和地名标注在上面，渴望未来有一天能够到这些地方走一走。

大学的时候，我到过一些地方旅行，或骑自行车或徒步，怎么省钱怎么来。但更多的时候我只能对着地图发呆，一想到自己哪一天能够自由自在地在全世界行走，心中就涌起一阵激动。

工作以后，经济条件允许了，我开始把自己的旅行梦从地图上搬到现实中。

我从小在农村长大，每天都能看到日出日落，斗转星移，因此我对自己的方向感充满自信，觉得走到任何地方都不太容易迷路。只要和朋友一起出去，我都会承担指路的任务，靠自己的认路本领把朋友们从一个地方带到另一个地方。我认路的能力在朋友中是出了名的，几乎总能找到要去的地方。

我也独自一人走过很多地方，很少有迷路的时候。渐渐地，这份自信便越发膨胀，总以为即使没有地图，也能走遍天下。

后来碰上了几件事情，我才懂得了一个道理：如果没有地图或其他设备指引方向的话，自以为很好的方向感只是一种错觉。

有一次和朋友开车到呼伦贝尔草原旅行，汽车开进草原后，突然发现天地浑然一体，四面都是无穷无尽的绿草，根本分不出东南西北，汽车只能在茫茫草原上打转。

还有一次，我在美国开车旅行，没有地图的痛苦给我留下了深刻的印象。从纽约开车到波士顿，本来只要沿着95号高速公路一直开就到了，因此我就没带地图。开了一段路之后，前面因为交通事故堵得水泄不通，于是我就从一个出口开了出去，结果开进了一个小镇。小镇里有很多纵横交错的不规则街道，不一会儿我就失去了方向。由于镇上没有地图卖，我们只能向居民问路，他们都热情指路，但我们还是一次又一次地绕回小镇。一直折腾了两个小时，才发现另外一条大路的入口离我只不过两英里左右。

这几件事告诫我，再也不要在没有地图的情况下进入陌生的地方，同时我也深刻意识到，预先弄清楚到达目的地的路径是多么重要。

很多人对自己最终想要得到什么都很清楚，但在设计到达目的地的最佳路径时却常常草率应对。如果你问人们五年或十年以后的理想是什么，大多数人都能够清楚地说出来，比如到国外读书、成为某一领域的专家、买房子和汽车等。但很多人都不会去认真设计实现目标的路径，甚至可能连路走不走得通都不知道。于是，不少人在走向目标的过程中迷失了方向，盲目转圈，甚至走到了相反的方向，与既定的目标背道而驰。更有甚者，走上了行不通的死路。

所以，在走向人生目的地之前，先为自己设计一张人生地图十分重要。我们要在地图上把起点标出来，把目的地标出来，把到达目的地的路径标出来，还必须要有应付意外情况的心理准备，懂得如何在原定路径走不通的时候确定新的路径。

人生不仅仅是为了一个结果，同样重要的是走向结果的路径选择。手中有人生的地图，走在风中雨中你都不会迷失方向，你的一辈子会比你想象中走得更远，到达的目的地更多，因此也就会有更多的精彩。

结果因态度而异

> "人世间，任何事情的结果几乎都取决于当事人所持的态度。"

有一年，我和家人在加拿大温哥华准备坐当天中国国际航空公司的飞机回北京。起飞前两小时，航空公司突然打电话通知我：当天的航班取消了。

国航每天只有一班飞机从温哥华飞回中国，当日航班取消意味着我们只能第二天再走。但第二天我在北京安排了两个会议和一场学生讲座，如果改变归期，上千人就必须为我改变计划，这是我最不希望看到的事情。

所以我的第一反应就是一定要想办法当天回到北京，既然国航取消了航班，就想办法找别的航空公司。我知道加拿大航空公司每天也有一班飞机飞往北京，就立刻到加航查询。但加航座位已全部订满，并且很快就要起飞。失望之余，我又迅速查询了加航飞往上海和香港的飞机，也都是满员，希望似乎彻底破灭了。

一个来送行的朋友对我说："别再折腾了，好好休息一下明天再走吧。"我想也只能这样了，就沮丧地坐上汽车离开了机场。

车行半道，我忽然想起几天前看过的一篇报道，说中国东方航空公司将于近期开通从上海到温哥华的航班，但我忘了是哪一天。

不管怎样，这是最后一线希望，我让朋友立刻调转车头回到机场。查询后发现当天恰好是飞机首航的日子，而且离起飞还有两个多小时。我想首航飞机一定不会坐满，时间又够，便跑到国航的值班柜台，要求他们给我签票到东方航空公司的飞机上。工作人员一脸为难，因为两个航空公司之间没有联营关系。我苦苦哀求，反复陈述我必须回去的理由，终于打动了他，通过协调，把全家四张票都签到了东方航空公司的飞机上。

经过十几个小时的飞行，我们终于到了上海，拖着行李抱着孩子，从上海浦东机场坐车赶往虹桥机场，坐最晚的一班飞机飞回北京，到家已是后半夜了。虽然累得筋疲力尽，我却从心里感到满足和骄傲，因为第二天，我可以准时面对等待着我的同事和学生了。

后来，送我的朋友告诉我，他听说航班取消后的第一反应就是第二天再走，因为在他看来，如果国际航班取消了是完全不可能有别的办法的。

当他在机场看到我拼命向各家航空公司询问航班时，他觉得很可笑：明摆着没有任何希望的事情，为什么非要去做？

最后当他目送我们全家登机时，他说，他终于明白了新东方是怎样做起来的，终于明白了以后面对困境应该采取什么样的态度。

人世间，任何事情的结果几乎都取决于当事人所持的态度。

站在北京的任何一个点上，你都可以选择走向四面八方，你选择方向的依据来自你内心的态度或渴望：如果你向往大海，你就会向东走；如果你梦想高原，你就会向西走。

总之，只要做出了选择，你的经历就会因选择而异，结局也会完全不同。

因此，从一定意义上说，你想成为什么样的人取决于你的心。当然，社会环境和人事关系也会对你产生影响，尤其是当你还没有决断力的时候，但最终做出决定的还是你自己。只要你有坚定的态度和信心，通常就能影响周围的环境和人群，使事态向着对你有利的方向发展。

从滑雪所想到的

滑雪时，只有知道了如何停止，你才敢大着胆子向前滑。

有一年圣诞节，在加拿大的滑雪胜地西摩山（Mount Seymour），我有了生平第一次滑雪的经历。

见到那么多人都滑得那么好，我便认为滑雪不难。而且我会滑冰，估计二者原理相同，所以在没有任何滑雪知识的情况下，穿上滑雪板大胆地向山下滑去。这一下去不要紧，我一直向下冲，速度越来越快，想停也停不下来，想拐弯又不会，终于摔倒在地。最后只得站在边上仔细观察别人是如何起步、拐弯、停止以及摔倒后是如何爬起来的。过了一会儿，我又穿上滑雪板练习，在反复摔跤、撞树、撞人以后，才终于可以比较自如地滑行了。

这一次的滑雪经历给了我很多启示。

首先，做任何事情都不能想当然地去做，得有相关知识和经验做基础。我在此前没有学过任何关于滑雪的知识，也从来没有滑过雪，在既没有理论指导又没有实践经验的情况下，直接穿上滑雪板从山上往下冲，结果必然是不断摔跤，而且不知道为什么摔跤。

其次，要区分事物的异同。滑雪之前，我想当然地认为滑雪和滑冰基本一样，把两个表面相像的东西看作是实际相同的东西。滑雪和滑冰是有相同之处，都是滑着往前走，都要保持平衡。但学滑冰时，首先要学的是如何在冰上站住，不会滑冰的人站起来就会摔倒，滑行后想停却很容易，只要脚下不再使劲就能做到。而滑雪时，不需要学如何在雪上站住，滑雪板很长，只要在平整的雪地上就能稳稳地站住，但一旦开始滑行，就进入了斜坡，滑行速度不断增加，像滑冰一样自动停下来是不可能的。由于这些差异，会滑冰不等于会滑雪。

滑雪给我的另外一个启示是：如果做事情的时候不先学会如何停下来，以及什么时候停下来，那么做事的危险性和失败的可能性就会极高。

汽车没有刹车就会是一头吃人的野兽。滑雪时，只有知道了如何停止，你才敢大着胆子向前滑。停下来的本领越高，你的勇气就越大，向前滑行的速度也就越快。凡是成就大事业的人，往往知道什么时候该拐弯，什么时候该停止，什么时候该后退。

滑雪的过程还验证了这么一句话：直线并不一定是到达两点之间的最短距离。如果你从上到下一直滑下去，一是很难控制速度，二是很容易把别人撞翻，这也就等于是把自己撞翻了。

因此，滑雪时人们通常走S形路线，以便控制速度和避让别人。避让别人就意味着避开障碍，给别人让路就意味着给自己让路。

滑雪一场，使我想到了许多。日常生活中，很多现象值得我们思考，从思考中获得智慧，再用这些智慧来指导我们的生活。

幸福和痛苦的领悟

之所以有的人更痛苦，有的人更幸福，原因不是人们对待幸福的态度不同，而是人们对待痛苦的态度不同。

有一年夏天，我沿着黄河旅行，无数次站在黄河岸边，看滔滔河水像黄龙翻滚，自天际流下，把我的心都流成了无边无际的壮阔；看落日一次次像血一样融入河水，感觉好像生命被一次次重新染色，每一次都有奔流到海的冲动。

那次旅行让我感受最深的是这样一件事情。在黄河边上，我用瓶子灌了一瓶河水。混杂着泥沙的水，被灌到水瓶里以后，依然十分浑浊，透过瓶子看到的只是浑浊昏黄的世界，看不到天也看不到地。面对这样的水，我感受到黄河河床不断升高后带来的灾难，感受到人们在这种灾难中的绝望。我把水瓶放到边上，痛苦地坐在岸边，看着黄河发呆。

一段时间后，我把眼神从远处收回来，猛然发现瓶子里的水开始变清了。浑浊的泥沙开始沉淀，瓶子上部的水变得越来越清澈。我看着这种变化，直到泥沙全部沉淀，只占到整个瓶子的五分之一，而其余的五分之四都变成了清澈的河水。我慢慢把瓶子举起来，透过瓶子看到了天，看到了地，看到了生命中幸福与痛苦的界限。

其实，我们的幸福和痛苦也像黄河水一样。在匆忙和浮躁中，我们拼命地摇晃自己的生活，直到生活变得一片浑浊，所有的幸福都掺上了痛苦的成分。

假如清水是幸福，泥沙是痛苦，那我们一生幸福的总量应该大于痛苦。我们时时感到痛苦，不是因为痛苦多于幸福，而是因为我们用了不恰当的方式，让痛苦像脱缰的野马，肆意奔跑在我们生活的每一个角落。因为痛苦的渗透，我们本来应该清澈如水的生活，变得像黄河水一样，有了太多的杂质。

如果我们能够静下心来，让痛苦沉淀在心底，不管它会不会消失，都只让它占据我们心里的一小片空间，其余的大部分空间就会被幸福充满。自出生伊始，每一个人一辈子所经历的幸福和痛苦的总量都应该是差不多相同的，之所以有的人更痛苦，有的人更幸福，原因不是人们对待幸福的态度不同，而是人们对待痛苦的态度不同。想到这里，我把水瓶晃动了一下，已经变得非常清澈的水，一瞬间又变得浑浊不堪了。

生命的难处，是我们无法让生命静止不动，所以也很难把痛苦和幸福截然分开，并把痛苦彻底沉淀在某个被遗忘的角落，让它不再翻滚。在我们的生活中，痛苦和幸福或多或少都会搅和在一起。如果我们陷入其中不能自拔，生命将失去最本质的意义。那么，痛苦和幸福相混合的生活是不是就没有意义呢？

我再次把目光投向黄河，发现它是那么的壮阔和美丽。滔滔的河水翻着浊浪，从地平线那头流过来，从我脚下流过，又消失在地平线的另一头，使人感受到我们这个星球所蕴含的勃勃生机。

我突然意识到，如果能把人的生命不断放大，放大到像黄河一样壮阔，从远古和天边走来，向未来和大海流去，那么我们的生命就不用再斤斤计较于幸福和痛苦的混合，而变成了一曲永远唱不完的黄河交响曲。

世界上没有过不去的事

一切过不去的，可能就是云淡风轻，就是古今多少事，都付笑谈中。

清明节后第一天到办公室上班，刚好事情不多，看着窗户外阳光明媚，柳绿花红，春意盎然，突然动心起念，想到颐和园去走一圈。颐和园离新东方不远，大约 10 分钟的车程，于是欣然出发。

到了颐和园，特地问服务员 1962 年出生的要不要买票，服务员说老同志了不用买。一刷身份证果然顺利通过。上次在香山，门卫提醒我老年人不用买票，还让我着实悲伤了一会儿。这一次已经没有悲伤了，甚至有点沾沾自喜。看来人是很容易因习惯而麻木的，现在有人提醒我老，我已经不在乎了。沾沾自喜，是因为颐和园的票比较贵，30 元一张，免费了，觉得自己占了大便宜，内心居然有点开心。于是决定以后经常到颐和园来散步和跑步。在绿水青山、最美园林里跑步，那是一种怎样的享受啊！我一直羡慕杭州人可以每天免费绕西湖跑步，现在我也可以绕昆明湖跑步了。

我从南如意门进，过绣漪桥，沿西堤到景明楼，两岸湖水碧波荡漾，远处玉泉山上的塔随峰耸立。我一路向北，翻玉带桥，跑步散步交替前行。路上有些游人认出我来，向我打招呼，我挥挥手问候致意。跑到北如意门，沿湖向东折，顺着长廊一直向前。一边是烟波浩渺的湖水，一边是层层叠叠的佛香阁建筑群，历史和自然交相辉映。到了东门，再过文昌阁一路向南，岸边杨柳依依。此路是看颐和园全景最好的路径。十七孔桥、铜牛和南湖岛都在这一路。当初王国维就在此处投湖而亡，这是悲伤的往事。

跑步向南，我又回到南如意门，完成了环湖一圈，共用去一个小时，步数八千。我边跑边想，今天的颐和园是当初慈禧用海军军费建设的。这一行为直接导致了清朝海军因为没钱，装备落后，在甲午战争中失败。当然，真正的失败有更深层次的原因，清朝的制度性腐败和落后才是根源。时过境迁，今天的中国已经日益强大，颐和园也变成人们可以自由畅游的美好去处。即使如此，历史的记忆和反思依然不能忘怀。人类历史上，进步的艰难和退步的迅疾，几乎数不胜数。

有一天和朋友聚会，聚会地点在故宫附近。我提早了一个小时到达，突发奇想，让司机把车开到东华门。我沿着护城河走到午门，进入故宫，一路过金水桥、太和殿、中和殿、保和殿，再进入乾清门，到乾清宫、交泰殿、坤宁宫，穿越御花园，从神武门走出故宫。用了不到一小时的时间，把故宫600年的岁月和明清两个朝代，用匆匆的脚步丈量了一遍。

历史总是以吊诡的姿态展示出来，而岁月能够洗净任何变迁带来的腥风血雨。这些宏伟的建筑里面，曾经发生过多少次惊心动魄的故事，而现在，在温暖夕阳的照耀下，每一块砖和瓦，都那么宁静地和游人相遇。曾经只有皇帝能够行走的御道，今天，我们这些普通老百姓也可以留下轻松散步的脚印。

其实，我们亲身经历的事情，不管是个人的还是世界的，用当前的心态看，都是无比重要或者严重的。我们会为了爱情和友情、工作和事业，死去活来、涕泗横流；我们也会为了某个发生在千里之外的事件，夜不能寐、捶胸顿足。但当时间扫平一切，岁月抹掉我们的情感，留下的也许就是会意一笑或轻轻一叹。一切过不去的，可能就是云淡风轻，就是古今多少事，都付笑谈中。世界上没有过不去的事。你的失恋、失落、失败，你现在正在紧张关注的新闻和话题，都抵不住岁月的风尘，最终或许只会变成历史书上的一行字。正如一首歌唱的："岁月不知人间多少的忧伤，何不潇洒走一回！"

所以，以轻松的姿态，经历自己，经历历史！

第六章 正心

修炼自己，造福他人

每个人的生命都是一条河流。

我们总是有太多的选择，

关注太多的事情，

以至于我们生命的宽度显得很宽。

可是，

人的一生追求的却是深度。

度过有意义的生命

我们总要去追寻一种经历，在生命中留下一些令自己感动的日子。

有人认为，相貌跟未来的成功有很多联系；有人认为，家庭背景跟成功有必然的联系；有人认为，上名牌大学的人会成功，在大学里学习成绩好的人比成绩差的人更容易取得成功……以上这些关于成功的因素可能有部分是对的，但大部分基本无效。

很多时候，我们自以为很重要的东西，跟我们未来的幸福和成功其实并没有太多的联系。现在回过头来看，真正重要的是自己内心世界的丰富，是对自己风度和气质的培养，自己胸怀的扩展以及对理想目标坚定不移的追求。随着年龄的增加，这些会慢慢变成你的智慧，所有这一切才是构成你成功的真正本质。

有的时候我们会心存不满，认为这个世界充满了不公平。你会说，这个世界怎么会对我这样？为什么他什么都有，而我什么都没有？

我在大学里也有过这种心理。比如，我的同学中有部长的儿子、有大学教授的女儿，而我却是一个农民的儿子，当年穿着布衣挑着扁担走进北京大学。我发现自己总赶不上他们的成就，也没有他们的风度。我有时候会觉得即使他们停下来，一辈子什么都不做，他们拥有的东西都比我多。

但是，我后来想通了，生命总是往前走的，我们要走一辈子。

我们不是只走大学四年或研究生三年，我们要走一辈子，可能走到八九十岁。而那时，人生到底怎么样你是不知道的，你唯一能做的就是坚持走下去。

我从一个农民的儿子，走到北大，又走到今天，走了很长时间，走了很远的距离。当时，我们村有个人跟我一样考了两年，我跟他说一起考第三年吧，他的母亲说别考了，找个女人结婚算了。我跟我妈说让我再考一年，结果第三年我真的考上了大学。

从这件事我得出两点结论：第一，人必须往前跑，不一定要跑得快，但是要跑得久；第二，不能停下来，不能三天打鱼，两天晒网，要持之以恒。

我们从小就知道龟兔赛跑的故事，这个故事虽然简单，却蕴含着深刻的道理。跑得快的人往往会因为骄傲而停下来，跑得慢的人却不能因为慢就不跑。只要跑，早晚会到达你向往的终点。

聪明人一辈子创造的成就不一定比笨人多，因为笨的人可能每天都在努力，而聪明的人可能努力一段时间就会停下。即便是爱因斯坦这种超级天才，小时候也被认为是个白痴。爱因斯坦九岁才会说话，还好他有个好妈妈一直认为他是个天才。我的儿子四岁时还不会说话，我老婆着急地带他到处求医，我安慰她说："别担心，四岁不会说话不一定就是有问题。"我老婆问："为什么？"
我说："不会说话是语言功能发育不完全，不代表头脑就不发达。
朱元璋七岁才会讲话，也成了皇帝，我们儿子现在四岁不会讲话，
未来说不定是个县委书记。"

我走到今天，没有一天懒惰过，现在每天依然要工作近16个
小时，但我发现，我还是比不过有些同事。从小学到高中，我学
习也挺认真的，但成绩也只是排在20名左右；在大学我学习更
加认真，最后以全班倒数第五名毕业。

当然，有人会说，你进了北大就已经很成功了。确实，北大
给予了我很多成功的要素。北大的读书气氛很浓厚，大学期间我
读了很多的书，思维变得更加敏锐。但是每年进北大的有几千人，
出北大的也有几千人，能够成功的到底有多少呢？

所以，大学时候的努力重要，大学毕业后的努力更重要。

你未来的成功和你上什么大学没有必然联系。大学为你奠定
了基础，但不能决定你的一生。一辈子能不能活出精彩，还得看
自己的造化。我们不要去计较大学时候的成绩高低，只要不停地
去努力就可以了。

永远不要用你的现状去判断你的未来，只要你坚持，就一定
能获得你意想不到的东西。

人生总要有份期待，哪怕实现这份期待会花费很长的时间。

姜太公在河边钓鱼，一直等到了80岁那一年，周文王在他
边上走过，发现这个老头用直的鱼钩钓鱼。两人聊天中，周文王
发现这个老头很有智慧，于是把他带了回去。后来，周文王的儿

子周武王在姜太公的辅佐下，打下了周朝的天下。

所以，生命总有这样的现象：有的人年轻的时候有作为，有的人中年的时候有作为，有的人老年的时候有作为。花儿总是在不同的季节开放，如果所有的鲜花都在春天开放完毕，夏天、秋天、冬天没有任何的花开放，自然界还会如此美丽动人吗？

很多人在读书的时候成绩名列前茅，可是进入社会后却怎么也做不出事情。这是因为在社会上，并不单单是成绩在起作用。成绩好只能证明你智商比别人高，或者有更好的学习方法，或者学习更努力，但并不能保证你一定有出息。在成绩之外，同样重要的是你与社会打交道的能力、为人处世的能力、在各种人际关系中寻找机会的能力，以及你领导一帮人跟你一起开创事业的能力。

当然，成绩不能决定一切，并不意味着成绩不重要、读书不重要。曾经有一个大学生告诉我他要向比尔·盖茨学习，辍学创业。我说世界上只有一个比尔·盖茨，他说没关系，他可以成为第二个。我又问他为什么不想继续上大学，他终于说了实话，因为他考试不及格，念不下去了。我跟他说，比尔·盖茨是觉得自己的知识结构已经超过了老师，觉得上大学是浪费时间，要把自己的创造力及时发挥出来，所以钻到车库里研究微软。这是两种完全不一样的概念。

如果这一生想要做出一些事，最重要的是在学生时代和毕业后持续学习，我们的人生要想走得足够长，就要持之以恒，要坚持不懈。

然而，是不是我们人生走长了就必然会精彩呢？也不是。

因为人生的走法有两种：第一种是像在平原上走路，走到90岁，十分平坦，但是你却看不到各种美丽的景色。因为平原两边的风景都是一样的，每一天做的事情也是一样的。当我们回顾自己的一生，发现记忆深处是一片空白。

人生还有第二种走法，那就是像翻越连绵不绝的山脉一样，像穿越青藏高原一样。总是有无数的险峰需要我们去征服，一旦我们登上险峰，生命中美好的风光就会展现出来，整个世界尽收眼底。当然，攀登并不是一件容易的事情，你必须付出很多代价，但这种代价是值得的。你爬到一个山头，如果要去另外一个山头，必须下到山底重新攀爬，因为没有任何两个山头是连在一起的。

最精彩的人生是到老年时能够写出一部精彩的回忆录，自己会因曾经经历过的生命而感动。同时，你继续为生命精彩而奋斗的精神还会感动别人。这时候，我们才能说自己的生命是很充实的。

很多年前，我碰到过一件特别令人感动的事情：有一个大学生来找我，他家里非常贫困，自己却很想出国留学，想上新东方的 GRE 和 TOEFL 班，但是没钱。他和我说能不能暑假在新东方兼职做教室管理员，并且安排他到 TOEFL 和 GRE 的班，查完学生的听课证、扫完地后就在后面听课，我说可以。这个学生又提了一个要求，说如果两个月的兼职做得很好的话，能否给他 500 元工资让他买个录音机。因为学英语需要录音机，但是他没钱买，我说也没有问题。那孩子做了两个月，所有接触过他的人都说这孩子刻苦认真。两个月后，我给了他 1000 块钱的工资。他买好录音机后，边听边流泪。我知道他被自己的行为感动了，以后肯定有大出息。

果不其然，几年后他被耶鲁大学全额奖学金录取。

只有被自己感动的生命才会精彩。

有的时候，你会发现低着头一直往前走，就会不知不觉超越目标。

我们总要去追寻一种经历，在生命中留下一些令自己感动的日子。我在加拿大的时候，看过三文鱼回流。在一条鱼身上，生命也会体现得如此壮观。三文鱼把卵产在沙子里，会被其他动物吃掉很多。第二年春天的时候，剩下的鱼卵会孵化成小鱼，小鱼顺流而下，流到湖里，在湖里一年，又会被其他鱼类吃掉一些。一年后，长大的鱼顺着大河奔入海洋，绕太平洋一周再回到产卵地，每四年一个循环。四年后，三文鱼仿佛受到生命的召唤，集中在河口逆流而上，一旦游进河里就再也不吃任何东西，拼命地往前游，游到目的地开始配对产卵，产好后双双死亡。你会看到成千上万的死鱼漂在河上，而老鹰和黑熊就在边上等着。

看到这一景象我特别感动，一条小小的三文鱼也知道，生命的使命是不能放弃的。那我们人的使命呢？连一条鱼都经历了小溪流、湖泊、大海，尝到了淡水的清香和海水的咸涩，完成了生命的周期。如果我们这一辈子既没有痛苦，也没有幸福和甜美，那生命是很遗憾的。

为了使生命没有遗憾，我当年从北大辞职出来后创办了新东方；为了使生命没有遗憾，我努力把新东方做好。有人问我，如果新东方没了怎么办？其实新东方早晚会没的，因为它是一个商业化运作的教育机构，在商业大潮中总会起起伏伏，最终变成历史中的一抹痕迹。但是，即使新东方没有了，我依然认为自己很成功，因为我的心态很成功。我追求生命中那种向往和穿越地平线的渴望不会改变。新东方给我留下的是一种精神，一种力量。

我是一个特别喜欢远行的人，总希望不断地走向远方。小时候我最崇拜的人物是徐霞客，他是我的老乡。地方上的名人对地方上少年的影响往往是非常巨大的。

我坐在长江边上看日出日落，想着徐霞客怎么能走那么远呢？这辈子我是否能跟他走得一样远？正是因为有这样一个榜样在，高考落榜一次、两次我都不绝望，因为我知道走出农村的唯一办法就是考上大学。

有的时候，我们选择前进，不是因为我们有多么坚强，而是因为我们别无选择。

大学的时候，我曾怀揣100元，走到了泰山，走到了黄山，走到了九华山，走到了庐山。我一边走一边帮人家干活，走到九华山发现没钱了，夜里就睡到一个农民家里。那个农民在猪圈边上给我弄了个床，晚上要收我一元钱，而我口袋里总共只有10块钱。第二天早上他下地干活，我想反正也没钱远行了，就帮他一起去干活。他要去地里插秧，我就和他一起去，结果一天下来我插了三分之二，他只插了三分之一。他问我为什么插得那么快，我说我家祖祖辈辈都是农民。晚上，他杀了一只鸡和我一起喝酒。第二天走的时候，居然掏了10块钱对我说："我知道你口袋里没钱了，明天还要去庐山，这点钱就给你当路费吧。"

写了这么多如何度过有意义的生命、如何让生命变得伟大，随着年龄的增长，我现在越来越觉得，其实人活着就挺好，至于生命有没有意义另当别论。活着，每天都会看到太阳升起来，每天都会看到太阳落下去。你可以看到朝霞，看到晚霞，看到月亮阴晴圆缺，看到满天繁星闪烁，这就是生命最美好的意义所在。

生命有各种不同的活法，但不管在什么状态下，我们都要像诗里写的那样，热爱生命，相信未来。

那些让你过不去的，终将为你的生命服务

生命就是这样，敢于选择第一步才能进入第二步，第二步一定是隐藏在第一步的后面。

乔布斯说过一句话，至今让我印象深刻："记住你即将死去。"

我们都知道自己哪天出生，但没有人能预料到自己哪天会离开这个世界。当然，像我这个年代的人，哪天出生的或许都是个问号。

我有三个生日。我的身份证上是 10 月 6 日，后来我问了一下我妈，她说那天是报户口的日子，我真正的生日在八月初六。老一辈算阴历，我查了一下是 9 月 4 日。然而，自从我的简介被放到百度上以后，我总是在 10 月 15 日收到各种各样的生日祝福。后来我上百度一查，原来简介上说俞敏洪生于 10 月 15 日。

孔子说过："未知生，焉知死。"从字面意思看，就是说连生都没搞清楚，又如何能理解死？

我曾经有一次离死很近的经历。

在 2005 年以前，中国的银行周末是不对公司办公的，当时的新

东方就是两间漏雨的破房子，新东方收的钱放在公司保险柜里肯定不保险，所以我自作聪明，每天都把钱拎回家。结果一来二去就被人盯上了。几个劫匪不但抢走了钱，还给我打了一剂麻醉针。事后我才知道，那是专门给狮子和大象用的麻醉针。

医生怎么也想不通为什么我能活下来，直到最后他发现我酒量特别大，抗麻醉能力特别强。这一点后来再次被证实了。到50岁以后，我因为喝酒肠胃不好，去医院做肠胃镜检查，医生就说要全身麻醉。一般人在麻醉针打到一半的时候就会晕过去，但麻醉师给我推了一针，10分钟以后我还在和他谈笑风生。

每个人的生命都是一条河流。我们总是有太多的选择，关注太多的事情，以至于我们生命的宽度显得很宽。可是，人的一生追求的却是深度，即一个人在有限的时间之内到底做了什么样的事情，为自己带来了什么，为家人带来了什么，为这个世界带来了什么。

追求人生的深度，有两个重要的前提条件。

第一个条件，是在理性的范围之内尽可能自律，不要做伤害自己的事情。第二个条件是要尽可能地保持一个相对独立、自由的思想，不盲从。如果没有自我控制的能力，或者不能保证自由独立的追求，人生的"深度"也将无从谈起。

人的一生永远是需要有梦想的，我们应该知道未来想要追求的是什么。

曼德拉一辈子的追求就是要解放南非黑人、消弭种族隔阂，他为这个目标努力了几十年，中途甚至在监狱待了27年，最后依然完成了使命。

梦想和目标，决定着一个人的方向。我从来没有一辈子的目标，但是短期目标一直存在。16岁时我的目标是上大学，22岁时我的目标是留在北大当老师，28岁时我的目标是到国外读书。这些目标鞭策着我，从来不敢放松半步。

实现目标的过程中，不可避免会面临着各种挫折和选择。

首先是挫折。大家都知道，在电影《中国合伙人》里，成东青的人物原型就是我。成东青被美国大使馆拒签，从大使馆出去后在院子里大喊"美国人民需要我"。我看后觉得特别憋屈，因为我从来没有这样。尽管最后没能成功去美国留学，但是我也因祸得福，找到了值得奋斗一生的事业。

这其实再次证明，人生中一些看似不太好的经历对生命其实也是有好处的，我们之所以觉得老天爷不公平，实际上是没有想清楚。那些让你过不去的东西，最终都是为你生命服务的。

我们总是特别在乎周围人的看法。很多时候，我们所做的事情并不是出于内心的喜欢，而是为了得到别人的肯定，其实没有必要。你越关注周围人的眼光，你越会自卑和敏感，想做的事情也会越来越不敢做。当你被眼前的东西吸引的时候，你要知道背后还有一个大千世界，我们不要只顾眼前，我们要走向大千世界。

人生就是在充满艰难险阻的道路上一路前行。

滑雪最大的角度是35度。有一次滑雪的时候，我从一个30多度的坡上高速冲下去，拐弯没拐好，摔倒了。我整个脚踝被扭断，在病床上每天吃止痛药，吃了三个月疼痛才消失。

后来我去日本北海道二世古滑雪，去了以后我坐在那儿整整15

分钟，根本不敢下去，因为以前滑雪时把脚扭断的感觉还深深印在心中。但是我知道，如果这个坡不下去，这辈子我就没办法再滑雪了。犹豫了 15 分钟后，咬了咬牙，心想，老子顶多再摔断另外一条腿，但这一次非要下去不可。结果滑下去以后发现自己还活着，而且什么都没发生，于是一下就克服了对滑雪的恐惧。

除了克服挫折，我们还要面对各种各样的选择。

我们一生要做很多选择，第一步总是最难的。有人告诉我，俞老师，我根本不敢迈出第一步，因为我不知道接下来会发生什么。其实我很理解。就像我从北大出来的一瞬间都是懵的，不知道自己能干什么。我刚开始做新东方的时候只有 13 个学生，我根本不知道后面会发生什么。

事实就是，第二步一定是隐藏在第一步的后面，如果不迈出第一步，怎么能看见第二步呢？所以我们必须克服恐惧，做出选择。

几年前，我跟一个朋友聊天，当时他已经是厅局级干部，在那个岗位上待了 20 年，感觉特别没意思。他认为自己有两个选择。

第一个选择是，再过半年，职级上可能会再升一级，然后继续往上爬。这条路对他来说无比的顺利，这辈子在部长级岗位上退休下来一点问题都没有。

第二个选择，他是中国顶级名校毕业的，对科技项目极其感兴趣，他可以辞掉公职，选择非常好的科技项目来做投资。

人一生的追求就在于回想自己做过的每件事时所带来的幸福感和兴奋感。于是我问他，这两个选择，哪一个选择会让你感到兴奋？

他说他当部长没有任何兴奋的感觉，而出来做投资，见证一个项目的成长，才不辜负自己的一生。所以，当他说自己没钱创业时，我说我帮你找钱。后来他辞掉了公职，成立了基金，做得热火朝天。

生命就是这样，敢于选择第一步才能进入第二步、第三步。就算一无所有，又怕什么呢？只要是发自内心的选择，生命就没有遗憾。

真正的遗憾来自你从来不选择，或者不做主动的选择。

获得大成就的必经之路

想要获得大成就的人，从自愿自觉到坚忍不拔也许是必经之路。

我们做事情常常有两种状态：一种是自愿自觉去做，另一种是尽管艰难却不得不去做，坚忍不拔地做。

肚子饿了我们会吃饭，困了累了我们会睡觉，想放松身心我们会去娱乐消遣。

但如果只是吃喝玩乐，我们就会逐渐失去活力，甚至体会不到生命的美丽。生命的美丽来自进步和成就，只有进步和成就才能使我们感受到生命存在的意义。进步和成就包括经验的积累、品质的培养、学识的增加、智慧的获得、人格的塑造，当然也包括世俗的财富、名声和地位的获得。所有这一切并不是与生俱来的，都需要经由后天的努力才能获得。

很有意思的是，在这点上我们常常会发现人与人之间的不同。有的人好像天生就有获得进步和成就的能力。我小时候，班内的一些同学能够日夜学习而不知疲倦、乐在其中，这让我敬佩不已。你可以说，是老师的表扬强化了他们的学习积极性；也可以说，因为他们乐在其中地学习而得到了优秀的成绩，受到了老师的表扬。

人有不同的爱好，因此会向不同的方向发展。有的人喜欢语文，有的人喜欢数学，有的人喜欢游泳，有的人喜欢下棋，人们自愿自觉地向自己爱好的方向努力，经过努力，常常能够取得相应的成就，这就是俗话说的"兴趣是最好的老师"。

如果到此为止，事情就太简单了，大家只要找自己感兴趣的事情做就行了。但现实并不是这样的。一个人感兴趣的事情，不一定就是能够取得成就的事情。首先，感兴趣的事情有时并不是好的事情。如果你一天到晚打电子游戏，通常是不太容易把自己打成另外一个比尔·盖茨的；如果你一天到晚喝酒，通常也不太容易把自己喝成济公那样的智慧人物。其次，感兴趣的事情就算是好事情，你也不一定能够取得大的成就。

世界上有无数的人喜欢下围棋，但能下到像聂卫平那样的人屈指可数；世界上有无数的人喜欢研究数学，但能研究到像陈景润那样的人寥若晨星；世界上有无数的人喜欢涂抹丹青，但能够画到像徐悲鸿那样的人百年一遇。很多人说这是因为人的天分不同，但在我看来，天分的作用只在其次。更重要的是，所有获得大成就的人，都经过了一条必经之路，那就是从自愿自觉走向坚忍不拔。只有经过艰苦卓绝的努力，才能达到极高的境界。

很多人都有过爬山的经历：如果爬一座小山，我们可以用散步的心情一边欣赏风景一边爬上去，不需要付出太多的努力；如果要登上泰山或黄山，即使你非常自愿自觉地去爬，也会爬得气喘吁吁、汗流狭背，尽管明知山顶的景色很美，有的人可能也会中途放弃；如果要爬珠穆朗玛峰，那就绝对不仅仅是自愿自觉的问题了，需要我们拥有异于常人的精力、体力和耐力，坚忍不拔的意志和面对绝境的勇气，甚至要做好付出生命的准备。

我认识的一个人曾经去登过珠峰，他在登顶途中无数次想放弃，但之前所有的努力、内心不服输的自尊和被绝境激发出来的勇气，使他愿意用生命去博得登上珠峰的荣耀。后来他用一句话来形容当时的心情：到了那种时候，死了也得往上爬。

凡是做出大事业的人，也许刚开始是出于爱好和兴趣，自愿自觉地去做；但到后来，自愿自觉会退到其次，坚忍不拔的意志开始发挥更重要的作用。自己对自己的承诺、别人对自己的期待，使自己不得不努力前进，不断突破自我局限。

有一次我和一位游泳奥运冠军聊天，在谈及我很羡慕她在游泳池里矫健的身手时，她的眼泪差点夺眶而出。她说："你知道我受过多少次伤吗？你知道有哪一个运动员的身上是没有伤痕的吗？小时候只是因为喜欢游泳才选择了这条路，但后来整整 10 年就是为了奥运会夺冠的那一刻。知道为什么奖牌挂在运动员脖子上的那一刻，他们的眼中会充满泪水吗？因为他们之前有再大的伤痛也不流泪。"

那一刻，我明白了，不管遇到多大的困难，我都还没有资格流泪。

对想要获得大成就的人，从自愿自觉到坚忍不拔也许是必经之路。也许，只有当你被自己的努力感动到泪流满面时，你的生命才能称得上是美丽的生命。

越过生命的临界点

不管是爬山还是跑步，在你咬紧牙关的那一刻，就是你做一件事情的临界点。

爬山爬到一定阶段，会感到筋疲力尽，再也不想往上爬一步。但只要咬紧牙关坚持下去，过一会儿你就会感到全身开始舒服起来，爬山的乐趣油然而生。

跑步跑到一定的时候，也会感到筋疲力尽，但只要咬紧牙关坚持下去，渐渐地，你就会感到呼吸舒畅起来，两条腿也好像自动跑了起来，继续跑下去的勇气会转变成轻松向前跑的惯性，日复一日地跑下去你就能跑出很远。

不管是爬山还是跑步，在你咬紧牙关的那一刻，就是做一件事情的临界点。

如果你能坚持下去，就会挺过临界点，进入一个新的境界，不再害怕更困难的挑战，并且在迎接挑战的过程中获得身心的愉悦、成就感和自信。

在学习中，我们也会遇到临界点，这是精神上的临界点。它不像肉体上的临界点那么明显，但却更难挺过去。因为它会持续更长的时间，需要人们有更多的内在勇气。

以背单词为例，很多人刚开始背单词的时候发现单词并不难背，一天能背几十个甚至上百个，但过了一段时间就会发现很多背过的单词都忘记了，于是产生了强烈的挫折感。新的单词越来越多，不断重复背单词变成了一种苦役，最后放弃了背单词，前功尽弃。其实这个时候只要再坚持一下，越来越多的单词就会被牢牢地记住，越来越多的高效记忆法就会被你发现，背单词的速度会越来越快，有了成就感后，背单词本身也就成了一种乐趣。再把原来满是生词的英语文章拿来读一读，你会发现已经很少碰上生词，成就感油然而生。这时，你就闯过了背单词的"临界点"。

在工作和事业中要取得成功，也需要我们有闯过临界点的勇气和坚持到底的耐力。很多人在工作中十分浮躁，总觉得自己做的是小事。其实，小事做不好的人也很难干出大事，能否认真地把一件事情做完是一个人能否取得成功的基本素质。

有一个故事讲的是一个人到处寻找金矿，在自己拥有的一块土地上挖了个遍，结果一无所获，最后只能绝望地卖掉了土地。而买他土地的那个人在原有的基础上只向下挖了几锹，就挖出了金子。另一个故事讲的是有一个人挖井，挖了十口井都没有挖出水，其实每口井只要再向下挖一米，就有一条永不干涸的地下河在等着他。正所谓"行百里者半九十"，"九十"就是临界点。

世界上的事情经常很容易开始，但却很难有圆满的结局。因为圆满意味着必须走完全程，意味着必须历经千难万险，意味着遍体鳞伤也决不放弃，意味着受尽伤害依然心地善良，意味着在到达临界点的时候咬紧牙关，继续拖着疲惫的双腿向前奔跑，直到最后肉体和精神为了同一个目标合二为一。

不能跨越生命的临界点，我们会吃尽失败的苦头；要跨越生命的临界点，我们需经受更多的痛苦。但是，只要你能忍受黎明前最黑暗的一刻，太阳一定会带着满天灿烂的朝霞，为向着东方奔跑的你升起。

在生命的无常中坚守

　　我们要意识到生命的无常，要把长远的打算和今天的幸福结合在一起。

　　有的时候，我们的命运在大时代的洪流里，就像水中一片随波逐流的树叶，没有办法掌控自己的方向。灾难的来临有时会没有任何预兆。

　　在我们的生命中，必须时时拥有一个意识，那就是生命的无常。

　　明天和意外哪个先到，没有人知道。即使这样，也不能今朝有酒今朝醉，不知明朝在哪里。因为你想死还不一定死得了呢，说不定一活就活到 90 岁、100 岁了。

　　那怎么办呢？我的观点是，既要意识到生命的无常，同时也要知道生命坚守和精神永恒的重要性。只要没有战争，没有自然灾难、伤病或意外，我们大部分人是能活到 80 岁，甚至 100 岁的。

　　我本来应该死去好多次了，20 岁时得了肺结核，30 岁时跟朋友喝酒喝到人事不省，40 岁时被抢劫、被注射了大剂量的麻醉剂，这些情况下都有可能面临生命危险。我现在每年都去做需要全身麻醉的肠胃镜检查，每次醒来，都感觉自己又重新活了一次。

有时候我会想：万一要是醒不过来呢，不就没了吗？当然，用于正规医疗检查的麻醉剂是不会让你醒不过来的。基于对医生和医疗的充分信任，你才敢打麻醉剂。但不管怎样，只要我们活着，就既要对得起眼前，又要对得起未来。

未来有很多不可控因素，所以要过好当下的每一天；因为知道未来不可控，所以要更加努力把握现在，才能赢得未来。

我们要把长远的打算和今天的幸福结合在一起。今天做的事情，既是独立的，又是未来长远打算的一部分。你每天要为自己活，要问自己：今天做的事合算吗？开心吗？有意义吗？这些问题特别重要。意识到生命无常，这个意识非常重要。

意识到生命无常，认识到世界上任何东西的结局都是空的，甚至连地球都是空的。为什么？因为早晚它也会没有，5亿年、10亿年、30亿年，不管多少年，地球可能就消失了，当然这个结果已经跟我们没关系了。

回到人的意义上来说，人又是可控的，我们的行为往往也是可控的。

佛教的要义，不是轮回最后变成更高级的人，而是为了摆脱轮回。摆脱轮回的意思就是：你不用在这个世道中一会儿变成狗，一会儿变成猪，一会儿变成人……你永远在天堂，永远在极乐世界待着，这是佛教最初的宗旨。但现在有些人已经把它变成了这样一种观点：你此生努力，下辈子会变得更好，变成了一个世俗轮回。

我一直认为，既然没有任何人知道你的前世，也没有任何人可以预测你的来世，你要做的事情就很简单，那就是着重关注今世的过程。

我到埃及看三四千年前的木乃伊，这些人生前都是帝王将相，因为只有法老贵族死后才有资格变成木乃伊。他们做木乃伊就是希望来世活过来的时候，肉体还在，可以借此复活。但是你看到有哪具木乃伊复活的？很多木乃伊甚至变成了火车的燃料，因为当地木材和煤炭匮乏，木乃伊则多得是。英国人占领这片土地时，据传言火车不用煤了，而是把一具具木乃伊往火里扔。

现在剩下的几具法老的木乃伊，放在埃及和英国的博物馆里。我从来没有看到过木乃伊复活，所有对来生的期待都是空的。但我相信人死后灵魂还在。我说的灵魂，不是一个实体，不是游荡的精灵，而是我们留下的文字、音频、视频。通过我们的文字、音频和视频留下来的精神和思考，就是我们的灵魂。灵魂有没有在天空飘两圈再飘向深空，我不知道，也不在乎。至少我们活着的时候，人生的过程应该是丰富的，而我要把生命过程的丰富性记录下来。

我平常喜欢写日记，为了节约时间写得也不多，每篇日记差不多三四百字。如果觉得经历的事情很有意思，我就要写出一篇文字来。

有人和我说："你写的东西就是一些流水账，只是把发生的事情记录下来罢了。"

在别人眼中这是流水账，在我心里，这是生命的记录。

在网上读到一句话，说我们现在的生活和工作，有一种被挂在半空中的感觉，不知道哪天无形的绳子一断，啪嗒一声就掉下来了。

这种悬空的感觉，我也有一点。确实有很多事情，最后会带来怎样的结果，是我们自己决定不了的。但只要活着，我们就必须要有自己积极的活法。当前的艰难，恰恰考验着我们生而为人的坚韧和勇气。也许我们没法改变外部的大环境，但我们可以在力所能及的范围内改变自己；也许我们还要面临更大的风浪，但我们可以努力成为更加主动的弄潮儿。与其灰心丧气，不如敛心静气。所谓敛心静气，就是让自己的心收回来，不再漂浮不定；让自己的气聚起来，用静水流深的姿态，打开走向未来的心门。君不见，我们身边的每一株植物，都以卑微的生命，日日向天空伸展；每一只小鸟，都以脆弱的翅膀，次次向蓝天飞翔。

人生也许就是这样，当你接受了艰难，依然不放弃对于未来的追求；当你懂得了无常，依然不愿意变得心如死灰；当你理解了寒冷的春雪后，蓬勃的春天会如期而至；当你领悟到一切繁华可能转瞬即逝，琐碎的日常中依然储存着快乐，也许，我们的生命就有了一定的潇洒。云卷云舒、花开花落间，我们就真的能够做到宠辱不惊、去留无意。

未来和当下

> 年轻人为未来努力，并不意味着要牺牲当下。最好是做的事情是走向未来的，但同时本身就很喜欢做这件事情。

春天的气息还没有过去，气温已经有点像夏天了，空气里柳絮飞舞。4 月 20 日是谷雨。谷雨是"雨生百谷" 的意思，就是雨来了，土地湿润了，大量的农作物可以下种了。这在南方尤其明显。小时候这个时节，父母在田间地头忙碌。我和姐姐放学后，会去帮助父母种自留地，或者割草喂猪羊。这个时候的野草，疯了一样地生长，显示着蓬勃的生命力。

宋朝舒邦佐有诗云："谷雨催秧蚕再眠，采桑女伴罢秋千。前村亦少游人到，牛歇浓阴人饷田。" 我小时候也养过蚕，蚕吃桑叶，谷雨前后的桑叶是最好的。北方的谷雨，感觉和雨的关系不是很大，但春耕也应该在这个季节开始了。最近看到因为疫情影响，不少地方不允许农民下地劳动，真担心错过了时节，粮食就种不下去了，而且一旦错过时节，种下去也不会有好收成。因为农作物是非常娇贵的，就那几天种下去才能够长得最好，所以才有了"抢种抢收"一说。

谷雨看牡丹，好像是北方人的风俗。我不记得在南方看过牡丹。牡丹被形容为国色天香，来自武则天时期的洛阳。洛阳成为东都，武则天喜欢牡丹，于是牡丹全国闻名，一下子高贵起来。谷雨前后，是看牡丹的最好季节。宋朝陈允平有词云："谷雨收寒，茶烟飏晓，又是牡丹时候……"民间也有说法："谷雨过三天，园里看牡丹。"现在全球变暖，洛阳的牡丹估计已经开败了。有一年4月，我出差路过洛阳，大部分牡丹就已经谢了。不过我后来倒是在北京看到了牡丹，我们小区就有住户种牡丹，蓓蕾饱满、含苞欲放的样子真是惹人喜爱。

小区里种了几棵杏树和桑树。杏树是春天最早开花的，开完花，绿叶就长出来了。海棠花还没有谢尽的时候，杏树的枝头就长出了青青的小杏，圆头圆脑，非常可爱。"弄晴微雨细丝丝。山色淡无姿。柳絮飞残，荼蘼开罢，青杏已团枝。"这是赵孟頫的词句，写出了此时春色。荼蘼花是蔷薇的一种，以白色和粉色为主，成群小朵开放，热闹得很。桑树则几乎看不到开花，花的样子和桑葚的形状差不多。花期过后，桑葚开始变得饱满，从青色变成淡红色，最后变成深紫色，就可以从枝头摘下食用了。南方这个时候，桑葚应该熟了，甚至掉了。北京的桑树，则刚刚开始开花成果。

因为疫情的原因，不少地方的人们暂时失去了在大自然中行走的自由。这些地方的人们一定尤其怀念"桃花流水鳜鱼肥。青箬笠，绿蓑衣，斜风细雨不须归"的江南景象。

我的日常，依然是每天到新东方上班。因为一些不确定的因素，需要经常和团队紧密沟通，动态调整工作方向和经营方针。好在大家做事情的心气还在，对未来还有着乐观的期待。此时此刻，团队的信心是最重要的。我能做的，就是把信心传递给大家。哪怕是盲目的信心，也比没有信心要强。

有朋友问到我，当下和未来该怎样对待？我们到底应该活在当下，还是为未来而活？刚好我对这个话题，也在有意无意地思考。是更多地活在当下，还是为未来而活，也许和年龄有很大的关系。

年轻人也许更加应该为未来而活，像我这样 60 岁的人，也许更应该活在当下。年轻人就像早上八九点钟的太阳，世界归根到底是你们的。在同一起跑线上的年轻人，谁愿意为未来付出更多努力，谁就可能占据更多的先机和资源。但到了 60 岁，未来的时间再多也是数得过来的，不太可能再去制定一个 20 年之后的人生目标，最重要的还是把当下的每一天过好。

当然，年轻人为未来努力，并不意味着要牺牲当下。最好是，做的事情是走向未来的，比如读学位、学技能，同时本身就很喜欢做这件事情。如果为了未来，做事情需要咬牙切齿，是很难长久的。暂时的咬牙切齿可以，比如为了期末考试熬夜通宵，但这只是临时抱佛脚，不可持续。

老年人做的事情，更要关注当下的满足和快乐，尤其是心灵和精神上的满足和快乐。如果当下做的事情能够带来更好的未来，自然很好；即使不考虑未来，只要每天的生活无忧无虑、快乐满足，就是赛过神仙的日子。人总是要离开这个世界的，不能一辈子总是忙忙碌碌、为名为利。洒脱一点的老年生活，不再计较名利得失，去留无意，也许是对自己劳累一生的最好回报。

人生不是一场计划好的旅行

只有计划之内的山穷水尽，加上刻意之外的柳暗花明，才会构成我们生命的多彩多姿和意味深长。

很少有人能够把自己的一生计划得天衣无缝。人生的大部分故事，尤其是最精彩的或者最伤感的，多由意外事件组成。

作为存在于世界的独立个体，我们的一生是由两部分力量塑造而成的：刻意的计划和意外的发生。

刻意的计划常常只是一个开头，随后的过程常常失控，中间加入一点小小的意外，就会让整个计划面目全非。人生绝对不像一颗子弹的发射，只要瞄准了目标就能够打中。人生更像一场赌博游戏，尽管目的是赢，但手里抓到什么牌由不得自己决定。有的时候牌会好得出乎意料，有的时候牌会糟得令人绝望。你唯一能够做到的，就是把手里的牌努力打好。

你可以认真盘算一下，迄今为止生命中发生的事情，有多少是完全按照计划来的？即使按照计划的方向走，过程的细节是不是也常常不在你的计划之中？也正是因为计划外的惊喜和故事，人生才会精彩和有趣。

当然，我们也会遇到不在计划内的烦恼，甚至悲伤的事情。对于意外的态度应该是：听从命运的安排，好的坏的都平静接受，并且设法把好的变得更好，坏的也想办法变好。

我生命中的很多事情，都是由意外组成的。想上大学是计划的，进北大是意外的；在大学认真学习是计划的，得病休学是意外的；留在北大教书是计划的，被处分愤然辞职是意外的；开培训班挣钱是计划的，把新东方做成上市公司是意外的……这些计划和意外，把我的生命在不同的时期推向不同的方向，造就了我不可预料但也不乏精彩的生活和事业。

就算一场小小的旅行，精心计划思虑周密，也常常会被各种意外打乱。有一次我去日本，在北海道遇上了五十年一遇的暴雪，整整三天，机场一个航班都飞不出去，我制订的计划被彻底打乱。但我也因此见识了千里冰封、万里雪飘的奔放，欣赏了雪压枝头、万树梨花的柔美。暴雪后的天空一碧如洗，大地银蛇飞舞，更是美得令人心醉神迷。当地的朋友听说我滞留札幌，请我吃了著名的螃蟹宴，喝了温烫的松竹梅酒，更令人流连忘返。

最后，飞机起飞时，圣诞节的午夜钟声响起，成就了我平生第一次在飞行中度过平安夜。如果没有这场暴风雪，一切按计划进行，我必将没有这些收获和惊喜。

计划是必要的，意外有时也是可喜的。计划，让我们尽量把控人生大方向和前进步伐；意外，让我们学会应变、接纳天意的安排和计划外的收获。

一切都计划好的人生是无趣的，因为一切在预料之中就失去了很多乐趣；没有计划的人生也是不值得过的，因为容易变成随波逐流的无帆之船。只有计划之内的山穷水尽，加上刻意之外的柳暗花明，才会构成我们生命的多彩多姿和意味深长！

决定生命走向的两种力量

> 人的一生就是控制和管理好自己的欲望，克服自己的惰性，寻找自己真正愿意为之去奋斗的事业的过程。

有两种力量控制着我们生命的走向，并且决定我们一生是走在正道上还是邪路上，会庸庸碌碌还是会取得成就。

第一种力量是欲望。每个人都有七情六欲，这些欲望某种意义上控制着我们的生命，比如饿了你会找吃的。一个人满足自己正常的欲望无可厚非。吃香的喝辣的，用正常手段挣更多的钱，通过努力获得更大的权力，只要不失控，就是推动人进步的力量，是一个人保持上进心的源泉之一。

但人生最大的问题往往就是失控，因为欲望和自制力是相互抗争的。一旦让欲望横流，最后的结局往往是悲剧。但在悲剧发生之前，大多数人都认为自己会是例外。

我有个朋友几乎每天晚上都喝啤酒、吃烧烤，每次我提醒他注意身体，他都是一拍肚皮说："我身体好得很，每天吃完回去睡得香呢，没有问题。"直到有一天他突然中风，再也笑不出来了。尽管他从此以后变得小心翼翼，不再暴饮暴食，但身体也没有恢复健康。

有多少人明明知道吃多了会肥胖，但饮食依然没有节制？有多少人明明知道用不正当手段挣钱会惹麻烦，但依然不肯悬崖勒马？有多少人因为骗子说能够多给点利息，就禁不住诱惑最后血本无归？

这一切，全是过度的欲望在作祟。

心理学实验表明，有自制力的人是最容易成功的人，因为他们知道什么该做什么不该做，他们知道为了未来的美好，现在必须节制和努力。大多数人放纵欲望，因为满足欲望往往会给人带来即时的快感。大多数人对于即时的快感没有抵抗力，就像猫闻到腥味一样，产生不可遏制的冲动。

保持自制力经常是痛苦的，但人在痛苦中能够涅槃，在快感中通常会堕落。人往往会为了躲避痛苦而选择堕落。那些能够在自制中享受痛苦的人，就变成了所谓的成功者。从一生来说，他们其实享受得并不少，但他们懂得如何延时享受，让享受分布在一生中，而不是像烟花一样，瞬间灿烂，从此湮灭。

除了欲望之外，还有一种力量控制着我们的生命，那就是惰性。欲望是勾引你去做自己本来不该做或者不该做得过分的事情，惰性是阻止你去做本来应该做的事情。任何有助于成长和进步的事情，或多或少都会给人带来痛苦的感受，需要克服这种痛苦的感受才能慢慢享受成长和进步带来的喜悦。一个人在能够拉出悦耳的小提琴曲之前，至少要练习上万遍，有多少人能够坚持下去呢？

惰性是什么呢？惰性是一种负力量，阻止你去经历那种成长的痛苦，同时也阻挡你经历成长的快乐。一个没有经历过成长痛苦和快乐的人，会越来越被惰性所左右，从此不再付出努力，一生也就变得平庸无助。

想想你今天要跑一万米是多么痛苦的一件事情，想想你为了完成功课，要晚上 12 点睡觉、早上 6 点起来是一件多么难受的事情，想想你将一本枯燥的教科书弄懂弄通是一件多么煎熬的事情，想想你要厚着脸皮去向陌生人请教是一件多么难堪的事情。既然那么难做，还不如放弃算了。在家里宅着，躲避一切困难和挫折，让眼前舒服就成。很多人就是在这样的过程中，慢慢失去了一辈子的机会和动力。

要消灭自己的惰性只有两个办法，一个是依靠外在的压力，你不得不做。很多大学生在期末考试之前都很勤奋，因为不管自己愿意不愿意，都必须通过期末考试，否则可能会无法毕业，甚至被学校开除。员工在老板面前都会努力工作，因为不努力工作饭碗就会丢掉。这两件事情都是能影响我们人生的事情，所以能够让一个人在很大程度上去克服惰性。

但这不是解决问题的最好办法。解决问题的最好办法就是从自己的心里升起一种力量，这种力量足以克服惰性，让你奋发前进。

把一件事情努力且深入地做下去，经历最初的痛苦，直到自己充满成就感，直到这件事情你不做就会有一种失落感，你不做就会失去生命的喜悦。很多有成就的人，就是达到了这种境界，最后成就越来越大。

我有个朋友拉小提琴拉到了出神入化的地步，成就斐然。我问他怎么练到这个水平的，他说他和小提琴是融为一体的，如果一天不拉小提琴，他就会失魂落魄。

从本来艰苦的事情中体会到乐趣，惰性就会失去控制你的力量。这就是为什么很多人坚持跑马拉松的缘故。如果我去跑，只能咬牙坚持。但我有个朋友说根本不用坚持，要是不跑他就浑身不舒服。很多人对于读书提不起兴趣，而如果让我一天不读书，我就会无精打采，这是因为读书已经给了我巨大的乐趣。找到乐趣，在别人眼里艰难的事情，在你那里就会是享受。

那么具体来说，如何克服自己的惰性呢？

其实我也不能来全面地回答这个问题，因为我自己身上还有惰性，并没有真正做到神清气爽、心无挂碍，但我可以稍微谈一下自己的看法。

克服惰性的第一要素是理想和目标牵引。也就是说，如果一个人内心有对自己应该成为什么样的人的强烈期待，这一期待就会时时刻刻让人奋发努力，朝着自己的理想和目标前进。

我15岁的时候，离开农村、考上大学成了我生命的目标和理想。由于这一目标对我的吸引力足够强烈，所以即使高考失败两次我依然坚持，终于在第三年考上了北大。

有同伴同行，共同奋斗，是克服惰性的第二要素。我们都听说过一句话：一个人也许可以走得快，但一群人才能走得更远。人是社会性动物，只有在一群人中才会被激发活力和创造力。

如果许多人在一个团队中做同一件事情，别人都在努力做，你如果不努力，就会被边缘化或者被驱逐出这个团队，失去你的荣誉和成就。以狼群为例，即使是头狼也要奋力寻找猎物，并和其他狼一起围攻猎物，否则就会失去头狼的地位。事实证明，一个人和一群努力的人一起做事，会变得更加勤奋。

克服惰性的第三要素是养成良好的习惯。市面上有很多书，教人 21 天养成一个习惯。新东方也有一个活动，叫作"百日行动派"，就是坚持做一件事情 100 天，从而养成良好的习惯。我有一句话，叫作"重复成习惯，习惯成自然，自然成个性，个性成命运"。如果你养成了勤奋的习惯，你自然会比别人多做一些事情、多读一些书，也就有可能多取得一点成就。习惯的养成刚开始会比较痛苦，但一旦形成便会成为自然而然的行动。

我认识一位作家朋友，已经写了近 10 部作品。他的习惯是晚上 9 点睡觉，早上 3 点起床，然后就开始写作到早上 9 点，每天写 6 个小时，雷打不动。他的理由是：早上起来清气上升，万籁俱寂，没有人打扰，所以思绪更为清晰活跃。我也是一个比较勤奋的人，因为从 5 岁到 18 岁，我母亲就从来没有允许我睡过懒觉，到现在我也是晚上 12 点左右睡，早上 6 点左右就起床。

此外，所谓的惰性，也可以指思考的惰性。我们常常发现这样的人，表面上做事十分勤奋，但是一辈子却碌碌无为。原因就是，这样的人就像一只蚂蚁一样，只是勤奋做事，却从来不去思考应该做什么事、如何做事，才能让自己的生活"芝麻开花节节高"。所以，思考的惰性才是最可怕的惰性。

人是有智慧的动物，在我们做任何事情之前，一定要认真思考我们是否应该做这件事，如何才能把这件事情做到最好。大到人生方向的问题，小到做一件事情的效率问题，都是需要我们先思考再行动的。

所谓"静思出高人，忙碌做奴才"，我们一定要做高人，不能成为习惯性行为的奴才。

最后，良好的休息也是克服惰性的重要途径。所谓一张一弛，文武之道。一张弓总是拉紧就会崩断，一个人总是紧张就会失常。我们需要先学会休息，再学会努力。比如每天抽出半小时，喝杯咖啡放松一下身心，或者在太阳底下溜达几千步，或者和好友轻松交流一下。每天最好要抽出一点时间健身，或者参加一两项体育活动。每年还可以找时间旅游两次，也是对于身心极大的放松。同时要学会阅读和自己的工作、专业无关的书籍，这是一种思维转换，也会让大脑休息和放松。

我有两项爱好：骑马和滑雪。每年看似要花不少时间去从事这两项运动，但它们给我带来的身心愉悦，能够让我更加专注于重要的工作，提高效率，取得成就。

总之，一个人的一生就是控制和管理好自己的欲望，克服自己的惰性，寻找自己真正愿意为之奋斗的事业的过程。这个过程尽管艰苦，但最后一定会有乐趣和成就来回报你的付出和努力。人生无他，就是这点小事。

谈人的三观

> **一个人的三观，与他自身的层次是密切关联的。**

　　我们常常讲三观，即世界观、人生观和价值观。

　　所谓的世界观，简单来说，就是我们对于世界的看法。世界可以从科学的角度来看，也可以从社会的角度来看。社会是人类相处的集合体，是美好还是丑恶，需要你自己去界定。整个社会又包括世界发展的政治系统、经济系统和社会管理系统，我们如何看待这些发展，这是世界观的问题。

　　在某种意义上，世界观决定了我们的人生态度。如果你觉得这个世界值得过下去，这个世界就是美好的，你的人生态度相对来说也会比较积极。就像是一滴水也能映照世界，你是你自己世界的全部。作为独立个体来到世界后，从生到死，这条路你要怎么走，取决于你对人生的看法、生存的目的和对个人价值的思考。

　　我曾经也遭遇过一些很不好的事情，有人问我，你难道一点心理阴影都没有吗？其实还是有一点的，但我的心里依然是阳光的。这个世界上，偶然性事件总是会有的，你要做的是尽可能避免偶然性，去追求你能比较肯定和确定的稳定世界。

人不能因为一次偶然性事件，就对整个世界全部否认。当然，这需要有一个前提，就是你从内心确定这个世界是美好的。你要做的是追求这个世界的美好，同时用智慧去避开或者对付这个世界的邪恶。如果你把世界看成一片黑暗，那么你的世界观就是悲观的、绝望的，就谈不上后面人生观和价值观的提升了。

有时候我会想起家里养的巴哥狗，因为家里常没人，大家早上出门晚上回来，每当没人时它会郁郁寡欢。我就在想，它是不是在思考自己的"狗生"，作为狗为什么要活着？也许狗没有这样的能力，它只是看到主人就开心，主人不在就伤心，可能这就是它的"狗生观"。

人是有灵性和理性的动物，我们生而为人，每个人都有自己的精神世界。也许有人认为，一个人不管处于任何状态，只要物质生活能够得到满足，就能处于一种满足状态。但我认识很多有钱人，也认识不少明星，他们很有钱，但他们依然在问："我为什么要活着？"你会发现一些曾经很有成就的运动员、演员，后来变成了无趣的人、违法的人，甚至走上了自杀的道路。因为他们没有能够想明白这个问题：人为什么要活着？

所谓的人生观，其实就是你对"人为什么要活着"这个问题的理解。

有人说，我要让孩子健康成长，所以必须活下去；还有人说，我要为父母活着。这些都是小我境界，这些东西虽然很重要，但本质上并没有解决你为什么要活着的问题。

当你把整个社会和你连接起来，发现自己被社会所用，你做的事情有价值，能够给别人带来影响，并且这个影响是正向的，能够帮助其他人变得更好，这个问题才算解决了。

出身贫寒的特蕾莎修女，一辈子都在印度帮助濒临死亡的病人和穷人，让他们有安身之所，她永远不会想自己为什么要活着，因为她的工作赋予了她充分的意义。

我曾经在北大百年讲堂观看过中国残疾人艺术团的演出。北大为什么要请中国残疾人艺术团到学校演出呢？因为北大心理咨询中心的老师发现，北大不少学生没有人生目标，感到迷茫和痛苦的学生越来越多。这些学生好不容易以很高的分数考进北大，结果进到北大后，没有学习的热情，没有生活的热情，甚至连谈恋爱的热情都没有了。

到了这个地步，整个人生就变得很荒谬。本来进入北大，中国著名的学府，这是一片多么广阔的天地，没想到却迎来了痛苦和绝望。当然，大学新生处于人生的过渡阶段，从中学一切有人安排好的状态，进入到大学一切都要靠自己安排的状态，有这么一段迷茫时期也是正常的，但很多学生长期走不出来就有问题了。

所以北大说，我们要用残疾人来激励健康人。

残联的领导告诉我，别看他们是残疾人，残疾人有一个生存法则：只看自己得到了什么，不看自己失去了什么。即使失聪失明，他们只会想，失聪失明以后还能做什么美好的事情。比如这些残疾人艺术团的表演者，尽管身体有残疾，但是他们能够通过自己的表演带给观众美的体验和生命的激励，他们会觉得自己的人生是有价值的。

通过这件事，我深刻地理解到：一个人除了为自己活着，还有很大一部分是为别人活着。而为别人活着，往往比为自己活着更加容易感到充实。当你发现别人因为你的帮助变得更好、更加幸福、更加成功，你才能同时解决自己为什么活着的问题。

当初，我之所以创立新东方，部分是因为北大一个月只有120块钱的工资，生活很艰难。当时我给自己定了一个目标——赚到30万元。

后来新东方越做越大，生存问题解决了，经济宽裕了，我就开始问自己：做新东方，除了挣钱，你打算如何让人生更有意义？我不断去探求生命的意义和人生的价值，才发现生命除了满足自身的需求，只有不断帮助其他人，才会变得有意义。

新东方每年大概出资几千万人民币为贫困地区的孩子们提供教育服务。我一直认为教育是解决贫困问题的重要法宝，你可以给贫困地区捐钱、修路，但都不能解决根本问题。要解决根本问题，就需要为贫困地区培养出一批真正优秀的大学生。因此，我们想方设法通过互联网和科技手段，把优质教育资源输送到贫困地区。

虽然常听人说"人不为己，天诛地灭"，但我们一辈子不能只做为自己的事情。这样的人生是可悲的，人生的很多快乐也体会不到。因为你会天天处在斤斤计较、利益纠缠，以及挖空心思占别人便宜的状态中。当然，我们也没有必要都像特蕾莎修女那样，一生永远在为别人做好事。至少我们可以做到，既为自己，也为别人。

有人问，俞老师，你为什么要写"老俞闲话"公众号？我写"老俞闲话"还是很勤奋的，不仅仅是因为我写完之后，每篇文章都有几万人阅读，文章后会有几十条、上百条甚至上千条评语，这个是属于虚荣心层面的；更重要的是，我发现自己写的文章对有些人是真的有用。读完之后，有人也许改变了心境，改变了人生态度，改变了迷茫的状态，甚至确定了人生方向。这些事情好像时有发生。我写的文字帮助到了别人，同时满足了自己内心的成就感和虚荣心，这是再完美不过的事情了。

我一直认为，人在做好事的时候，有点虚荣心不是一件坏事，两者是不矛盾的。我甚至认为遁入空门的弘一法师都是有一定虚荣心的。弘一法师遁入空门后，一生深入研修，潜心戒律，始终遵循着最严格的律宗要求。但是，弘一法师依然会到全国各地去传道，传播佛教教义。一方面他要救大众于苦难之中，另一方面，从某种意义上来说，他在这个过程中，内心一定也有被信徒认可的满足感以及弘扬教义的成就感。

我个人做事情，不论是写文章还是演讲，一方面是自己的精神得到满足，另外一方面对他人也是有用的。虽然我也会有痛苦迷茫的时候，但从整体上来说，我是一个勤奋精进的人。

勤奋精进是因为活得来劲。之所以活得来劲，是因为我做的事情，都有一定的社会意义。

除了世界观和人生观，价值观也很重要。

一个人拥有什么样的价值取向，什么样的价值目标，什么样的价值追求，决定了这个人的生命价值。如果要问这一生有什么是值得我们去追求的？值得去追求的东西太多了，财富、友情、社会地位都值得追求。

到底哪些东西应该放在第一位，哪些东西放在后面，就要看你追求的目的是什么了。比如说，对于财富的追求，到今天为止也是我孜孜不倦的目标。因为财富可以让人去做太多有价值的事情。我很欣赏吴晓波说过的一句话："金钱，让浅薄的人更浅薄，让深刻的人更深刻。"

过去我对财富的追求，是为了摆脱贫穷；今天我对财富的追求，是为了让财富帮助到更多的人。如果钱只用在自己身上，天天吃喝玩乐、各种享受，只能暂时满足空虚的心灵。只有当你把钱用到能够让精神和心灵长久保持充实的事情上，感觉才会完全不同。

追求任何东西都没问题，但追求的目的一定要想清楚。追求财富没有问题，但如果把财富作为唯一目标，却没有想清楚追求到手后用财富做什么，这个时候就有问题了。

一个人的三观，与他自身的层次密切关联。

心理学家弗洛伊德讲过人的"三我"：本我、自我和超我。如果一个人的世界观、人生观和价值观只跟本我相关，只满足自己的本性欲望，那这个人就跟衣冠禽兽差不多；如果一个人的三观与本我和自我相关，那么他可能是一个在社会中可以安身的普通成员；只有一个人的三观跟本我、自我和超我都相关，且更多偏向超我，这个人才能够在这个世界上站得更高、看得更远，也就意味着世界上更多的东西才会为这个人所用，这个人也能够为社会创造出更多有价值的东西。

活着的三重境界

人生其实是有无限的可能性的，这取决于两个要素，首先是努力，其次是正确的努力。

对于每一个人来说，人这一辈子好过也是过，坏过也是过。

著名作家余华写了一本小说叫《活着》，描写的是老百姓在社会及政治变革中身不由己地活着，以及非常被动地活着。人们经常说"好死不如赖活着"，但是人最惨的境界是活得不好。

还有一句话是这么说的："人这一辈子活三条命，分别是性命、生命、使命。"这三个层次一级比一级高。

每一个人都在为了自己的性命活着，因为人首先要活下来。上大学为了什么？找工作。找工作为了什么？拿工资。拿工资是为了自己活得更好一点。但光是为性命活着，这个人活着没有太大的意义。

著名摄影家焦波带领平均年龄只有 21 岁的五六个弟子，在山东一个村庄里住了将近一年，沿着村里的生活轨迹拍了一个纪录片，叫《俺爹俺娘》。片子非常感人，演员全是老百姓，但是这些老百姓不知道自己在当演员。

焦波与弟子们跟踪拍摄了一年以后，从几千个小时的拍摄素材里面剪辑出了一个非常有故事性的纪录片。你可以在里面看到老百姓的生活、挣扎，我把观影感受总结为"在绝望中的乐观"。

最让我感动的一个场景是，一个农民在年轻的时候写过很多东西，也玩乐器，但是因为生活困苦没有坚持下去。在这个片子里他要学琵琶，老婆跟他争吵，说饭都吃不饱了还要买琵琶。这个男人说，人活着不是为了吃喝拉撒，还需要有精神上的生活。

他有精神上的向往，这种向往让我觉得他活得与别人不同。

如果说为性命而活是第一个境界，那么为生命而活是更高的层次，是第二个境界。

人们说起生命的时候经常讲尊严和自尊。人活得像样的时候不是指有钱有地位，而是指自己看得起自己，周围人也看得起你。别人真正看得起你往往不是因为你有钱，而是因为你具备某种精神，具备了不起的气质，能做别人做不到的事情。追求生命的真谛、为生命而活，需要付出不屈的努力和坚持。

第三个境界是为使命而活。每个人身上或多或少都带有"使命"。比如为人父母，心中就要有使命感。孩子一出生，你需要给予孩子关怀与爱。当孩子的成长与你息息相关的时候，你心中就会希望孩子未来能够真正成长为一个有用的人，这就是为人父母的使命感。

除了为人父母的使命感，还有一种更大的使命感，来自你愿意为自己的家庭、社会、国家甚至全世界做一些有意义的事情。

我自己就有这样的感觉。我从自己活不下去，到去北大学习，从北大毕业以后留校任教，到创立了新东方学校。刚开始所有人都看不起我，新东方做起来以后别人的观念开始有了些变化，觉得俞敏洪的"生命"又回来了。再后来，我们做公益捐款、建希望小学、为偏远地区培训老师……使命感的覆盖范围越来越广阔。

对于每一个人来说，一辈子有两种选择。第一种选择是过平淡的人生。平淡的人生不一定平庸。你可以喜欢平淡的人生，不追求名利，不追求升官发财，做的是自己喜欢的事情，满足于自己的经济状态。虽然很平淡，但生活的丰富性和充实性其实就构成了你的生命。

我喜欢平淡，但平淡不等于空虚和平庸。平庸是什么？你赚到了钱，却永远觉得不够，总觉得生命中钱是最重要的，或者不知道钱怎么花有意义。

看一个人怎么花钱，就可以看出这个人在追求什么。如果花钱花到最后出问题了，那么这个人最终是会出大问题的。现在有一些所谓的企业家之所以进了监狱，就是拿钱去赌博，输了没钱想办法骗钱，甚至走入了黑社会。

第二种选择是过让你自己都觉得惊讶但却发挥了你巨大能量的生活。本来我选择的是第一种生活，但是之后转成了第二种。后来我发现，其实我从小选择的就是第二种生活。如果选择了第一种，今天的我可能是一个平凡的农民，种种地，看看书。

人生其实是有无限可能性的，这取决于两个要素，首先是努力，其次是正确的努力，这个努力是对的，而不是错的。如果努力去做一件坏事，最后结果肯定是不好的。所以，正确的努力是前提条件。

例如，考大学是一条正道，考上大学你会交到新的朋友，学到新的知识，增长智慧，开阔思路，这是正确的努力。在坚持的过程中，会发生许多自己预料之外的事情。比如我从来没有想过能去北京大学读书，直到拿到录取通知书才相信；我从来没有想过自己能把一整本英文字典的词条背得滚瓜烂熟，但是我用了三年的时间实现了。假如我一辈子在北大当老师，从助教到讲师再到教授，我评估了一下自己，认为自己永远当不了一流教授。一流教授在我心目中是梁启超、王国维这样的大师，至少也是季羡林这样的人物。我做教授连他们的影子都赶不上，因为我知道，成为伟大学者的前提是从小打下坚实的知识基础。

我的英语是 16 岁以后才开始学的，历史、地理这些东西除了中学课本上教的知识，其他都是空白。我一直到 30 岁才了解太平天国是怎么一回事，明白很多历史事件并不是我以前想的那样。很多东西等我想明白的时候，我都已经 40 岁了。所以，在北大纯粹地当老师不适合我，所以我觉得自己必须出来，去寻找一个未知的世界。当然，去寻找未知的世界需要付出更多的努力，也可能会遭遇各种困境，比如挣的钱只够吃饱饭，也可能就收获了成功。

但是，当你进入未知领域的时候，挫折和成功对你的人生来说都是宝贵的收获，永远比你在一个已知的世界中所获得的东西更多。

我从北大出来时，希望自己会有一个不一样的世界。后来，我开始做新东方。一开始我并不想把新东方做成上市公司，只想自己赚点钱以后留学。当时这个愿望没能实现，因为赚不了这么多钱。当我后来赚了足够多钱的时候，我发现自己不愿意去留学了。因为新东方的发展和我在中国遇到的挑战，让我个人的成长非常迅速。我刚从北大出来的时候，见到居委会的老太太和公安局的警察都会害怕得浑身发抖，但是今天我见到警察大哥像见到兄弟一样，可以跟他们相谈甚欢。

另外，当我看到学生喜欢听我的课，看到学生通过我的讲授拿到 TOEFL 高分去海外名校读书的时候，我感受到了自信和使命感，我深知我在新东方做的事情是有价值的。

当然，这种未知世界的诱惑在于你不知道自己到底会做成什么样子，但你知道你必须要往前走，而不是原地踏步。

时间的长短会直接导致做事的本质发生变化。

很多情况下生命在于重复，一个单词我背四万遍是没有意义的，但是整本词典的单词加起来背四万遍的话我就会变成一个"活字典"，这就有意义了。

这里有两个要素：首先，重复是必要的；其次，重复累加起来要产生质变。

这里我想分享一个关于我父亲的故事。父亲在我小时候是一个木工，别人家盖了新房子以后不要的碎瓦和木头，会被他捡回来堆在我们家的院子里，我搞不清楚他要这些东西来干什么。有一天，他突然在我们家院子里开始挖墙基、填土、填砖头，砌成了非常漂亮的墙，再把木头架上，就变成了一座非常漂亮的房子。这座非常漂亮的房子一分钱没花，用的都是他捡回来的砖头和木头。

当你把乱砖碎瓦变成一座房子的时候，生命的质变就产生了。从性命到生命，最后通往人生的使命。

人生的"三醒"

一个人的醒，除了自然的醒，还有认知上的醒和觉知上的醒。

对于很多人来说，睡着和醒来是一种自然行为。困了就睡，该醒来的时候就醒来。

醒来了就做一天应该做的工作，上班、下班、交友、聚会、回家，周而复始。很多人在这种周而复始中消耗着岁月、经历着四季，把自己活成了一架永动机，不断行动着，却从来没有认真问过自己：为什么要这样行动？

睡觉，对于所有人都一样。夜晚来临，疲劳了，进入睡眠。如果睡眠很好，第二天就会精力充沛。能够睡好是一种幸福，只有经常失眠的人，才会知道酣睡是多么幸福的一件事情。

但人与人的不同，不是来自睡觉，而是来自醒着的时候。醒着的时候，不同的思考和不同的行动，造成了人与人之间的不同。

醒来，最重要的事情就是思考。很多人是不愿意思考的，因为思考消耗能量。但思考对于一个人太重要了，因为它是人生向前发展的前提。所以一个人醒来后应该问自己如下几个问题：

我一生最想做什么？

我现在做的工作，和我一生最想做的事情有什么关系？

如果没有关系，我将如何走向我最想做的事情？

我是在随波逐流还是拥有自己的志向？

我愿意在现状中消耗生命吗？

如果不是我要的生命状态，我有放弃和改变的勇气吗？

…………

问问题，不是最重要的。很多人从来就没有满意过自己的工作、婚姻和现状，但是，一声叹息后，从来不去做出改变。当问题有了答案后，行动才是最重要的。其次是目标，没有目标的行动是乱动，结果往往不是后退就是原地打转。行动有了目标，才能走向未来，或者走向不同的世界。

一个人的醒，除了自然的醒，还有认知上的醒和觉知上的醒。认知上的醒，是原来被错误的观念和想法蒙蔽，通过学习或思考，意识到了自己观念的狭隘或错误，从此走向更高层次的认知。觉知上的醒，是指自己因为某个机缘，恍然大悟，觉今是而昨非，重新开始过另外一种人生，或者另一个层次的人生。认知让自己的思维更广阔，觉知让自己更上一层楼。

人类是思想的动物。思想包括了人的知识、意识、思维、认知、哲学态度等。思想的不同导致人生的不同。家庭背景、财富、城市的不同，也会导致人生活状态不一样，但所有这些并不是不可逾越的。农民家里可以走出大学生，财富随时都在变化，居住地可以迁徙更换。但思想的跃迁比现实生活的跃迁要难很多，而且很多现实生活的跃迁，依靠的正是思想的跃迁。如果你坚持认为地球是方的，任何人告诉你地球是圆的都不一定管用，需要你自己真心诚意认为地球是圆的才行。

世界上有两件事情最难做：一是把钱从别人口袋里掏出来，二是把思想放进别人的脑袋里。

在世界信息如此通达的今天，依然还有很多人闭目塞听、行为极端、语言粗暴，从这一点就可以看出思想的改变十分艰难。人们之所以对于极端思维的接受要相对容易，是因为极端思维不需要理解，只要接受就行。而对于批判性思维或者多角度思维，接受起来就难很多，因为这需要在头脑里进行思考和斗争，达成自己独立的结论。这会消耗很多能量，从生理上都会产生排斥。

这就是为什么拥有独立思考能力的人相对较少，因为这需要花力气，花力气了还不一定能够得到回报，而且独立思考往往需要具备强大的内心。所谓的"众人皆醉我独醒"，就是指的这种状态。大家都愿意醉，愿意随大流，谁醒谁痛苦，又何必呢？所以，"独醒"需要很大的勇气，接受很多煎熬，甚至需要牺牲自己。屈原最后跳进汨罗江，不是懦弱，是巨大的勇气。

人是天然追求意义和尊严的动物。如果一生过得浑浑噩噩，如猪牛羊，被驱不异犬与鸡，大部分人是不愿意接受的。

对意义和尊严的追求，首先要尽量确保生命的独立性。尽管人生不如意事常八九，长恨此身非我有，但如果我们能够经常思考和提问，并且通过努力不断提升自己的境界和思维能力，独立性一定能够得到提升。

其次要认真弄清楚自己生命的意义和尊严到底是什么。是吃喝玩乐对你有意义？生儿育女对你有意义？追求知识对你有意义？还是超脱红尘对你意义？也许不同的人生阶段，你认为有意义的事情也是不一样的。但至少你每天做的事情，要能够给你带来内心的充实和喜悦。不一定每件事情都能做到，但至少有一些必须这样。

每个人都需要被人尊重，但个人的尊严也有不同的维度。别人表面上对你的尊重和内心对你的尊重，并不在同一个层次。有时候，表面尊重的背后甚至暗含的是对你的侮辱。当我们的尊严被冒犯时，我们是立刻反击，逞一时之勇？还是忍辱负重，以待后来？还是视若无睹，一笑置之？不同的人生态度和涵养，会做出不同的选择。一生的意义和尊严，只有你自己能够清理出来。不图一时之快，不逞一时之勇，此乃大家风范。

不出意外，我们每天都会醒来。醒来后如何做，如何安置自己的人生，是我们走向不同人生的关键。你会做什么呢？至少明天醒来，你可以思考一下。

生命随喜自然

把内心活成一片海，或者把自己变成一棵树，风中雨中，随喜四季。

那棵海棠树，本来并不生长在路边，是被人从其他地方移植过来的。从哪里来的，没有人知道，也许只有海棠树自己知道。从外表看，这棵海棠树已历经岁月，枝繁叶茂。

在我搬到小区之前，这株海棠树就在了，在我房子的斜对面。我搬来的时候，刚好是春天，海棠树以盛开的姿态迎接我，那一树粉白相间的小花，在绿叶的映衬下灼灼开放，宣示着树的活力。因此，我和它之间就有了一根无形的纽带。常常，早上、晚上、微雨中、星空下，我会到树底下徘徊，或者静静坐一会。风吹树叶沙沙，似乎是树的呢喃，在与我的内心对话。

随着时间的流逝，我看花谢花飞，落英满地，树叶从青绿变成深绿，青涩的海棠果从枝杈上密密地长出来。雨后有水滴挂在果子上，煞是好看。今年夏天雨水很多，海棠得到滋润，一树丰茂。我的日子也在一天一天过去，在忧伤中、绝望中、无奈中、做梦中、遐想中、欢快中、酒醉中……就这样日复一日。人生不同的阶段，不管你是否愿意，都会到来。不知不觉，老之将至，回望过去似乎一切如梦幻泡影，自以为是的青云之志，也如一缕云烟逐渐消散。但人生美好的回忆会一直在，奋斗的美好也深深刻入生命之中。风云激荡之后，一切归于平淡。海棠应笑我，早生华发。

转眼秋天到了，海棠果成熟了，红绿相间，硕果累累，但无人问津。雨后风后，海棠果落在地上，被路过的人踩碎，或者慢慢烂掉。不知道海棠树会不会悲伤，这些果实似乎就是自生自落，归于泥土。也许复归自然，才是海棠树的选择。我有点不能释然，捡起一颗海棠果放进嘴里，酸酸甜甜，挺好的味道，像人生，酸涩和甜蜜，混合在一起。

也许，一切就是随着自然而发生。春天的花、夏天的绿、秋天的果、冬天的枯，生命的轮回，不计较得失，不在意去留，内心无波无澜，情绪不悲不喜。走过了，活过了，好的不好的，一概收纳，把内心活成一片海，或者把自己变成一棵树，风中雨中，随喜四季。

那株海棠树，和我，就这样，在时光中，互相印证各自的生命。

人是挂在意义蜘蛛网上的动物

不管你愿意不愿意，你做任何一件事情，都会自觉不自觉去探究背后的意义。

也许是年龄变大的缘故，我现在对大自然变化的敏感度提高了不少。原来一头扎到工作中去，蝇营狗苟占据了心灵的大部分空间，功名利禄蒙蔽了灵魂的美好。一旦清醒过来，内心便有对于自然遏制不住的渴望和热爱，甚至想把自己融入其中。

历史上，很多文人墨客都表达过对于自然和自在生活的追求，陶渊明是最具象征性的代表人物。一篇《归去来兮辞》，写尽了为谋生低眉折腰的无奈，以及回归田园生活的自在。"园日涉以成趣，门虽设而常关。策扶老以流憩，时矫首而遐观。云无心以出岫，鸟倦飞而知还。景翳翳以将入，抚孤松而盘桓。"

身处繁华都市的人很难体验到陶渊明笔下归园田居的美好，只能在城市的角落中窥见四季的变迁。北京春天的花季即将过去，但有一种花依然开得特别兴旺，热闹到了铺天盖地的程度。这是一种野花，不需要人种植。春天开花，结籽后自然落到土里，到第二年的春天，以更加蓬勃的生命姿态绚烂大地。越是荒野的地方，这种花开得越是旺盛。它们不在树枝上搔首弄姿，也不在众花间争风吃醋，而是用一种低调而开心的姿态，瞬间把大地铺成花的海洋。这种花有一种很土的名字，叫诸葛菜；也有一种很好听的名字，叫二月兰。

其实，花的颜色是紫白色的，为什么叫二月兰不得而知。我查了一下为什么叫诸葛菜，结果发现在开花前鲜嫩的时候，果然是可以当菜吃的。不过，我已经看到了诸葛菜繁花似锦装点人间，便不忍心再把它们吃了。不管在颐和园、圆明园，还是小区的土坡上，漫坡遍野都是那紫色的海洋，绵延不绝，生机盎然。我徜徉其中，享受着置身大自然的舒适。

写这么多有关春天的文字，其实也映衬了我的另外一种心情，一种独处时的苦闷和焦虑。我想每个人都有或多或少的苦闷和焦虑，为个人的事情，也为世界上正在发生的其他事情。人有矛盾性和复杂性。面向自己，要处理好内在的心情和外在的健康。而内外的满足既需要物质的满足，也需要心灵的充盈。同时，人又是社会性动物，无论如何都会和其他人、和社会组织打交道，于是构成了错综复杂的社会关系。一旦这种关系自己不能把控、不能主导，就容易产生焦虑和痛苦。我和大家一样，自然也不能免俗。

细细想来，引起我苦闷和焦虑的，无非是如下几件事情：个人层面，身体健康状况（腰椎间盘犯病导致起坐困难以及其他毛病）、岁月流逝的紧迫、没法主导生命状态的无助（没有陶渊明那样挂冠而去的勇气）；公司层面，未来业务的探索、组织结构的调整、有限资源的利用、人事关系的重构等。这些都会激发出内心的某种焦虑。尽管我没有范仲淹"先天下之忧而忧，后天下之乐而乐"的情怀，但也知道世界上发生的任何一件事情，也许会和我们的命运息息相关，所以时时刻刻念叨着，希望一切都往好的方向发展。祖国一如既往繁荣昌盛，人民世世代代幸福安宁。

人是不容易满足的动物，你所希望得到的一切，在得到的同时就失去了意义。为了实现新的满足，我们还会一再追求对生命本质已经不再重要的东西。就像"剁手党"，明明不再需要的东西还是会一买再买；就像饕餮者，明明已经吃饱，依然会狼吞虎咽。所以，我常常问自己：我还真的需要那么拼吗？它满足了我哪个层次的需求呢？对于这些问题的回答，现在既不是肯定的，也不是否定的，而是一种积极的探索状态。马克斯·韦伯说："人是挂在意义蜘蛛网上的动物。"就是说，不管你愿意不愿意，你做任何一件事情，都会自觉不自觉去探究背后的意义。没有意义的事情，是很难坚忍不拔做下去的。

当然，今天的我，依然在说服自己，我做的事是有意义的，我的付出和努力是值得的。其实，所谓的意义和价值，就像你穿的衣服，可能自己觉得高雅名贵，在别人看来也许俗不可耐、一钱不值。不过，意义和价值，主要在于自己认可。认可的最低标准，就是自己觉得值得做、愿意做，并且做的事情对他人和社会不构成伤害，最好还能够有益。

按照这个逻辑，我又想了想，每周邀请朋友做的直播，以及我阅读后推荐的书籍，是不是符合这个标准。我觉得还是大致符合的。首先，阅读和谈话这件事情，是能给我带来某种心灵愉悦的。其次，阅读和谈话让我增长知识和智慧。再次，我们讲的内容是正能量的，不会对他人和社会构成伤害。最后，我还能够交到新的朋友，私下进行更加深度的交流。所以，我还是很愿意做这些事情的。扪心自问，做这件事情不是为名为利，就是为了开心和充实。

在直播过程中，粉丝们的打赏和购书行为确实给我带来了收入，让我从心底里开心。任何人都是需要被鼓励和肯定的。我收到的打赏和佣金，大部分都会为边远地区的孩子们买书，打开他们的眼界，让他们未来有更多的机会走向世界。

2022 年的 4 月，我听了崔健的在线演唱会。崔健对于现在的年轻人也许不那么重要，但对于我们这一代人有着至关重要的影响。他的歌声曾经让我们热血沸腾，让我们突破自己的局限，让我们的目光变得更加明亮和锐利。今天的崔健，和我一样变老了。他一直强调自己没变，也许没变的是他的精神、他的倔强和他的温度。精神不死，就是永生。我很少听演唱会，但崔健的在线演唱会，我听了很久。当我听到《假行僧》和《寂寞就像一团烈火》等歌曲时，禁不住泪流满面。"我有这双脚，我有这双腿，我有这千山和万水。我要这所有的所有，但不要恨和悔。""寂寞就像一团烈火，像这天地一样宽阔，燃烧着痛苦和欢乐。"

也许我是真的老了，容易多愁善感；也许我的心并没老，依然能够热泪纵横。

过好一生就这八个字

> **人生的真正意义，是在你为别人做事情的时候获得的。**

从心理学上来说，一个人要想取得成就，通常要有两种感觉。

第一种叫使命感，从小给自己赋予使命的人，更加容易做出有成就的事情。

第二种是内驱力。一个人有了内驱力，自己就是发动机，自己就是一团火，推动生命前行就会变得比较容易。外在的推动力都是难以持久的，最终都会熄火或者停止；但是如果有内驱力，而且自己不断加油，取得成就的可能性就非常大。凡是取得大成就的人，一般来说都是使命感加上内驱力带来的结果。从培养孩子的角度来说，家长应该从小培养孩子的使命感和内驱力。一个有着成长使命的人，必然愿意付出比常人更多的努力。

凡是有使命感和内驱力的人，通常会带来另外一种力量，那就是遇到困难、痛苦、挫折不会退缩的力量，因为这个人的精神力量超出了困难本身。

这有点像孟子所说的："天将降大任于是人也，必先苦其心志，劳其筋骨，饿其体肤……"很多成功的人会认为，眼前碰到的挫折和困难，是为了让自己实现更大的目标所设置的考验，这种力量能够鼓励他们风雨兼程，继续前行。

一个普通人如果没有使命和目标，很容易被当前遇到的困难、挫折或者痛苦拖垮。你会觉得这就是自己的全部，这就是自己的命。但那些有远大抱负的人会觉得，之所以会遇到磨难，是因为自己背负着更重要的使命，只有经过苦难或不幸才能达到更高的境界。

苏轼很多伟大的诗文都是在经受苦难以后写出来的。比如我们熟悉的"大江东去，浪淘尽"，以及《赤壁赋》，都是苏轼因为乌台诗案被贬到黄州，人生遇到了巨大的挫折以后，有感而发的。

袁隆平年轻的时候受了不少苦，但是他觉得自己的使命就是要让中国人民吃得更饱、更好。

所以，当你生活中遇到困难和挫折的时候，如果生命中没有另外一种力量支撑你，这个困难和挫折就会被你无限放大。如果你有更远大的目标和更伟大的理想，那困难和挫折在你看来就不算是让你生命难受的事情了。

当你远行的时候，如果有一个明确的目标和坚定的决心，你就不会因为在路上摔一跤而停下脚步。如果你的目标是爬上山顶，你就不会在登山的时候遇到一点点困难便退缩不前。

人这一辈子其实是做不了几件大事的，有一件大事足矣。正如教育家陶行知所写："人生天地间，各自有秉赋；为一大事来，做一大事去。"当然，我们可以做两件、三件、四件，但是主要的人生大事往往就一件。袁隆平一辈子研究水稻的栽培和杂交，吴孟超是中国肝胆外科的顶级专家。永远专注在这个领域中，在这个领域达到前人未曾达到的境界和成就，这就是做大事的人拥有的特点。

做生意也是这样，如果一个企业这个也做、那个也做，什么来钱做什么，却把原来最重要的事情都忘了，就做不到专注，也很难把事业做到极致。如果一个人能把一件事情做到极致，那他一定是超级专注、特别努力的人。

从这个意义上来说，我们都要非常专注地做自己认定的大事。大事的概念有两个维度：第一个维度是你认为这件事情对你的生命很有意义，而且你从心底里希望把这件事情做成；第二个维度是你认为这件事情对于社会有意义，你做成了以后会被社会所认可，你做这件事情的时候不是完全为了个人利益去做。这两者并不矛盾。

徐霞客游历山河，不会想到自己留下的《徐霞客游记》，对后人会产生那么大的影响。中国很多古代文人，都有把见到的事物、遇到的事情记下来的习惯。当时徐霞客内心最想完成的或许是自己行走的心愿，但记录下来的这些内容，无意中就成了跨越时代的伟大作品。徐霞客也因为这个记录，被认为是伟大的旅行家、地理学家、地质学家。

所以人的一辈子就干一两件大事，这一两件事自己觉得值得干，别人看来也有意义，就足够了。专注于自己热爱的领域，更加容易放下其他方面，不再去做蝇营狗苟的事情，不再纠结世俗的名利烦恼，不再去做让自己身心极其不愉快的事。

这样，就让自己获得了更加简单、明了、纯粹的人生状态。一个人获得更加简单、明了、纯粹的状态，也许就能拥有更加高质量的人生。

坦率地说，这个时代中的大部分人都在逐利，有些人为了逐利还做出了很多无聊的事情，给人生带来了本来没有的烦恼。很多聪明人，包括名牌大学毕业的学生，不少真的变成了钱理群先生所说的"精致的利己主义者"。这些"精致的利己主义者"关注的都是自己的收益，个人怎样赚更多的钱，怎样获得更好的地位，如何有更多的好处，而不是有家国情怀，关注社会的发展和完善。中国现在最需要的是如何造就真正利他的人，或者说济世救民、为社会进步做贡献的人。这些人也被称为"大先生"。

人们经常把民国初期那么一大批为国为民的老先生，叫作大先生。如何为这个时代多做点事情，如何让自己不要变成"精致的利己主义者"，这些大先生就成了我们学习的榜样。

有次我给新东方人讲课，有人问我："俞老师，我们怎样度过自己的一生？"我送了他八个字：修炼自己，造福他人。

修炼自己，就是让自己变得越来越纯粹、越来越有眼光、越来越有胸怀、越来越宽容、越来越仁慈、越来越不急功近利。修炼自己，一定不是投机取巧、想方设法赚更多的钱。这不叫修炼自己，修炼自己一定是让自己的人格越来越好。但是，一个人光修炼自己是不行的，真正重要的是在修炼自己的同时，也要造福他人。因为人生的真正意义，是在你为别人做事情的时候获得的。

赚了更多的钱，不太会有持续的成就感。假如跳到河里救了一个人，你内心的成就感和充实感或许远大于赚钱。所以造福他人，这件事情并不仅仅是为了别人，也是为了让你自己的生命变得更加充实和美好。

当然，造福他人不需要损害自己。你在对自己好的同时，也可以对别人好。造福他人这件事情，不一定说你要有了多少钱、有多高的社会地位才能去做。即使你一无所有也可以做。

我在大学的时候，作为一个农村出来的大学生，一无所有，但我还是可以帮同学打打水、扫扫地。反正能帮到别人的时候就帮别人，这也是造福他人。

当然，事情做大了、能力变强了以后，你就可以做更多造福他人的事情。比如新东方，曾经每年为几十万农村中小学生提供完全免费的教学服务。

总的来说，人的一生如果想让自己的航向比较正确，我觉得主要就是这八个字：修炼自己，造福他人。

后记

道阻且长，行则将至

　　新东方近30年的发展和成长是新东方人一点一滴努力的结果。从新东方成立到今天，我们遇到了很多的困难和挑战。过去一年遇到的困难和挑战，对于我们来说确实是一个重大的考验。在我们全体新东方人的共同努力下，我们经受住了这样的考验，拿到了一个及格的分数。

　　新东方无论从社会反响到相关部门对我们的关注，都给出了非常好的交代。该给家长学生退的钱，我们都退了；员工走的时候该给的"N+1"，我们也努力给了；新东方退了1000多个教学点，很多是刚刚装修好还没有使用的，该退的也退了；跟我们的合作者也有比较好的协商，大部分问题都已和平解决；多余的课桌椅、教学设备，我们捐给农村地区和山区的中小学，迄今已经捐献了约15万套。在这个过程中，我们全力以赴、分秒必争地寻找和开展新的业务，并迅速找到了一些新的发展方向。

　　新东方尽管是一个大公司，但有一个弱点，这个弱点就是我们系统化、标准化的管理能力不够。但这个弱点在这次变故中成了我们的优点，成了我们的强项。新东方每个部门、每个学校都在进行积极的自救和创新。我们有不少学校和部门研发出了新的产品和新的业务模式，并在尝试互相学习。在整个过程中，新东方人通力合作的精神，面对艰难团结一致、全力以赴、不计较个人利益得失的精神，有了非常好的体现。

新东方的地面 K9 培训业务和在线 K9 培训业务已经全面停止。新的业务也都有了很好的开端，比如新东方的素质教育体系正在不断搭建，也有很多好的产品正在研发，过去我们已经在做的游学、研学、营地教育，我们也在全力以赴地推动和发展。同时，面对 K9 家庭对于孩子自学的学习资料、学习系统的需求，新东方各个部门也都在全力以赴地努力，在符合国家政策的前提下，一步一步开展新的业务。我们已经有了不错基础的原有业务，像大学业务、出国业务、图书出版、出国咨询等，仍在比较顺利地稳定发展中。

总而言之，我们处理了过去所遗留的问题，并且打下了非常好的发展基础。在过去教育领域资本疯狂投入的情况下，新东方并没有完全受到资本的诱惑和冲击，保留了一定的经济实力。如今，充足的经济实力可以为我们未来的发展保驾护航。所以，尽管过去的一年对我们来说很艰难，但是面向未来，我们也许会迎来一个非常良好的开端。

"危机"这两个字可以说是"危"和"机"的组合："危"是我们所遇到的困难，我们已经克服了很大一部分；"机"是我们未来可能遇到的机会。大家都知道，机会的来到往往是以砸碎一个旧的体系为代价的。如果让我们自动砸碎过去新东方的体系，其实是不太容易的，因为没有人愿意拆掉自己建的高楼大厦；但是当高楼大厦有一天被拆掉后，我们所想的已经不再是回忆过去我们的高楼大厦有多么辉煌，而是我们如何重建新的高楼大厦，重建我们的事业。

新东方其实有很好的基础，不但有经济基础，更加重要的是我们有人才基础。非常让我感动的是，大量离开新东方的员工都是含着泪离开的，都对新东方充满了感情。我们留下来的员工也全力以赴，大家都在努力思考新东方未来的发展方向。人才是我们新东方未来进一步成长的基础。

除了经济基础和人才基础，我们还有平台基础。在教培机构中，现在还像新东方这样，拥有两个跟市场紧密对接的上市公司平台的已经不多了，这种平台基础也意味着我们跟中国和世界的资源能够更好地对接。所以我认为，这恰恰是给了我们一个机会来重新定义新东方的发展。

在过去的这么多年中，我一直讲一句话：新东方是中国孩子全面成长并且快乐成长的地方。每一位家长都希望孩子全面成长。我们的教育理念是"终身学习、全球视野、独立人格、社会责任"，其实说的就是除了学科教育以外，我们要给孩子一个更加广阔的成长空间。我想，现在刚好给了我们这样的机会。实际上，当面对孩子们全面成长、教育体系全面重整这件事情的时候，我的内心还是比较兴奋的，因为马上就可以看到我们的转变。

在全国教培机构的学科竞争时代，我们不得不跟着走，或者说我们不得不想办法在某个领域中去争先，因为学科教育变成了所有教培机构的统一方向。我们如果不追随的话，似乎也觉得没法生存。但是如今学科教育可以放到一边去了，对于孩子全面成长的教育代表着未来。

再说我们的"新东方在线"。它原来是一个不断研发中小学在线课程的学科培训机构，一直处于跟地面教培业务抢生意，也跟其他教培机构血拼的状态。这是一种互损而不是互补的状态。如今，我们开始转变成一种互补状态。

新东方在线要做农产品，这只是其中的一个入口。我们未来要做各种各样跟教育相关的产品，包括图书、电子设备、软硬件等。通过这样的一个平台，和全国各个相关机构进行合作，形成一个比较好的上下游关系，让优质的产品源源不断地通过我们的销售平台往全国走，甚至往全世界走。我们也可以和全国甚至全世界有价值的教育机构进行联动，这给我们的发展创造了很好的机会。

新东方的基础加上不断的研发，未来会形成"虚拟＋现实"的新东方发展系统，"软件＋硬件"的新东方产品系统，"地面＋线上"的新东方运营系统，"室内＋室外"的新东方场景系统，"国内＋国外"的新东方产品和教学内容布局。这实际上给了我们更大的想象空间。

大家可能会觉得，过去一年发生的事情，对新东方和对我本人的打击非常大。坦率地说，在初期郁闷是存在的，但是这种感觉过去后，其实给我带来的，也是给新东方带来的，是未来无穷无尽的发展契机。整体上，我觉得从2022年开始，新东方将进入一个继过去20多年的发展以后，重新起步、走向辉煌的新阶段。

有一句话叫作"一万年太久，只争朝夕"。新东方在度过了过去的那段时光后，已经迎来了只争朝夕的发展契机。如今，新东方人需要一起来发扬新东方团结合作的创新精神，从今天开始打造一个全新的新东方。

对于那些已经离开新东方的朋友，我想代表新东方、代表我自己向你们表示深深的感谢，你们为新东方的发展做出过重要的贡献。可以说，没有你们就没有过去新东方近30年的辉煌和成就。我也相信，每一位离开新东方的人都是一颗火种，会把新东方的勇气带出去，把永不言败的精神带出去，并且在各自的人生道路上去开拓进取。我也相信，当前离开新东方的你们一定也还有机会跟新东方相遇，甚至有可能再重新回归到新东方这个大家庭的怀抱中来。不管怎样，不管你们在天涯海角的哪个地方，在不在新东方，我们都跟你们一起互相温暖、互相帮助，一起取得进步。

人生也好，事业也好，都会遇到各种各样的艰难困苦，会遇到各种各样意想不到的挫折和艰险。但是艰难对于弱者，是一个趴下的理由；对于强者，则是奋发的动力。我们深刻地知道未来我们的道路一定会很崎岖、很曲折，但也相信我们的脚步、新东方的脚步一定会更加坚定。

心中只要有远方，我们就有风雨兼程的勇气和信念，就有对未来的希望和期待。心中只要有远方，我们就没有理由原地踏步，我们更加没有理由偃旗息鼓，唯一让我们激动的场景就是一起冲锋陷阵，挥旗敲鼓，走向更加辉煌的未来。

面向未来，我们要在不确定性中做确定的事情。所谓不确定性，就是形势和政策还在不断变化，我们要配合形势和政策的改变，随机应变，寻找符合大政方针的发展机会；所谓做确定的事情，就是永远做有价值、帮助别人、帮助社会进步的事情。对于这种不确定的风浪，很多人也许可能就不再去勇立潮头；但我相信新东方人一定会更加勇于在不确定性中去寻找确定性，在不确定性中去勇立潮头，内心更加笃定。因为新东方做的事情是对我们的客户有利的，是可以帮助学员成长的，也是可以帮助到每一位我们需要去帮助的人的。

之所以"东方甄选"要往农产品方向尝试，是因为我觉得中国农村老百姓真的需要我们这样的人。我把自己定位成"企业家农民"，就是因为作为"企业家农民"能够调动更多的系统和资源，可以从更高的视野来看这件事情，并且为老百姓提供更多的帮助。

新东方的八字方针是"修炼自己，造福他人"。一方面，新东方要不断修炼自己，不断开拓创新，提升自己的境界，提升自己的格局；另外一方面，我们要时刻牢记，不管做什么事情，我们都是以造福社会、造福他人为前提在做，绝不做自私自利的事情，绝不做为了自己活着不让别人活着的事情，绝不做对社会或者老百姓有伤害的事情。这条路走下去不会太容易，需要每一个新东方人都勇于进步，并且不断革新。

道阻且长，行则将至；行而不辍，未来可期！